I0591371

ALPHAS MOND

RENEE ROSE
LEE SAVINO

Übersetzt von
STEPHANIE KOTZ

Copyright © 2021 Alphas Mond von Renee Rose und Lee Savino

Alle Rechte vorbehalten. Dieses Exemplar ist NUR für den Erstkäufer dieses E-Books bestimmt. Kein Teil dieses E-Books darf ohne vorherige schriftliche Genehmigung der Autorin in gedruckter oder elektronischer Form vervielfältigt, gescannt oder verbreitet werden. Bitte beteiligen Sie sich nicht an der Piraterie von urheberrechtlich geschützten Materialien und fördern Sie diese nicht, indem Sie die Rechte der Autorin verletzen. Kaufen Sie nur autorisierte Ausgaben.

Veröffentlicht in den Vereinigten Staaten von Amerika

Renee Rose Romance, Silverwood Press und Midnight Romance

Dieses E-Book ist ein Werk der Fiktion. Auch wenn vielleicht auf tatsächliche historische Ereignisse oder bestehende Orte Bezug genommen wird, so entspringen die Namen, Charaktere, Orte und Ereignisse entweder der Fantasie der Autorin oder werden fiktiv verwendet, und jegliche Ähnlichkeit mit tatsächlichen Personen, lebenden oder toten, Geschäftsbetrieben, Ereignissen oder Orten ist rein zufällig.

Dieses Buch enthält Beschreibungen von BDSM und vieler sexueller Praktiken. Da es sich jedoch um ein Werk der Fiktion handelt, sollte es in keiner Weise als Leitfaden verwendet werden. Die Autorin und der Verleger haften nicht für Verluste, Schäden, Verletzungen oder Todesfälle, die aus der Nutzung der im Buch enthaltenen Informationen resultieren. Mit anderen Worten probiert das nicht zu Hause, Leute!

 Erstellt mit Vellum

HOLEN SIE SICH IHR KOSTENLOSES BUCH!

Tragen Sie sich in meine E-Mail Liste ein, um als erstes von Neuerscheinungen, kostenlosen Büchern, Sonderpreisen und anderen Zugaben zu erfahren.

https://geni.us/jungfrauunddervampir

RENEE ROSE: HOLEN SIE SICH IHR KOSTENLOSES BUCH!

Tragen Sie sich in meine E-Mail Liste ein, um als erstes von Neuerscheinungen, kostenlosen Büchern, Sonderpreisen und anderen Zugaben zu erfahren.

https://www.subscribepage.com/mafiadaddy_de

KAPITEL 1

*M*ein Alpha befahl mir, mich von Menschen fernzuhalten.

Mein Wolf ist äußerst instabil. Beinahe wild. Mir kann in der Nähe von Zivilisten nicht getraut werden.

Ganz besonders nicht in der Nähe der reizenden Vorschullehrerin, deren Geruch mich wahnsinnig macht.

Aber sie braucht einen fake Freund für eine Wochenend-Hochzeit. Einen großen Kerl, der ihren Ex einschüchtert.

Wie kann ich da Nein sagen?

Streng genommen werde ich keinen Befehl missachten, weil es kein echtes Date sein wird.

Es wird eine nette, saubere Mission sein. Wir werden getrennte Zimmer haben.

Ich werde meinen Wolf an die Kandare nehmen.

Und ganz egal, wie sehr ich es auch tun möchte, ich werde den süßen Menschen nicht als mein markieren und beanspruchen…

KAPITEL 2

Kapitel Eins
Puerto Rico

$\mathcal{D}$*eke*

DER PUERTO-RICANISCHE DSCHUNGEL ist dicht und feucht. Nachts schallen die Gesänge der *Coquí* Frösche durch die erdrückende Dunkelheit. Ich robbe leise über die verrotteten Blätter auf dem Boden des Regenwaldes und begebe mich in Position. Channing liegt dort bereits auf dem Bauch und blickt mit zusammengekniffenen Augen durch das Visier seines Scharfschützengewehrs.

„Wir haben zwei Wachen auf dem Deck", flüstert Channing.

Wegen unseres Gestaltwandlergehörs brauchen wir keine Funkgeräte, um einander hören zu können. Genauso wenig brauche ich ein Nachtsichtgerät. Das ist der Grund, aus dem Oberst Johnson eine Spezialeinheit zusammengestellt hat,

3

die nur aus Gestaltwandlern besteht. Er ist einer von uns. Er wusste, zu was wir fähig sind, wenn wir unsere Fähigkeiten nicht vor unseren menschlichen Kollegen verbergen müssen.

Ein kurzer Blick und ich sehe deutlich den Umriss von zwei Kartellmitgliedern, die vor der geöffneten Tür des Schuppens stehen. Jeder von ihnen hält ein Maschinengewehr in der Hand.

„Was meinst du – ist dort eine Geisel drin?", murmelt Channing. „Gefesselt, geknebelt?"

„Geknebelt. Mit einem Seil gefesselt." Das ist zumindest meine Vermutung.

„Ich sehe keine Hunde", sagt Channing. „Also warten wir auf Rafes Signal."

Ich nicke und schlüpfe aus meiner Oberbekleidung, einschließlich der Erkennungsmarken. Oberst Johnson ließ spezielle Tarnunterwäsche für uns entwerfen. Der Stoff ist so dehnbar und flexibel, dass er sowohl unsere menschliche als auch wölfische Gestalt beherbergen kann. Ich nehme an, die höheren Tiere beim Militär dachten, dass wir uns verletzlich fühlen würden, wenn unsere besten Stücke im Wind baumeln, nachdem wir uns zurückverwandelt haben. Als würden wir uns einen feuchten Kehricht darum scheren, wer uns nackt sieht.

Ich verwandle mich, aber versuche, ein gewisses Maß an Kontrolle zu bewahren und meinen Wolf zurückzuhalten. Er kann es nicht erwarten, auf die Jagd zu gehen. Die traurige Wahrheit ist, dass er nach Jahren der Konditionierung im Krieg allzeit bereit zum Morden ist, vor allem wenn es dabei um die Rettung eines Zivilisten geht. Das Verlangen, zu beschützen, überwältigt manchmal die Vernunft.

Das Signal ist ein langer Pfiff mit einer Hundepfeife, ein Laut, den kein Mensch hören kann. Als er ertönt, stürmen

Channing und ich nach vorne. Als Wolf bin ich schneller und renne daher voraus.

Wir sind fast dort, als ich einen rumpelnden Laut die Straße runter wahrnehme. Ärger naht in der Gestalt eines alten Diesel-Trucks. Fuck! Noch mehr Entführer, die herkommen, um bei der Bewachung zu helfen.

Meine Ohren kribbeln, als das ohrenbetäubende Geräusch der Hundepfeife erneut erklingt. Dieses Mal sind es zwei kurze Pfiffe – Rafe teilt uns mit, dass wir verschwinden sollen.

Ich versuche, kehrtzumachen. Befehle zu befolgen. Der Teil von mir, der noch immer die Befehlskette kennt, kämpft um Kontrolle.

Aber mein Wolf will nichts davon wissen.

Es ist zu spät – ich rieche das Päckchen. Den verängstigten Menschen, der die Hoffnung auf Rettung vielleicht bereits aufgegeben hat.

Es ist falsch, einen Befehl zu missachten. Wir mögen nicht mehr zur Spezialeinheit gehören, aber Wölfe folgen auch ihrem Anführer und Rafe ist unser Alpha. Dennoch kann ich meinen Wolf nicht stoppen. Er muss den Menschen retten. Ich springe nach vorne und meine Pfoten trappeln in Rekordgeschwindigkeit über den Boden, während ich zu dem Schuppen renne.

„Mission abbrechen", knurrt Channing, aber ich kann mich nicht mehr stoppen. Ich mache einen Satz und segle wie ein lautloser Schatten auf die Holzplattform.

Die erste Wache stirbt beinahe geräuschlos. Sein Körper schlägt auf dem Deck auf. Die andere Wache wirbelt herum und die Finger tasten hektisch nach dem Abzug seines Maschinengewehrs, als über zweihundert Pfund Wolf auf ihm landen. Er geht zu Boden und ich bringe ihn mit meinen Zähnen zum Verstummen.

Dauerhaft.

Ich höre Schüsse und hebe den Kopf. Meine Schnauze ist feucht und ich schmecke Blut in meinem Mund. Auf der anderen Seite des Schuppens greift unser Team den Diesel-Truck an. Ich zwang sie dazu, indem ich die Befehle missachtete. Das ist jetzt die einzige Option.

Einige weitere Schüsse, ein Knurren von Lances Wolf und die Geräusche von Schreien übertönen für einen Augenblick den Chor der *Coquí* Frösche. Dann verstummt der Motor des Trucks und es herrscht Stille.

„Gottverdammt, Deke!", brüllt Channing flüsternd. Er ist noch in Menschengestalt und schleicht mit dem Gewehr im Anschlag auf das Deck. „Du solltest die Befehle befolgen."

Mein Wolf fletscht an ihn gewandt die Zähne.

„Vollkommen *loco*", flucht Channing, während er sich an mir vorbeischiebt. Er befolgt das Protokoll und überprüft jede dunkle Ecke, bevor er den Schuppen betritt. Einige Sekunden später beginnt er mit leiser, beruhigender Stimme mit der Geisel zu sprechen.

Ich bin froh, dass er das tun kann, denn ich würde der Geisel nur eine Scheißangst einjagen.

Ich knurre und wende mich ab, die Nase am Boden, um mich zu vergewissern, dass sämtliche Bedrohungen ausgeschaltet wurden.

Gangster: tot. Geisel: gerettet. Mission vollbracht. Das einzige Problem? Die Action war in weniger als neunzig Sekunden vorbei. Mein Wolf will mehr.

Ich springe vom Deck und gehe um den Schuppen zu dem Truck. Im Führerhaus ist Blut verspritzt und zwei Gangmitglieder sind tot – einer befindet sich auf dem Vordersitz nur wenige Schritte von der Beifahrertür entfernt.

Lance steht in der Nähe und nimmt die Halbautomatikwaffe des Opfers auseinander. Er steckt wegen seiner vorherigen Verwandlung noch in seiner Tarnunterwäsche. Seine Erkennungsmarken funkeln auf seiner nackten Brust – er hatte keine Zeit, sie vor der Verwandlung abzulegen.

„Fuck, Deke", begrüßt er mich. „Wegen dir habe ich ein gutes Paar Khakis ruiniert." Er reißt die Metallstücke des Gewehrs auseinander und lässt sie in eine offene Tasche zu seinen Füßen fallen.

Ich mache mich nützlich und gehe den Hügel hinauf zu Lances Aussichtsposten, um seinen Rucksack zu holen. Wir nehmen für diesen Fall stets einen zusätzlichen Satz Wechsel-kleidung mit. Lance hatte nicht erwartet, sich verwandeln zu müssen, aber der Ungehorsam meines Wolfs zwang ihn dazu, damit die Mission zu einem erfolgreichen Ende gebracht werden konnte. Meine Rudelbrüder geben mir immer Rückendeckung, komme was da wolle.

„Danke", grunzt Lance, als ich zurückkehre. Er zieht sich rasch an.

„Verschwinden wir von hier. Channing ist schon mit dem Päckchen gegangen." Das *Päckchen* ist die Geisel. Die Geisel, für deren Rettung uns als Söldnern eine beträchtliche Geldsumme bezahlt wurde von jemandem in einer hohen Position in unserer Regierung, der es nicht riskieren wollte, ein Team für diesen Job zu engagieren, das noch im aktiven Dienst ist. „Treffen beim Hauptquartier."

Ein Knistern in dem Unterholz hinter mir kündigt die Ankunft meines Alphas an.

„Was zur Hölle war das, Soldat?", knurrt mich Rafe an, obwohl wir streng genommen keine Soldaten mehr sind.

Ich ziehe reumütig den Kopf ein.

„Ich denke, es ist gut gelaufen, Sarge", sagt Lance sanft, bevor er sein Shirt anzieht.

„Dich hat niemand gefragt." Rafe deutet den Hügel hoch. „Beweg dich, jetzt."

Lance schultert seinen Rucksack und gehorcht.

Rafe deutet auf mich. „Wir werden darüber reden", verspricht er.

Vier Stunden später sind wir zurück im Hauptquartier, einem leerstehenden Flugzeughangar. Bald wird ein winziges Charterflugzeug auftauchen, um uns nach Hause zurückzubringen. Lance half mir, das Blut mit einem Schlauch abzuwaschen – mein Wolf ließ nur widerwillig all die Spuren seiner Morde entfernen. Zuerst ging ich jedoch laufen in dem Versuch, die angestaute Energie loszuwerden, und wartete mit meiner Verwandlung bis zur letztmöglichen Minute.

Channing kommt als Letzter zum Hauptquartier und hält sich erst gar nicht mit dem Schlauch auf. Er steckt seinen Kopf einfach in einen Eimer Wasser und wischt sich dann seine Gesichtsbemalung mit einem Lappen ab. „Das Päckchen wurde sicher ausgeliefert", verkündet er. „Ende gut, alles gut."

„Nicht so schnell." Rafe marschiert von draußen auf den Hangar, wo er einen Anruf von unserem Auftraggeber entgegengenommen hat. „Wir haben ein Problem." Mein Alpha kommt näher zu mir und deutet mit einem Finger auf mich. „Dein Wolf ist außer Kontrolle, Deke." Er liegt nicht falsch. Ich missachtete einen direkten Befehl.

„Ja, Sergeant." Meine Stimme ist kratzig, guttural, als wäre meine Kehle nicht an menschliche Worte gewöhnt. Wir nennen Rafe noch immer Sarge, obwohl wir nicht mehr beim Militär sind.

„Hattest du den Befehl, zu töten, Deke?"

Ein übelkeitserregendes Gefühl rumort in meinem Bauch. Das ist der Grund, aus dem Rafe letztes Jahr beschloss, dass wir den Dienst verlassen müssen. Mit jeder Jagd wurde ich wilder. Wir alle taten das. Rafe sagte, wir müssten gehen, bevor wir unsere Menschlichkeit verlören und getötet werden müssten.

„Zu Dekes Verteidigung muss gesagt werden, dass er nur den Feind getötet hat", wirft Channing ein.

Rafe bleckt an Channing gewandt die Zähne, der den Kopf einzieht und unterwürfig seine Hände hebt.

„Wir hatten keinen Tötungsbefehl", knurrt Rafe.

„Oberst Johnson hätte uns nicht angeheuert, wenn er nicht mit Toten gerechnet hätte", entgegnet Lance.

„Das ist aber nur der Fall, weil Deke außer Kontrolle ist", brüllt Rafe.

Das Gewicht auf meiner Brust nimmt zu.

Fuck.

Rafe tigert hin und her, seine Stiefel schlagen ein Stakkato auf dem Betonboden. Rafe kann sich lautlos bewegen, wenn er will. Jetzt macht er Lärm, um eine Aussage zu machen. Ich wappne mich dafür.

Sie kommt allzu bald. Rafe stoppt vor mir und pfeift in die Hundepfeife. Ich stehe stramm und kämpfe darum, bei dem hohen Laut keine Grimasse zu schneiden. Channing und Lance pressen sich die Hände auf die Ohren.

„Was heißt das, Soldat?", blafft mich Rafe an.

„Alle Mann los, Sir!", brülle ich zurück.

Rafe bläst erneut in die Hundepfeife, zwei kurze Pfiffe. „Und das?"

„Mission abbrechen, Sir!"

Rafe baut sich direkt vor mir auf, die gelben Augen auf mich gerichtet. Ich starre in die Ferne und kämpfe gegen den heftigen Drang meines Wolfes an, meine Position zu verlassen und anzugreifen.

Das hier ist ein Test. Wenn ich meine Position aufgebe und meinen Alpha herausfordere, ist das ein Zeichen dafür, dass ich zu viel meiner Kontrolle eingebüßt habe. Etwas, das meinem Rudel bereits seit Jahren Sorgen bereitet.

Ich muss diesen Test bestehen.

Ich zwinge mich dazu, an Welpen zu denken. Unschuldige Kleinkinder. Menschenfrauen – das ist ein neuer Gedanke, aber aus irgendeinem Grund kommt er mir in den Sinn. Als würde ich mich später vielleicht dafür belohnen, diesen Test bestanden zu haben, indem ich mir Lust suche.

Als ob.

Mein Team wird mich nicht in die Nähe von Menschen lassen. Nicht nach dieser Kneipenschlägerei im letzten Jahr. Mein Wolf ist viel zu aggressiv und unberechenbar. Zu blutrünstig.

Aber der Gedanke an zerbrechliche Wesen reicht. Mein Wolf entspannt sich.

Mein Alpha steht nur Zentimeter von mir entfernt. Er spürt die Veränderung in meinem Körper und nickt. Aber er lässt mich nicht vom Haken.

„Disziplin, Soldat", knurrt Rafe direkt in mein klingelndes Ohr. „Das ist das Einzige, das zwischen uns und dem Mondwahnsinn steht."

Ich entspanne meinen Kiefer. „Ja, Sir."

KAPITEL 3

Kapitel Zwei

adie

SADIE, bist du auf dem Weg zur Plaza? Ich werde auch dort sein. Reden wir nach deinem Mädelsabend. Die SMS blinkt auf meinem Handy auf und sorgt dafür, dass sich mein Magen zu einem festen Knoten zusammenzieht. Die Nachricht mag freundlich klingen, aber mein Körper fasst sie als Angriff auf.

Ich bin so was von fertig mit Scott Sears und seinen Versuchen, mich zurückzugewinnen.

Welchen Teil von „es ist vorbei" versteht er nicht?

Ich rolle mit den Augen und stopfe mein Handy wieder in meine Handtasche, ehe ich mein lächerliches, aber wertvolles Päckchen wieder unter meinen Arm verlagere, während ich mich nach der Arbeit durch das überfüllte Restaurant in Taos schlängle.

Es ist Abendessenszeit an einem Schulabend und auch wenn ich an den meisten Abenden lieber nach Hause gehe und mich entspanne, nachdem ich den ganzen Tag Vorschulkinder unterrichtet habe, so ist heute Mittwoch.

Merlotdramatischer Mittwoch wie ihn meine Mädelsgruppe und ich gerne nennen und Merlotdramatische Mittwoche sind heilig.

„Sadie, hier drüben." Adele winkt von ihrem Platz an einem Tisch auf der Terrasse. Die verknoteten Muskeln in meinem Hals entspannen sich eine Spur, als ich sie und den Rest meiner Freundinnen sehe. Tabitha und Charlie lümmeln auf ihren Stühlen, aber setzen sich etwas gerader hin, als sie mich sehen. Adele bleibt sitzen, als hätte sie einen Stock verschluckt.

Meine Freundinnen sind die besten. Wir sind alle unterschiedlich, aber es funktioniert.

Adele ist die aufpolierte, stets zurecht gemachte kreolische Schönheit, der das örtliche Schokoladengeschäft gehört. Sie ist unsere Glucke und sieht in ihren Vintage-Kleidern immer perfekt aus. Heute Abend trägt sie ein Swing-Kleid im Stil der 50er Jahre. Die moosgrüne Farbe passt perfekt zu ihrer goldbraunen Haut und ihren grünen Augen. Anstatt einer Jacke trägt sie einen Schal in taubengrau mit Goldfäden. Sie ist die Schicke der Gruppe und sie steht dazu.

Tabitha trägt auch häufig Vintage-Kleider, entweder aus den 1920ern oder 60ern oder 70ern. Irgendwie gelingt es ihr, an einem Tag ein paillettenbesetztes Flapper-Kleid zu tragen und am nächsten riesige Schlaghosen. Heute fläzt sie mit einem paillettenbesetzten Haarband und in einem gelben Jumpsuit entspannt auf ihrem Stuhl. Noch eines ihrer Cher

Outfits und mit ihrer olivfarbenen Haut und schmalem Gesicht sieht sie dieser auch ähnlich.

Charlie ist Charlie. Sie ist die Kleinste von uns und die Fitteste. Den Großteil der Zeit sehe ich sie in einer blauen Button-Down-Bluse und derben dunkelblauen Shorts oder Hosen – ihr Postmeisterinnen-Outfit. Ihr Job sorgt dafür, dass sie ständig knackig braun ist, was zu ihren kurzen blonden Haaren passt. Im Moment trägt sie ein zerschlissenes T-Shirt, auf dem steht „Zu meiner Verteidigung: ich war unbeaufsichtigt."

Und ich, ich bin nur Sadie Diaz, eine Taos Einheimische. Vorschullehrerin, braune Augen, braune Haare. Durchschnittshöhe, Durchschnittsgewicht, durchschnittliches alles. Tabitha sagt mir ständig, dass ich mich wie eine Vorschullehrerin anziehe, was auch immer das heißt. Die Kinder lieben meine Kätzchenohrringe und hellen Ballerinas.

„Freut mich, dass du es geschafft hast." Charlie lächelt mich an. Sie hat bereits eine Margarita vor sich und ich bemühe mich, nicht zu eifersüchtig auszusehen.

„Tut mir leid, dass ich zu spät bin", sage ich und schwinge meine Tasche von meiner Schulter. „Ich musste ein Päckchen abholen."

Tabitha schneidet eine Grimasse, als ich die schwarze Spielzeugschachtel auf den Restauranttisch stelle. „Was zur Hölle ist das?" Ihre Stimme ist so laut, dass mehrere andere Restaurantgäste ihre Köpfe zu unserem Tisch drehen, aber ihr ist das egal. Sie lehnt sich zurück und rümpft die Nase, während sie das Spielzeug betrachtet.

Ich verstehe, warum sie so ein Gesicht macht. Das Kuscheltier in der Schachtel ist eine Mischung aus einem Dämon und einem Hasen mit roten Augen, Geweih und Fangzähnen.

„Es ist ein Wolpertinger", sage ich in entschuldigendem

Tonfall. Meine drei besten Freundinnen beugen sich allesamt nach vorne, um die Spielzeugschachtel zu inspizieren.

„Oh, von denen habe ich gehört." Charlie nimmt die Schachtel hoch und rümpft die Nase, während sie die Anleitung auf der Rückseite liest. „Es ist das angesagteste Spielzeug des Jahres. In den meisten Staaten ausverkauft."

„Ich habe meinen vor neun Monaten bestellt", gestehe ich. „Die Kinder in meiner Klasse können nicht aufhören, darüber zu reden. Es gibt Eltern, die bereit sind, einen Mord zu begehen, um ihren Kindern einen zu besorgen. Deswegen habe ich ihn mitgenommen. Er kam gerade erst an und ich lasse ihn nicht aus den Augen."

„Wie funktioniert es? Oh ja." Charlie drückt auf dem durchsichtigen Plastik auf einen roten Knopf mit der Markierung *Try me!* und gruseliges Gelächter ertönt aus der Schachtel. Das Monsterspielzeug zittert und die roten Augen blitzen auf. „Möchtest du spielen?", spottet es mit einer Stimme, die direkt aus *Poltergeist* zu kommen scheint.

„Heilige Scheiße!", ruft Tabitha. „Was zum Geier?"

„Oh, zur Hölle nein." Adele schüttelt den Kopf, sodass ihre weichen braunen Locken um ihr Gesicht hüpfen, während sie eine Hand hochhält. „Das ist zu gruselig." Sie erschaudert und zieht ihren Schal um sich herum fest. Da die Sonne am Untergehen ist, wird es allmählich kühl.

„Es *ist* gruselig." Ich untersuche das Spielzeug genauer. „Das erste Mal, als ich auf den Knopf drückte, ließ ich die Schachtel fast fallen. Und ich wusste, dass es das tun würde."

„Drück noch einmal drauf", verlangt Tabitha mit einem verschmitzten Grinsen. Adele rollt mit den Augen.

„Bist du dir sicher?" Charlies Daumen schwebt über dem Knopf.

„Tu es." Tabitha hat einen wahnsinnigen Ausdruck im

Gesicht, der dem dämonischen Wolpertinger nicht unähnlich ist.

Mit knirschenden Zähnen drückt Charlie auf den Knopf. „Willst du nicht spielen?", flüstert eine bösartige Stimme aus der Spielzeugschachtel.

„Oh!", schreien Adele und Tabitha beide. „Leg es weg", befiehlt Adele. Tabitha sieht aus, als würde sie noch mal auf den Knopf drücken wollen.

„Scheiße", sagt Charlie energisch und schiebt die Schachtel auf dem Tisch auf Armeslänge von sich. „Kinder spielen wirklich gerne mit diesem Zeug?"

Ich zucke mit den Achseln.

„Kinder heutzutage", sagt Adele und richtet zum fünften Mal das Besteck neben der leeren Stelle aus, auf die ihr Teller gestellt werden wird. „Die stehen auf viel gruseligere Sachen, als ich das jemals tat."

„Wenigstens ist es kein Baby Cthulu. Die waren letztes Jahr total in", erkläre ich. Die Kellnerin kommt mit ihrem Tablett, auf dem unsere Getränke stehen, vorbeigeeilt, woraufhin ich das Spielzeug nehme und die Schachtel vorsichtig zurück in meine Tasche stecke.

„Also hast du einen für deine Klasse gekauft?", erkundigt sich Adele.

„Ja. Nur einen, also werden sie teilen müssen."

„Du bist die netteste Vorschullehrerin aller Zeiten." Tabitha prostet mir mit ihrer Erdbeer-Margarita zu. „Und das will etwas heißen. Die Messlatte liegt sehr hoch."

„Auf die liebe Sadie." Charlie hebt ihren Fat Tire Cocktail zum Toast hoch.

„Sadie", schließen sich Tabitha und Adele an und heben ihre Gläser.

Ich erröte und nippe mit ihnen an meiner Mango-Margarita. Meine Freundinnen sind im Moment das Beste in meinem Leben. Ich liebe sie wie Schwestern, obwohl wir nicht unterschiedlicher sein könnten.

„Wolltest du keine Margarita?", fragt Tabitha Adele.

„Nein." Adele rümpft die Nase und schwenkt ihren Rotwein im Glas hin und her.

„Sie sind wirklich gut", trällert Tabitha und wirft ihre langen, geraden, roten Haare über ihre Schulter.

„Nein danke." Adele neigt das Glas, schließt die Augen und schwenkt abermals ihren Wein, um das Bouquet zu inhalieren.

„Snob", verspottet Tabitha sie sanft.

„Lass sie in Ruhe." Charlies Stimme ist etwas laut, aber es ist nicht der Alkohol, der aus ihr spricht. Charlie ist einfach gerne laut. Sie balanciert eine Sekunde auf den zwei hinteren Beinen ihres Stuhls, dann lässt sie ihn mit einem Knall auf alle vier fallen. „Jemand sollte Merlot trinken", verkündet sie. „Es ist Merlotdramatischer Mittwoch."

„Ja und?", warf Tabitha ein. „Wir riefen diese Tradition zwar ins Leben, weil wir an dem Abend gerade alle zufällig deinen teuren Merlot tranken, aber wir einigten uns darauf, dass wir keinen Merlot oder überhaupt einen Wein trinken müssen. Wir müssen nur ganz melodramatisch Dampf ablassen. Also wer macht den Anfang?"

„Sadie." Adeles grüne Augen durchbohren mich über ihr Weinglas hinweg. Sie sieht alles und ist unsere inoffizielle Glucke.

„Sadie? Ist alles in Ordnung?", fragt Tabitha.

„Wen muss ich umbringen?", fügt Charlie hinzu und stützt ihre Ellbogen auf den Tisch. „Ist es Scott? Ich werde ihn mir vorknöpfen." Sie meint das ernst.

„Alles ist okay." Ich seufze und stelle meine Margarita ab.

„Nein, komm schon, spuck es aus." Tabitha winkt mit den

Fingern in einer einladenden Geste. „Was hat Scott jetzt wieder angestellt?"

„Seid ihr zwei wieder zusammen?" Charlies Stirn runzelt sich. „Ich dachte nach... Dem Vorfall..."

„Dem Vorfall? Nennen wir Fremdgehen jetzt so?" Tabitha fährt mit ihrem Finger den Rand ihrer Margarita entlang und sammelt das Salz auf.

„Wir sind noch immer getrennt", sage ich. „Aber er will mich zurück. Er hat mir gerade erst wieder geschrieben und gefragt, ob wir uns heute Abend treffen können."

„Im Ernst? Er hat dich betrogen!", explodieren Charlie und Tabitha gleichzeitig.

„Schh." Adele hebt eine Hand. „Beruhigt euch, Sadie redet."

„Danke." Ich schenke ihr ein schwaches Lächeln. „Wir kommen nicht wieder zusammen. Ich habe Nein zu ihm gesagt, aber er ist wirklich hartnäckig." Ich blicke hinab auf mein Handy in meiner Tasche. Ich habe es nach der letzten SMS ausgeschaltet, um meine Ruhe zu haben. Ich könnte jederzeit mehrere verpasste Anrufe und ungelesene Nachrichten von Scott haben.

„Inwiefern hartnäckig?", fragt Tabitha, die Augen zusammengekniffen.

„SMS, Anrufe", erzähle ich meinen Freundinnen. „Geschenke. Er hat Blumen und Schokolade geschickt."

„Hat er die Schokolade in *The Chocolatier* besorgt?", fragt Charlie Adele.

Adele schüttelt den Kopf, wobei sie nach wie vor mich ansieht. „Nein. Er weiß, dass ich ihn bei lebendigem Leib rösten werde, wenn er in meinen Laden kommt." Sie sagt es ruhig, aber ich hege keinerlei Zweifel daran, dass Adele bei einer Auseinandersetzung zwischen ihr und Scott als Siegerin hervorgehen würde.

„Okay, also Scott hat dir *unterdurchschnittliche* Schokolade gekauft", sagt Tabitha, wobei sie das *unterdurchschnittlich* betont, als sei das die ungeheuerlichste Sünde aller Zeiten. Und in unserer Gruppe ist es ungeheuerlich. „Was dann?"

„Er hört einfach nicht auf, mich zu kontaktieren. Neulich waren er und mein Dad vor der Schule. Scott behauptete, dass es um ein Treffen für ein Bauprojekt ginge. Aber ich denke, dass er es geplant hat, da sie genau zu dem Zeitpunkt da waren, an dem ich mit meinen Kids für die Pause nach draußen gehe."

„Ekelhaft", sagt Charlie.

„Das sieht Scott wieder ähnlich. So zwielichtig. Warum sieht dein Dad das nicht?", regt sich Tabitha auf.

„Weil Sadies Dad genauso ist", sagt Adele bestimmt. „Gleichgesinnte." Sie sieht mir direkt in die Augen und zieht eine schmale, braune Braue hoch.

Ich schweige, denn sie hat recht. Mein Dad liebt Scott und seine Ideen für Bauprojekte viel mehr, als ich das jemals tat. Er hat unsere Heirat bereits geplant, weil die beiden dann gemeinsam den gesamten Immobilienmarkt im Gebiet übernehmen können. Adele hat recht. Scott ist eine Kopie meines Dads.

„Du wirst ihm die Stirn bieten, oder?" Tabitha beißt sich auf die Lippe. „Du wirst ihn nicht zurücknehmen?"

„Nein." Ich habe keinerlei Absichten, Scott jemals wieder an mich ranzulassen. „Aber er hört einfach nicht auf. Du weißt, dass er ein Nein nicht einfach so akzeptieren wird."

„Ekelhaft", sagt Charlie erneut und leert ihr Bier. Der Rest von uns trinkt seine Getränke ebenfalls aus und als die Kellnerin kommt, bestellen wir alle mit unserem Essen noch ein Getränk.

„Können wir irgendwie helfen?", fragt Tabitha, sowie die Kellnerin fort ist. „Vielleicht können wir mit ihm reden."

„Nein, mach das nicht. So wie ich Scott kenne, wird das die Lage nur verschlimmern. Er ist es einfach gewöhnt, zu kriegen, was er will."

„Diesen Immobilienunternehmern kann man einfach nicht trauen", sagt Charlie mit dem Mund voller Tortilla-Chips. „So penetrant. Sie schließen den ganzen Tag Deals ab und kommen dann nach Hause und denken, dass das die einzige Möglichkeit ist, mit einer anderen Person umzugehen."

Tabitha stimmt dem zu und sie und Charlie stürzen sich auf eines der Lieblingsthemen der Einwohner Taos: die bösen Immobilienunternehmer.

„Es tut mir leid, Sadie", sagt Adele leise zu mir.

„Es ist okay. Lass uns über etwas anderes reden. Ich will nicht, dass mein blöder Beziehungsmist unseren Abend ruiniert."

Adele drückt meine Hand, aber sagt nichts.

Zum Glück werde ich von dem Knattern von Motorrädern gerettet, das über die Plaza dringt. Vier große Motorräder, auf denen riesige Biker sitzen, rollen auf die Plaza und stoppen in einer Gasse neben der Fußgängerzone.

„Oh meine Güte", stöhnt Tabitha. „Noch mehr *Easy Rider* Fans, die ihre Reise durch den Südwesten nachmachen." Seit dem ikonischen sechziger Jahre Film haben Biker Taos zu einem Bestandteil ihrer Wallfahrten gemacht. Und das zusätzlich zu der riesigen jährlichen Motorrad-Rallye am Memorial Day, die den Red River entlangführt und über 20.000 Biker in die Gegend lockt.

Doch an diesen Kerlen ist irgendetwas anders. Sie sehen nicht wie die *Easy Rider* Hippie Typen aus. Genauso wenig haben sie die langen Bärte oder Haare, die bei manchen Bikergangs dazu gehören. Diese Kerle sind riesig und fit.

Breite Schultern und Oberkörper. Dicke, muskulöse Schenkel.

Oh Gott, schaue ich mir etwa ihre Schenkel an?

Wir verstummen, als sie von ihren Motorrädern absteigen und am Fenster des Restaurants vorbeigehen. Sie sind in Leder gehüllt und haben Tattoos, wie man es erwarten würde, und sie tragen alle Fliegersonnenbrillen.

„Verdammt", murmelt Tabitha und rutscht auf ihrem Stuhl tiefer.

„Ach du Schande. Ich wette, wenn man sich an einem dieser Kerle reibt, bekommt man eine Testosteronvergiftung", schnaubt Charlie. Die vier Biker halten direkt vor der Terrasse des Restaurants an. Sie stehen als Gruppe knallharter Kerle da und unterhalten sich.

Einer von ihnen trägt keine Lederjacke, sondern nur eine schwarze Lederweste, die seine Arme freilässt. Als er seine Fliegersonnenbrille abzieht, wölbt sich sein Bizeps, der im Grunde genommen so groß wie ein Basketball ist. Das Tattoo auf seinem Arm – ein schwarzer Wolf unter einem Vollmond – erzittert und die Muskeln in meinem Unterleib ziehen sich heftig zusammen.

Der Biker, der gerade seine Sonnenbrille abgenommen hat, dreht seinen Kopf langsam in unsere Richtung. Er hat dunkle Haare, die kurz zu einem Bürstenhaarschnitt rasiert wurden, sodass nichts die maskulinen Züge seines Gesichtes trübt. Wowza. Seine kaffeedunklen Augen blitzen in dem Dämmerlicht merkwürdig auf. Ein Ruck durchfährt meine Glieder. Er sieht mich direkt an.

Meine Hand hebt sich wie von selbst in die Luft.

„Sadie!", flüstert Tabitha aufgeregt. „Was machst du denn?"

Ich weiß es ehrlich gesagt nicht. Ich scheine den Blick nicht von diesem Mann abwenden zu können, der ungefähr so sehr mein Typ ist wie der Laternenpfosten hinter ihm. Dennoch winke ich leicht. Der Biker ruckt sein Kinn zum Gruß nach oben. Ein elektrischer Schock durchfährt mich, vom Kopf bis zu den Füßen, als hätte mich ein Mini-Blitz getroffen. Die perfekten Lippen des Mannes zucken zu dem Hauch eines Grinsens und er dreht sich wieder zu seinen Kumpeln.

Die Biker-Typen beenden ihr Gespräch und laufen weg. Ihre schweren Stiefel erzeugen auf den Steinen keinerlei Geräusche, aber die Luft auf dem Marktplatz scheint zu knistern. Der dunkelhaarige Biker schaut zurück, direkt zu mir und zwinkert. Noch ein Blitz und mein Herz stolpert.

„Warte… hat dir dieser Kerl gerade *zugezwinkert*?", ruft Adele.

Ich lache. „Ja, ich glaube, das hat er."

„Oh Mannomann", ächzt Tabitha.

„Diese Typen sind furchterregend." Charlie deutet mit dem Daumen über ihre Schulter.

„Ich weiß nicht", sinniere ich. „Ich fand ihn irgendwie heiß." Scott ist hochgewachsen und gut aussehend und brüstet sich mit seinen Muskeln, die er im Fitnessstudio erworben hat. Aber wenn man Scott neben diesen dunkelhaarigen Biker stellen würde, würde mein Ex wie ein Wackeldackel aussehen.

Die Münder meiner Freundinnen klappen bei meinem Geständnis auf und dann brechen wir in mädchenhaftes Lachen aus.

Ich schaue zum Fenster, um nachzusehen, wohin sie gegangen sind.

„Wer sind diese Motorrad-Typen?", fragt Tabitha die Kellnerin, als sie mit unserem Essen kommt.

Die Frau zuckt mit den Achseln. „Ich sehe sie ab und zu hier in der Gegend. Manchmal auf ihren Motorrädern, manchmal in einem dieser Trucks, die militärisch aussehen."

„Im Ernst? Ein Humvee?" Charlies Augenbrauen klettern in die Höhe. Sie kennt sich mit Autos aus.

„Ist ein Humvee wie ein Hummer?", will Tabitha wissen.

„Nein, es ist ein Militärfahrzeug", antwortet Charlie. „Nicht alle von diesen sind auf der Straße zugelassen. Waren die Typen früher beim Militär?"

„Ich stelle keine Fragen, Schätzchen", sagt die Kellnerin. „Ich halte den Mund und sehe mich satt."

„Seht ihr", merke ich an. „Sie findet sie auch heiß."

„Ich habe nicht gesagt, dass sie nicht heiß sind", murmelt Tabitha, die sich ein Wasser nimmt.

„Essen sie jemals hier?", erkundigt sich Adele. Ihr Wasserglas ist halbvoll und sie klammert sich noch daran.

„Nein, sie bleiben nie lange hier. Wenn sie nicht auf ihren Motorrädern sitzen, laden sie Vorräte auf und fahren raus", sagt die Kellnerin.

Charlie tippt sich an die Lippen. „Ich dachte, sie sahen eher wie Mitglieder des Militärs als Mitglieder einer Biker-gang aus. So wie sie standen, wisst ihr? Die Schultern gestrafft, die Brust rausgestreckt. Und ihr Bürstenhaarschnitt."

„Ich habe nur den mit dem Wolf und Mond Tattoo ange-schaut", gestehe ich.

„Sie hatten alle Wolf und Mond Tattoos", sagt Adele.

„Wirklich?" Tabitha blinzelt Adele an.

„Ja." Adele sagt nichts weiter.

„Kannst du dir vorstellen, dass Sadie mit so einem Kerl als ihrem neuen Freund auftaucht? Scott würde vollkommen ausrasten", sagt Charlie.

„Genauso wie ihr Dad", stimmt Tabitha zu.

Adele lacht so heftig, dass ihr die Luft ausgeht. „Oh Gott,

das wäre der Hammer. Könnt ihr euch Scotts Gesichtsausdruck vorstellen?"

Jetzt bin ich diejenige, die nach ihrem Wasser greift und einen großen Schluck nimmt. Ich kann mir Scotts Gesichtsausdruck ganz genau vorstellen, wenn er mich neben einem Biker wie diesem sehen würde. Er würde durchdrehen. Aber ich will nicht an Scott denken. Wie wäre es wohl, einen Typen wie den Biker zu daten? Wäre er gut im Bett? Vorausgesetzt er würde mir auch nur einen zweiten Blick schenken. Diese Sorte Mann, diese Muskeln, nackt und geschmeidig auf meinem Bett ausgestreckt...

Röte breitet sich auf meinem Gesicht aus. Ich klammere mich an mein leeres Wasserglas. Auf der ganzen Welt gibt es nicht genug Wasser, um dieses Verlangen zu löschen.

„Ich habe nur Witze gemacht", sagt Charlie mit einem alarmierten Blick in meine Richtung. Als hätte sie meine Gedanken erraten. Wie weit ich bereits gedanklich den Weg beschritten habe, diesen riesigen Mann als Partner auszuprobieren. „Ich habe wirklich nur gescherzt. Diese Typen sind definitiv nicht sicher."

„Wenn sie beim Militär waren, sind sie vermutlich viel sicherer als eine Bikergang", argumentiere ich.

Charlie schüttelt den Kopf. „Selbst wenn sie das sind, bedeuten sie Ärger. Ich würde niemals einen Kerl vom Militär daten. Sie sind männliche Huren und Adrenalinjunkies. Definitiv nicht als feste Freunde geeignet. Vor allem nicht für dich."

„Was soll das heißen?", verlange ich zu wissen.

„Nein, nichts. Es ist nur so, dass du so lieb bist, Sadie. Ich habe es nur vorgeschlagen, um einen Witz zu machen. Ich dachte, du würdest niemals im Leben einen Typen daten, der wie sie aussieht."

Ich zucke mit den Schultern. „Nun, man weiß nie."

Meine Freundinnen werfen mir alle scharfe Blicke zu und ich zwinkere, um sie wieder zum Lachen zu bringen, aber irgendetwas Rebellisches und Mutiges hat in mir Wurzeln geschlagen.

Ich liebe irgendwie die Vorstellung, jeden Einwohner dieser Kleinstadt, der denkt, er würde mich kennen, zu schockieren, indem ich mich mit einem großen, bösen Biker abgebe.

Aber Charlie hat recht. Das ist einfach nur verrückt.

∿

Deke

EIN SÜßER GERUCH wabert über den Marktplatz. Er treibt meinen Wolf in den Wahnsinn. Ich hebe immer wieder den Kopf und schnuppere in der Luft.

„Lass das", schimpft Lance mit mir und ein Knurren rumpelt in meiner Brust. Mein blonder Rudelkumpel steht zu nah bei mir. Der Dreckskerl macht das absichtlich. Er weiß, dass mein Wolf Platz braucht.

„Lass ihn in Ruhe", verteidigt mich Channing vor Lance. „Es ist fast Vollmond. Das macht ihn verrückt."

„Wir reden hier von Deke", gibt Lance zurück. „Er ist immer verrückt."

Ich verenge den Blick auf ihn und mein Knurren gewinnt an Intensität. Lance tritt schnell zur Seite und tänzelt aus meinem Weg. Ich bin dafür bekannt, meine Rudelkumpel für geringere Provokationen verprügelt zu haben.

„Kein Kampf." Rafe, unser Alpha, tritt aus den Schatten der Gasse. „Nicht vor Zivilisten." Mit *Zivilisten* meint er *Menschen*. Rafe blickt Lance besonders lange, besonders finster an. Die zwei sind Brüder, aber Rafe behandelt ihn nie bevorzugt. Wenn überhaupt geht er mit Lance härter ins Gericht als mit uns.

„Ist das Geschäft erledigt?", fragt Lance, der sich mit einer Hand durch seine blonden Surferhaare fährt. Verdammter Schönling stolziert herum, als wäre er Mitglied einer Boygroup.

„Jepp, gehen wir", befiehlt Rafe.

Die anderen Männer folgen unserem Alpha sofort. Aber ich widerstehe und kratze mit den Stiefeln über die Steine der Plaza. Der Geruch lockt mich. Bonbonsüß. Mir läuft das Wasser im Mund zusammen.

Rafe entgeht mein Widerwillen nicht. „Deke? Kommst du?"

„Ich weiß nicht." Ich reibe mir übers Kinn. „Ich glaube, ich bleibe vielleicht noch ein Weilchen." Noch während ich es sage, weiß ich, dass es lahm ist. Ich bin der Letzte meines Rudels, der länger auf einem öffentlichen Platz bleiben wollen würde, auf dem es vor Menschen nur so wimmelt. Die Dinge sind jetzt für mich besser, da ich nicht mehr im aktiven Dienst bin. Wir haben unser eigenes Heim und können jede Nacht frei in den Bergen rennen. Das sorgt dafür, dass mein Wolf kontrollierbar bleibt. Aber ich bin noch immer der Kerl, der in Gegenwart zu vieler Leute nervös wird.

„Wofür? Heute Abend spielt keine Band." Channing grinst und deutet auf einen alten Konzertflyer. „Und ich wusste nicht, dass du Jimmy Buffett magst."

Ich zeige ihm den Mittelfinger.

„Deke", sagt Rafe mit einem leichten Knurren in der Stimme.

„Was?" Aus Respekt vor meinem Alpha dränge ich meinen Wolf zurück. „Ich will nur noch ein kleines bisschen länger bleiben. Die Nachtluft genießen."

Es entsteht eine lange Pause, in der mich meine Rudel anstarrt, als hätte ich verkündet, dass ich einen hübschen pinken Tutu anziehen und einen *Pas de deux* tanzen möchte.

„Ich könnte bleiben", bietet Lance an.

„Ich brauche keinen Babysitter." Ich habe die Schnauze voll von diesem Deppen. Ich blecke die Zähne. In Reaktion darauf macht sich Lances Wolf bemerkbar, dessen Augen blau aufblitzen. Mein Wolf schießt an die Oberfläche und ist nur noch eine Sekunde davon entfernt, seine Kette durchzubeißen.

„Na schön." Rafe tritt zwischen mich und seinen Bruder, womit er uns körperlich trennt. Stets der Friedensstifter, bis wir ihn zu sehr verärgern. Dann tritt er uns in den Arsch. Kein perfektes System, aber es funktioniert. „Deke, mach, was du willst. Der Rest von uns fährt nach Hause." Er ruckt mit dem Kopf und Channing und Lance marschieren zu ihren Motorrädern. Rafe lässt sich zurückfallen.

„Bist du dir wirklich sicher?", brummt er mir zu. Mein Alpha ist der Einzige, der das Recht hat, diese Frage zu stellen, und dennoch sorgt sie dafür, dass ich mich aufrege. Ich habe in der Gegenwart von Menschen nicht gerade die beste Erfolgsbilanz. Ich bin nicht charmant wie Lance. Ich werde geradezu säuerlich und wenn ich provoziert werde... nun, lass uns einfach sagen, dass Ärger vorprogrammiert ist.

Rafe weiß das und behält mich daher im Auge. Wäre er ein geringerer Wolf, würde mein Wolf ihn herausfordern und in Stücke reißen.

Die meiste Zeit bin ich froh, dass Rafe ein besserer Kämpfer ist als ich. Sollte ich jemals die Kontrolle verlieren oder zu weit gehen, wäre er da, um mich auszuschalten.

Doch heute Abend möchte ich in Ruhe gelassen werden. „Mir geht's gut", sage ich und dehne meine Lippen zu etwas wie einem Lächeln. Das ist mein glückliches Gesicht und ich weiß, dass es sehr zu wünschen übrig lässt. Mir wurde gesagt, dass Skelette weniger gruselig sind.

Und tatsächlich schüttelt Rafe den Kopf. „Zeig das nicht den Zivilisten. Du wirst ihnen Angst machen", befiehlt er, aber dann schlägt er mir in dem universellen Brocode für „Pass auf dich auf" auf den Arm und lässt mich allein, um in Richtung der Motorräder zu gehen.

Ein Seufzen entweicht mir, als mein Rudel wegfährt. Normalerweise wäre ich froh darüber, von dieser Stadt und all den Leuten wegzukommen. Froh darüber, auf dem Motorrad zu sein. Es gibt nichts Besseres als eine lange Fahrt auf Bergstraßen, während der Wind über mich weht und meine Arme kühlt, nichts zwischen mir und dem Nachthimmel. Doch heute Abend habe ich Wichtigeres zu tun als eine Motorradfahrt.

Ich hebe den Kopf zum Mond und sauge die Bonbonsüße in mir auf. Ich werde die Besitzerin dieses süßen Geruchs finden, bevor mein Wolf verrückt wird – verrückter, als er es ohnehin schon ist.

~

SADIE

DEN REST des Merlotdramatischen Mittwochs bin ich ruhig. Ich überlasse die Melodramatik meinen Freundinnen und kurz nach Sonnenuntergang verabschiede ich mich früh.

„Schulabend", entschuldige ich mich bei den Mädels, während ich Tschüss sage.

Als ich die Plaza überquere, schalte ich mein Handy ein. Es brummt ohne Unterlass wegen all der verpassten Nachrichten und Anrufe. Zwei Sprachnachrichten von Scott. Eine von meinem Dad. Ich weiß nicht, vor welcher Nachricht es mir mehr graut.

Wenigstens ist der Abend schön. Die Sonne ist hinter den Horizont gesunken und hat ein blaues Dämmerlicht zurückgelassen. Ich dachte schon mal darüber nach, Taos zu verlassen und wegzulaufen, wie es meine Mom tat. Aber ich will meine Heimatstadt nicht verlassen. Außerdem bin ich meinem Vater ähnlicher, als ich zugeben möchte. Stur. Ich mag ruhig und liebenswürdig sein, aber ich verliere nicht gerne.

Einige weitere Nachrichten poppen auf meinem Display auf. Von Scott, *Wo bist du?* Und dann, *Ich weiß, es ist Melodramatischer Mittwoch*. Er hat es falsch geschrieben, obwohl ich ihm den Witz wiederholt erklärt habe. Ein einfaches Detail und er macht sich nicht die Mühe, es sich zu merken – oder es interessiert ihn nicht. Das veranlasst mich dazu, mit den Zähnen zu knirschen. Es würde mich eigentlich nicht stören, aber Scott hat auf meine Freundinnen stets von oben herabgeschaut. Sie waren meinetwegen freundlich zu ihm, aber ich wünschte, ich hätte Adele erlaubt, ihm den Marsch zu blasen.

Ich mache mich daran, mir eine Mitfahrgelegenheit nach Hause zu rufen – ich fahre mittwochs nicht mit dem Auto in die Stadt, weil ich weiß, dass ich etwas trinken werde – aber bevor ich meine Buchung bestätigten kann, kommt eine SMS von Scott durch, die mir einen Schauder über den Rücken jagt. *Ich sehe, dass du beim Lizanos bist. Ich bin hier auf der Plaza, beim Taxistand. Lass uns reden.*

Oh nein. Ich haste los, aber ich bin zu spät. Ich sehe das blaue Schild und tatsächlich steht er dort – ein großer, schlaksiger Mann in schwarzen Hosen und einer glänzenden Jacke im Athleisure-Stil. Scott. Er hat sein Bluetooth-Headset auf und daran, wie er gestikuliert, kann ich erkennen, dass er mit jemandem telefoniert. Vermutlich schließt er gerade einen

Deal ab, eine hundert Jahre alte Lehmkirche abzureißen und an deren Stelle einen Haufen Eigentumswohnungen und ein Shoppingzentrum hinzustellen.

Ich stoppe und trete hinter eine kleine Hütte, die ein dauerhafter Marktstand ist. Ich könnte zurück zu meinen Freundinnen gehen und sie um eine Eskorte zum Taxistand bitten, aber da sie alle mehrere Drinks intus haben, wird mindestens eine von ihnen darauf bestehen, Scott die Meinung zu geigen. Und die anderen zwei werden mitmachen und es wird eine Szene geben.

Was soll ich nur tun?

Ein merkwürdiges grünes Licht blitzt in der Gasse neben mir auf. Eine dunkle Gestalt lauert in den Schatten. Während ich zuschaue, richtet sie sich auf, wird immer größer und gigantischer, als ein riesiger Mann in Erscheinung tritt. Es ist der Biker-Typ von vorhin, derjenige, der mir zugezwinkert hat. Ich erkenne ihn sogar im Dunkeln. Er hat seine Sonnenbrille auf seinen Kopf gesetzt. Seine Augen sind dunkelbraun, aber fangen das Licht auf sonderbare Weise ein – und blitzen grün auf. Er blickt mich direkt an.

Kannst du dir vorstellen, dass Sadie mit so einem Kerl aufkreuzt?

Ich ziehe meinen Cardigan zu. Ich habe eine wilde, verrückte Idee und bevor ich den Mut verliere, laufe ich zu ihm.

Der furchterregende Biker-Typ ist aus der Nähe sogar noch größer. Erkennungsmarken hängen an einer Kette um seinen Hals. Militär, wie Charlie gesagt hat.

Ich lecke mir über die Lippen. Ich kann nicht fassen, dass ich das hier mache. „Entschuldige", rufe ich ihm zu. Meine Stimme klingt piepsig. Ich räuspere mich und versuche es noch mal. „Entschuldige. Kannst du mir bei etwas helfen?"

Er tritt nach vorne, als hätte er nur auf meine Einladung

gewartet. Sein Kopf neigt sich zur Seite und seine perfekten Lippen teilen sich. „Ja, Süße?" Seine Stimme ist tief und sanft. Normalerweise hasse ich es, *Süße* genannt zu werden, aber seine Augen liegen auf meinem Gesicht. Seine Nasenflügel blähen sich, als würde er meinen Geruch einatmen, und seine Augen scheinen sogar noch grüner zu werden.

Sein intensiver, prüfender Blick macht mich leicht nervös.

„Ähm", piepse ich erneut. „Ich habe ein Problem."

„Problem?", wiederholt er.

„Ja. Es ist keine so große Sache, aber ich hatte gehofft, dass du mir helfen könntest." Das ist verrückt. Das ist irre. Das ist das Dreisteste, das ich jemals getan habe, und ich werde vermutlich nie wieder den Mut aufbringen, das zu tun. Vielleicht spricht die Mango-Margarita aus mir oder vielleicht bin ich ausnahmsweise einmal mutig.

„Klar, Süße." Der Biker-Mann stimmt so schnell zu, dass ich den Faden verliere.

„Du weißt noch nicht einmal, worum es geht." Ich blicke hoch in seine braunen Augen und mir wird leicht schwindlig.

Er zuckt mit den Achseln. „Erzähl es mir."

„Okay. Da ist dieser Typ", sage ich hastig. „Er ist mein Ex und er belästigt mich so zu sagen. Er hat mich irgendwie aufgespürt und er ist dort drüben und wartet auf mich." Ich deute zu dem Taxistand.

Der Biker späht um die Ecke. Ein leiser, rumpelnder Laut scheint aus seiner Brust zu dringen. Der Biker dreht sich wieder zu mir und der Laut endet abrupt. „Willst du, dass ich ihn umbringe?"

„Nein." Ich kichere über den Witz. Denn es muss ein Witz sein, auch wenn der Mann klingt, als meine er es todernst. „Das ist albern." Ich schüttle den Kopf, als sei er einer meiner Vorschüler.

Ein Grinsen bildet sich an seinen Mundwinkeln und mir wird ganz warm.

„Bist du dir sicher, Süße?" Jetzt schwingt ein neckender Unterton in seiner Stimme mit.

„Ja." Ich spiele mit. „Hier ist es zu öffentlich. Und wo würden wir die Leiche verstecken?"

Der Kerl kratzt sich am Kinn. „Wir könnten uns etwas überlegen. Du könntest ihn irgendwohin locken. An irgendeine entlegene Stelle. Und ich könnte es so aussehen lassen, als hätte ihn ein Wolf umgebracht."

„Ähm, okay." *Das ist eigenartig spezifisch.* Ich tue so, als würde ich darüber nachdenken. „Ne, nicht nötig. Ich will nur, dass er sich zurückhält. Ich dachte, du könntest einfach mit mir dorthin laufen und so tun, als wärst du mein Date. Nur für ein paar Minuten."

„Dein Date", wiederholt er.

Oh Gott. Das war eine dumme Idee. Ich blamiere mich hier fürchterlich.

„Das ist es, was du willst?" Der Mann zieht eine dunkle Braue hoch.

Hier kommt sie, meine Röte, und steigt von meiner Brust aufwärts. Zum Glück ist es Nacht und die schwache Beleuchtung der Plaza sollte mein knallrotes Gesicht verbergen. „Wenn du nichts dagegen hast."

„Ich weiß nicht."

„Das ist okay." Ich will mich abwenden, um dieser Demütigung zu entkommen, doch der Biker neigt seinen Kopf näher zu mir. Er riecht nach Leder und sauberer Männerhaut. Meine Sinne kribbeln. „Scheint mir effizienter zu sein, es dauerhaft zu machen." Ich kann an seinem Tonfall erkennen, dass er scherzt.

Ich lasse ein hysterisches Kichern verlauten. „Könntest du

es auf meine Art tun?", erwidere ich flüsternd. „Als Gefallen?"

„Ein Gefallen, hm?" Er steckt mir eine Haarsträhne hinters Ohr. Bei seiner Berührung werden meine Beine ganz schwach und ich lehne mich nach hinten an das Gebäude.

Da wird mir erst bewusst, dass es vermutlich nicht meine klügste Tat war, einen riesigen und furchteinflößend aussehenden Mann in einer dunklen Gasse anzusprechen. Was hat mich nur auf den Gedanken gebracht, dass er sicherer ist als Scott? Aber ich stelle fest, dass ich vor ihm einfach keine Angst habe. Das Flattern in meinem Bauch, die Beschleunigung meines Pulses – sie werden nicht von Angst hervorgerufen. Nein, sie werden von meiner Aufregung erzeugt.

„Wie heißt du?", frage ich über das Getrappel meines Herzschlags hinweg.

„Deke. Du?"

„Sadie."

„Sadie", murmelt er mit seiner tiefen Stimme. Er stützt einen Arm über mir ab. Einen Augenblick lang keilt sein großer Körper mich an der Wand ein.

Ich habe noch immer keine Angst.

Stattdessen fühle ich mich klein und sicher, versteckt vor der Welt.

Dann tritt er beiseite. „Okay, Sadie. Tun wir es."

Sadie

Ich spüre, dass Dekes große Hand an meinem Kreuz schwebt, während ich mit ihm an meiner Seite über die Plaza schlendere. Deke ist zweimal so breit wie ich und fast zweimal so hoch wie ich, doch er macht keinerlei Geräusche beim Gehen.

„Der Name meines Ex ist Scott", erzähle ich ihm, während wir zum Taxistand laufen.

„Scott." Dekes Lippen kräuseln sich.

„Wir waren drei Jahre lang ein Paar." Ich weiß nicht, warum ich plappere, aber ich kann mich nicht stoppen. „Ich weiß nicht, warum ich so lange mit ihm zusammen war. Am Anfang war er nett, aber…"

Dekes breite Brust vibriert mit einem weiteren rumpelnden Laut. Automatisch lege ich meine Hand auf seine Schulter und der Laut erstirbt. Er bleibt wie angewurzelt stehen und ich ebenfalls, bevor ich mich zu ihm drehe.

„Er hat mich nicht verletzt", stelle ich klar. „Wir trennten uns, als ich herausfand, dass er mich betrog. Aber jetzt will er mich zurück."

„Und du, Sadie?" Deke mustert mich auf eine Weise, die kleine Schauder über mein Rückgrat jagt. „Was willst du?"

Mein Herz seufzt bei der Frage. Wann war das letzte Mal, dass mich ein Mann fragte, was ich will? „Ich will, dass er mich in Ruhe lässt."

„Und dann was?" Wir stehen uns von Angesicht zu Angesicht und Brust an Brust gegenüber, so nahe, dass ich fühlen kann, wie seine Hitze auf meine Haut übergeht. In meinem Unterleib wächst eine Sehnsucht, ein tiefer Hunger, den ich viel zu lange nicht verspürt habe.

„Ich will glücklich sein. Ich will frei sein."

Deke legt seine Hand auf meinen Arm und einen Moment lang sind da nur wir beide. Seine Finger umschließen meinen Unterarm und gleiten hinab, ehe sie mein Handgelenk fest packen. Sein Daumen streicht über meinen Pulspunkt und ich bin kurz davor, unsere Mission über Bord zu werfen und eine dunkle Ecke zu suchen, um das Versprechen der Berührung dieses Fremden zu erkunden.

Dann höre ich Scotts Stimme über den Parkplatz schallen. Er ist am Telefon, aber macht sich nicht die Mühe, das Gespräch leise zu führen. Das hat er schon immer so gemacht, selbst wenn wir zu Hause waren. Als wolle er sicherstellen, dass alle in einem Umkreis von sechs Metern wissen, wie wichtig sein Anruf ist.

Ich drehe mich um, aber Deke lässt nicht los. Er lässt seine Hand weiter nach unten gleiten, um meine Hand zu nehmen, und verschränkt seine Finger mit meinen. Mein Herz hämmert vor Aufregung. Wegen der Kühnheit, die Hand eines Fremden auf so intime Weise zu halten. Es fühlt sich wild und rebellisch und einfach toll an. Ich lächle zu ihm hoch und seine Lippen heben sich leicht an den Winkeln. So überqueren wir den restlichen Parkplatz, Hand in Hand.

Oh Gott, ich hoffe, ich habe keinen Fehler gemacht. Ich beschleunige mein Tempo und marschiere ein kleines Stückchen voran, während wir uns meinem Ex nähern.

Scott sieht mich und dreht sich um. „Sadie." Er berührt sein Headset und informiert den Anrufer laut darüber, dass er Schluss machen muss, anstatt mich fünf Minuten darauf warten zu lassen, dass der Anruf zu einem natürlichen Ende findet – wie er es früher tat, als wir noch ein Paar waren. Er schenkt mir ein breites Zahnpastalächeln, als wolle er sagen: *Siehst du, Baby? Siehst du, wie wichtig du mir bist?* Ich widerstehe dem Drang, die Augen zu verdrehen.

Dann bemerkt Scott Deke und seine Augen werden schmal. Es ist so offensichtlich, was er denkt. *Ein anderer Mann in meinem Territorium.*

Ich mache mich auf einen Weitpisswettbewerb gefasst. Nicht unbedingt ein stolzer Moment für mich, dass ich einen anderen Mann benutze, um meinen Ex einzuschüchtern. Doch dann drückt Deke meine Hand und tritt nach vorne, um sich Scott zu stellen, und mir wird bewusst, wie klein und künstlich Scott doch aussieht. Fake Bräune und perfekte Haare. Er sieht wie eine Ken-Puppe neben einem aufgemotzten G.I. Joe aus.

Mir wird das hier gefallen.

„Scott", sage ich. „Ich habe deine Nachrichten bekommen. Jede einzelne."

„Sadie." Scott blickt von oben herab auf Deke. Eine beeindruckende Tat in Anbetracht dessen, dass Deke größer als er ist. „Ist das ein Freund?"

„Nope", sagt Deke. „Ich bin Sadies neuer Mann." Und er legt seinen Arm um meine Schultern. Ich trete dicht zu ihm und lehne mich an seine Brust. Seine sehr feste, muskulöse Brust.

„Das ist Deke. Wir haben uns gerade erst kennengelernt und… nun, wir haben sofort geklickt." Ich lächle zu Deke hoch. Unsere Blicke verhaken sich eine extra lange Sekunde und ich vergesse zu atmen. Wow, er ist wirklich atemberaubend.

Ich vergesse fast, dass Scott direkt vor uns steht. Er räuspert sich dreimal, bevor ich meine Aufmerksamkeit wieder auf ihn richte. Scotts Nase kräuselt sich, als hätte er etwas Vergammeltes gerochen. „Sadie, das sieht dir nicht ähnlich."

Ich setze eine vorgetäuscht unschuldige Miene für ihn auf. „Was sieht mir nicht ähnlich?"

„Ich meine… ihr habt euch gerade erst kennengelernt? Du hältst die Hand dieses Typen?" Er schüttelt den Kopf, als würde er versuchen, die ganze Sache aus seinem Kopf zu löschen. „Ich hatte gehofft, dass wir reden könnten. Allein."

Ich schweige und Deke drückt mich sanft. Ich realisiere, dass mein fake Biker-Freund auf ein Zeichen von mir wartet. Er wird mir erlauben, zuerst für mich selbst einzutreten.

„Das ist nicht nötig. Es ist aus, Scott. Ich habe nach vorne geblickt."

„Sadie –" Scott tritt nach vorne und dieser rumpelnde Laut dringt erneut aus Dekes Brust. Es ist ein Knurren. Ein *echtes* Knurren.

Scott erstarrt mitten im Schritt.

„Kapier's endlich, Sears." Deke benutzt Scotts Nachnamen. Vielleicht kennt Deke Scott besser, als ich dachte. „Sie ist über dich hinweg. Hör darauf, was Sadie dir sagt, und schau nach vorne."

Scott beginnt zu stottern, woraufhin mich Deke zärtlich dreht, sodass unsere Rücken meinem Ex zugekehrt sind. „Bereit, Babe?", fragt mich Deke.

„Ja", sage ich, obwohl ich keine Ahnung habe, wovon er redet. Er lässt weiterhin seinen Arm um mich liegen, während er mich über die Plaza und zu seinem Motorrad führt. Als wir das riesige Motorrad erreichen, lässt er mich los. Aus dem Augenwinkel sehe ich, dass uns Scott nach wie vor beobachtet.

„Hier." Deke reicht mir etwas. Einen schwarzen Helm.

„Wofür ist der?", frage ich.

„Deinen Kopf." Humor schwingt in seiner Stimme mit. „Möchtest du eine kleine Spritztour drehen? Nur um ihn wütend zu machen?"

Meine Augen weiten sich, aber ich nicke. *Ja, ja das will ich.*

Er nimmt den Helm und setzt ihn mir auf, passt ihn an meinen Kopf an und schließt den Verschluss vorsichtig. Mein Herz macht ein lautes *Ba-bumm*, während er sich mit dem Gurt abmüht, wobei seine großen Finger überraschend geschickt sind. Er öffnet den Deckel der Satteltasche und bedeutet mir, dass ich ihm meine große Tasche mit dem Wolpertinger geben soll. Als ich das tue, verstaut er sie in der

Lederhülle und schiebt den Gurt durch den gürtelähnlichen Verschluss. Im Anschluss schwingt er sich auf das Motorrad, tritt den Ständer nach oben und stabilisiert es. „Spring auf."

Ok, das hier passiert wirklich. Er will mich auf dem Motorrad. Ich habe mir einen Biker als fake Freund geangelt und jetzt werde ich gleich mit ihm davonfahren, während mein Ex zusieht.

Deke schaltet das Motorrad an und lässt den Motor aufheulen. Die Luft erzittert unter dem Brüllen des Motors.

„Bereit, Babe?", ruft er über den Lärm.

Ich weiß nicht, ob er mich Babe nennt für den Fall, dass Scott es hört, oder ob er mich nur Babe nennt, weil er jede Frau so nennt, aber es bringt mich zum Lächeln.

Ich hole tief Luft und schwinge mich hinter ihm auf das Motorrad. Er nimmt meine Hände und zieht sie um sich zu seiner Vorderseite. Ich packe sein weiches T-Shirt und ein wohliger Schauder durchfährt mich, als ich die harten Muskeln darunter spüre.

Ich kann nicht fassen, dass ich das hier mache.

„Okay?", ruft Deke über seine Schulter. Seine Wange ist zu einem Grinsen gebogen. Er trägt keinen Helm.

„Du hast keinen Helm auf", sage ich. Ich klinge wie eine kleinliche Vorschullehrerin, selbst in meinen Ohren.

„Babe", sagt er zur Antwort und das Motorrad fährt mit einem Röhren los. Wir fahren direkt an Scott vorbei. Ich kann sein Gesicht nicht sehen, aber ich kann mir seinen schockierten Zorn vorstellen. Es ist wunderbar. Ich winke leicht in seine Richtung und dann packe ich Deke fester, während wir die Hauptstraße der Stadt – Paseo del Pueblo Norte Street – entlang rasen und um die Kurve in die offene Nacht.

Ich wusste nicht, dass Motorradfahren so ein Spaß ist. Die Nachtluft ist frisch und strömt um uns herum. Dekes Motorrad ist ein Monster aus Leder und Chrom, das heiß unter mir schnurrt, aber Deke ist sogar noch größer. Er fährt mit absoluter Gelassenheit, sein großer Körper ist solide und aufrecht, womit er den Großteil des Windes von mir abschirmt. Ich presse mich an ihn, meine Wange an seine Lederweste. Er fährt nicht zu weit aus der Stadt raus und biegt auf eine Landstraße, um zurückzufahren. Wenn er sich in Kurven legt, lege ich mich mit ihm in diese, und das Motorrad saust geschickt die Landstraßen von Taos hoch und runter.

Einen Moment lang denke ich darüber nach, einige Fragen zu brüllen – „Wohin fahren wir? Wie sieht der Plan aus?" – doch der Himmel über uns ist so weit, schwarzer Samt besetzt mit Diamantsternen, und die Nacht ist so groß und grenzenlos, dass ich meine Sorgen vergesse. Es gibt nichts außer dem riesigen Mann, an den ich mich klammere, das Motorrad, das unter uns beiden knattert, und die endlosen Straßen. Sorgen über die Arbeit, Scott, meine Freundinnen und was zur Hölle ich hier mache, fallen einfach von mir ab. Ich lasse sie wie alte Radkappen und Krokodilklemmen am Straßenrand zurück.

Ich bin glücklich. Ich bin frei.

Deke lenkt das Motorrad über eine einspurige Brücke und stoppt. Ich blicke auf den sprudelnden Fluss direkt unter uns – ein Nebenfluss des Rio Grande. Über uns funkeln durch die Baumspitzen eine Million Sterne am dunklen Himmel. Es ist dunkel und abgelegen, aber ich habe keine Angst.

„Das ist schön", sage ich.

„Yeah." Seine Stimme ist sanft. Er ragt über mir auf, groß, aber nicht bedrohlich. Die Nachtluft ist kühl und mir sollte kalt sein, aber ich spüre nur die Hitze, die er abstrahlt. Noch ein Schritt und ich wäre in seinen Armen.

Ich habe diesen Mann vor weniger als einer Stunde kennengelernt und bin bereits auf seinem Motorrad mitgefahren. Ich lege meine Arme um ihn und halte ihn fest. Und jetzt bin ich hier draußen, allein, nur ich und ein Fremder, der bereits ein Freund zu sein scheint.

Ich bin vollkommen zufrieden, bis mir bewusst wird, was meine Freundinnen sagen würden.

Ich habe mich gerade hinten auf das Motorrad eines Fremden geschwungen und mich von ihm wegfahren lassen. In die Dunkelheit. Ohne ein Gespräch darüber, wohin er fahren wird oder wie ich nach Hause kommen werde.

Deke

DER KLEINE MENSCH blickt zu mir hoch und beißt sich auf die Lippe. Der Wind nimmt zu und trägt ihren Bonbongeruch zu mir. Ich kann nicht genug davon kriegen. Sie ist wirklich der niedlichste Mensch, dem ich jemals begegnet bin. Alles an ihr weckt den Wunsch in mir, zu lächeln. Und ich habe seit Jahren nicht gelächelt.

Jetzt, da ich mit Sadie allein bin, ist der ständige Lärm, den ich normalerweise von meinem Wolf toleriere, erstorben. Dieser Drang nach Gewalt – die unterschwellige Ruhelosigkeit – scheint sich aufgelöst zu haben. Er wurde von dem Drang ersetzt, sie zu markieren, aber dieses Gefühl kann ich kontrollieren.

Das werde ich mit der süßen Sadie Diaz nicht tun. Ich weiß, dass es für mich ein Ding der Unmöglichkeit ist, Anspruch auf einen Menschen zu erheben.

Ich bin viel zu wild. Zu gefährlich.

„Ähm, danke, dass du mir damit geholfen hast", sagt Sadie.

„Kein Problem. Habe gern geholfen." Ich hätte es ohnehin getan. Ich wünschte, ich hätte mehr tun können, und wenn ich Scott allein über den Weg gelaufen wäre, hätte ich das vielleicht auch getan. Wie sich herausstellte, benahm ich mich recht zivilisiert. Mein Rudel wäre schockiert.

„Ich hätte nie gedacht, dass Scott so sein würde." Sadie schüttelt den Kopf. Ich hasse es, seinen Namen von ihren Lippen zu hören, aber ich bin froh, dass sie sich mir anvertraut. Ich bin glücklich damit, sie einfach reden zu lassen. „Was ich nicht verstehe, ist, woher er wusste, wo ich war. Er stalkt mich irgendwie."

Nun diesbezüglich kann ich etwas unternehmen. „Handy", befehle ich und strecke meine Hand mit der Handfläche nach oben aus. Sie neigt an mich gewandt den Kopf und ihre Stirn legt sich in Falten.

„Zeig mir dein Handy", erkläre ich. Ich muss mich daran erinnern, in ganzen Sätzen zu sprechen. Den Großteil der Zeit mache ich mir nicht die Mühe. Ich hasse Menschen und einsilbig zu sprechen, ist eine gute Methode, meine Abscheu zu kommunizieren. Es treibt mein Rudel in den Wahnsinn, was ein Bonus ist.

Sie zieht ihr Handy aus ihrer Jeanstasche und reicht es mir.

„Passwort?"

„Kein Passwort", sagt sie.

„Im Ernst? Du brauchst ein Passwort." Ich gehe zu den Sicherheitseinstellungen und lasse sie ein Passwort eintippen. „Nichts, das zu leicht erraten werden kann", belehre ich sie. „Keine geläufigen Daten oder Geburtstage."

„Na schön." Sie tut so, als würde sie sich beschweren, aber tippt etwas ein.

„Hast du eines?", frage ich und sie nickt. „Gut. Wie lautet es?"

Sie blickt mich mit gerunzelter Stirn an, bevor ihr klar wird, dass ich einen Witz mache. „Als ob ich dir das verraten würde", erwidert sie neckend.

„Braves Mädchen." Ich schenke ihr ein schiefes Grinsen, dann bringe ich sie dazu, das Handy für mich zu entsperren. Ich suche nur eine Sekunde, bevor ich die Tracking App entdecke. Ich zeige ihr das Display. „Hat Scott dich gebeten, diese App zu installieren?"

Ihre Augen weiten sich. „Was ist das?"

„Es ist eine App, die jedem, den du einlädst, den Standort deines Handys schickt."

„Die habe ich nicht installiert. Scott hat mich auch nie gebeten, irgendetwas zu installieren", sagt Sadie.

Scheißkerl. Vielleicht werde ich ihn umbringen. Ich kann das jetzt nicht mehr meinen Wolf tun lassen, da ich Sadie den Plan bereits verraten habe. Ich werde mir etwas anderes überlegen müssen.

„Dann hat er es wahrscheinlich gemacht, ohne nachzufragen. Es muss ein Leichtes gewesen sein, weil du kein Passwort hattest." Beim Reden tippe ich mit meinen Daumen und deinstalliere die App. „Ich lösche sie. Wenn du nach Hause kommst, mach eine Sicherungskopie deiner Daten und einen Hard Reset. Behalte das Passwort und fahre dein Handy jeden Morgen neu hoch. Angriff ist die beste Verteidigung."

Ich gebe auch meine Handynummer ein. „Ich speichere meine Nummer hier ein für den Fall, dass du noch einmal gerettet werden musst. Ist das okay?"

„Ja. Dankeschön." Sadie nimmt das Handy entgegen und blinzelt zu mir hoch. „Woher weißt du das alles?"

„Ich arbeite in der Sicherheitsbranche."

„So was wie Cybersicherheit?" Der Wind zerzaust ihre Haare und ich trete näher, um sie davon abzuschirmen.

„Alle möglichen Arten von Sicherheit. Aber hauptsächlich Missionen für die Regierung." Das ist das längste Gespräch, das ich seit Jahren mit einem Menschen geführt habe. Ich würde diese Informationen niemals irgendjemandem freiwillig anvertrauen, aber bei Sadie ist es anders. Sadie ist besonders. „Meinen Partnern und mir gehört Black Wolf Security."

„Oh!" Ihre Augen funkeln. „Habt ihr deswegen alle Wolf-Tattoos?"

Ich schaukle nach hinten auf meine Fersen. „Das hast du bemerkt?"

„Meine Freundin hat es bemerkt. Ich habe nur deines gesehen."

Mein Schwanz drängt sich gegen meinen Reißverschluss. Meinem Wolf gefällt es, dass sie mich aus dem Rudel rausgepickt hat. „Wir ließen sie uns alle stechen, bevor wir aus dem Militär ausschieden." Ich schiebe meinen Ärmel hoch und zeige ihr meinen Bizeps. „Wir waren eine Sondereinheit."

Sie zeichnet den Mond mit leichten Berührungen ihrer Fingerspitzen nach. Elektrizität durchfährt mich und ich beuge mich dichter zu ihr, um den Vanillegeruch in ihren Haaren einzuatmen. Sie hat helle Haut und leuchtet förmlich im Mondlicht, ihr seidiges Haar weht um ihr Gesicht. Normalerweise hasse ich es, angefasst zu werden, aber mein Wolf würde sich momentan nur allzu gerne ausstrecken und den Bauch kraulen lassen.

„Es ist hübsch." Sie befühlt mein Tattoo. Ist ihre Stimme tiefer, heiser? Ist das die Nachtluft?

Sie zieht ihre Hand weg und ich muss mehrere Male schlucken. Mein Schwanz ist eine harte Stange und presst sich gegen die Vorderseite meiner Jeans. „Was ist mit dir?", frage ich. Auch meine Stimme klingt in meinen Ohren tiefer als gewöhnlich. „Was arbeitest du?"

„Ich unterrichte die Vorschüler. Was mich daran erinnert, dass ich nach Hause gehen sollte. Es ist ein Schulabend."

„Hast du dein Auto auf der Plaza stehen lassen? Oder möchtest du, dass ich dich nach Hause fahre?"

Sie kaut auf ihrer Lippe herum. Ich glaube, der Stopp hier hat sie nervös gemacht. Was gut ist. Sie sollte nicht einfach auf das Motorrad irgendeines Typen springen und mit ihm durch die Stadt fahren. Dennoch hasse ich den Gedanken, dass sie Angst vor mir hat.

„Nach Hause, bitte."

„Klar. Gib mir einfach die Adresse." Das Mindeste, das ich tun kann, ist, sie sicher nach Hause zu bringen.

Ich genieße jede Sekunde der Fahrt zu ihrem Zuhause im Norden von Taos. Sie drückt mich jedes Mal enger an sich, wenn ich mich in eine Kurve lehne. Ich fahre die letzten Meilen langsamer, manövriere behutsam in jede Biegung und genieße die nächtliche Landschaft, anstatt daran vorbei zu rauschen. Die Schatten und das Mitternachtsblau.

Ich fahre vor ihre Tür und stelle meine Füße auf den Boden, um mein Motorrad zu stabilisieren, aber ich bleibe mit steifen Schultern nach vorne gewandt stehen. Das hier war kein Date – es war eine Rettungsmission. Mein Job war es nur, das Päckchen zu seinem Bestimmungsort zu bringen. Nicht, sie zur Tür zu bringen. Definitiv nicht, mich nach unten zu beugen, um diesen köstlichen Geschmack zu genießen, bevor sie nach drinnen geht.

Einen Augenblick bewegt sich Sadie nicht. Sie hält mich noch immer fest, als würde sie sich nur widerwillig von mir lösen. Ich knirsche mit den Zähnen und versuche, nicht daran zu denken, wie leicht sie ihre Hand über meinen Bauch nach unten und in meine Jeans schieben könnte. Mein Schwanz zuckt bei dem Gedanken.

Schließlich rutscht sie von dem Motorrad. Ich verliere den

Kampf mit mir und drehe meinen Kopf leicht, um meine Sinne mit ihrem Vanillegeruch zu füllen.

„Danke für die Fahrt", sagt sie. „Und, ähm, alles." Sie nimmt meinen Helm ab und reicht ihn mir. Ich tausche ihn gegen ihre Handtasche aus. Sie wirft sich die Tasche über die Schulter, aber macht noch immer keine Anstalten, zu gehen.

„Kommst du morgen in die Stadt zum Plaza Live?", erkundigt sie sich nach einem Moment des Herumzappelns. „Die Flying Oysters spielen um sechs. Sie spielen hauptsächlich Coversongs, aber sie sind ziemlich gut."

„Klar", sage ich, obwohl ich keinerlei Absicht hatte, jemals an irgendeinem Plaza Live teilzunehmen. Aber wie es scheint, bin ich unfähig, Sadie irgendetwas abzuschlagen, um das sie mich bittet. Mein Rudel wird sich totlachen, wenn sie das herausfinden. Aber ich werde mir auf keinen Fall eine Gelegenheit entgehen lassen, Sadie noch einmal zu sehen. Nicht, weil ich versuche, irgendetwas mit ihr anzufangen. Nur um mich zu vergewissern, dass sie vor dem Armleuchter in Sicherheit ist. „Ich werde da sein."

„Okay. Nacht, Deke." Sie blickt mich mit nach oben gewandtem Gesicht an.

Fass sie nicht an. Fass sie nicht an. Küsse sie auf keinen Fall.

Ich kann mich nicht davon abhalten, die Hand auszustrecken, sie in ihren Nacken zu legen und Sadie dicht zu mir zu ziehen. Ihr Vanillegeruch schwappt über mich hinweg und ich atme ihn ein, als wäre ich gerade aus dem Gefängnis gekommen und das hier mein erster Atemzug Frischluft seit einem Jahrzehnt.

Ich bringe etwas Kontrolle auf und presse meine Lippen nur auf ihre Stirn, wo ihre Haare zerzaust und von dem Helm leicht feucht sind. Ich erlaube mir nicht, von ihren Lippen zu kosten. Und ich steige nicht vom Motorrad. Wenn ich absteige, gibt es kein Zurück mehr.

Nach einem Augenblick lasse ich sie los.

Sie weicht unsicher zurück und ihre hübschen Lippen teilen sich.

„Nacht, Sadie."

Ich fahre nicht sofort los. Ich warte, bis sie drinnen ist. Sie verschwindet und das Türschloss klickt – mein übernatürliches Gehör lässt mich dieses Geräusch nicht überhören. Was ich jedoch nicht höre, ist, dass sie von der Tür weggeht und mit ihrer Nacht weitermacht. Der dünne, weiße Vorhang im Fenster wackelt leicht, als hätte sie ihn gerade zur Seite gezogen. Sie beobachtet mich.

Ich lasse den Motor wieder an und rolle davon. Ich spüre noch immer ihre seidige Haut unter meinen Lippen. Meinem Wolf passt es nicht, dass ich wegfahre. Der Instinkt, das Motorrad zu wenden und zurückzufahren, erstickt mich beinahe.

Mein Wolf will Sadie. Er will, dass ich sie unter mich ziehe, heute Nacht. Er will, dass ich sie als mein markiere. Sie behalte.

Aber das ist nicht möglich. Denn er ist nicht sicher. Einen Menschen zu markieren, ist unter besten Bedingungen schon gefährlich, und mein Wolf? Er kennt keine Zurückhaltung.

Also werde ich mich von Sadie Diaz fernhalten. Denn es hat noch nie einen Menschen gegeben, den ich dringender beschützen musste.

～

SADIE

.   .   .

Trotz der Drinks und der Nachtluft bin ich überhaupt nicht müde, als mich Deke absetzt. Ich stelle die Wolpertinger-Figur neben die Eingangstür und husche durch mein kleines Reihenhaus, während ich alles für den Morgen vorbereite.

Ich bin ganz flatterig und aufgeregt. Und am Durchdrehen.

Ich habe noch nie in meinem Leben etwas so Waghalsiges getan. Ich *bin* die Sorte Mensch, die Fremden zu schnell vertraut – das wurde mir von meinem Dad und meinen Freundinnen mindestens siebenundfünfzig Mal gesagt. Aber normalerweise laufe ich nicht herum und suche aktiv fremde Männer auf. Oder nehme an fragwürdigen Aktivitäten teil, wie zum Beispiel hinten bei einem Fremden auf das Motorrad zu steigen.

Aber meine Instinkte sagten mir, dass ihm zu trauen sei.

Und sie hatten recht! Ich war die ganze Zeit vollkommen sicher. Ich trug einen Helm. Er brachte mich sofort nach Hause, als ich ihn darum bat, und er versuchte nicht einmal irgendetwas – eine Tatsache, über die ich leicht enttäuscht bin. Er war nicht die männliche Hure, vor der mich Charlie warnte. Er küsste mich nur auf die Stirn! Vielleicht hat er kein Interesse und das ist in Ordnung. Ich liebte trotzdem jede Sekunde der Zeit mit ihm.

Vielleicht bin ich ein Adrenalinjunkie, denn ich bin jetzt ganz aufgedreht von meinem wilden Verhalten. Ich muss schon sagen, dass es sich großartig anfühlte, so zu tun, als wäre ich mit einem Typen wie Deke zusammen. Einem großen, bösen, Motorrad-Militär Typen. Heute Nacht ließ ich meine wilde Seite ein wenig raus. Es fühlte sich rebellisch und spaßig an. Ich hatte zum ersten Mal das Gefühl, dass ich Herrin meines Schicksals sei, seit… ich weiß nicht, wie lange es her ist.

Vielleicht seit Mom ging.

Ich lasse mich rückwärts auf mein Bett plumpsen und ein Lachen perlt von meinen Lippen.

Als mein Handy wegen einer SMS vibriert, greife ich danach. Die widerliche, ekelerregende Erwartung, eine weitere Nachricht von Scott zu finden, ist verschwunden und von Wut ersetzt worden.

Dieser Kerl muss mich in Ruhe lassen.

Und tatsächlich ist die Nachricht von Scott. *Sadie, ich mache mir wirklich Sorgen um dich. Dieser Kerl, mit dem du heute Abend zusammen warst, bedeutet Ärger.*

Anstatt die Nachricht zu ignorieren, wie ich das normalerweise tue, antworte ich dieses Mal. *Hör auf, mir zu schreiben. Ich will nie wieder von dir hören. Es ist vorbei.*

So. Ich habe das Gefühl, als hätte ich das zuvor schon gesagt, aber damals war ich die liebe Sadie. Jetzt denke ich nicht, dass ich noch deutlicher sein könnte.

Wie sich herausstellt, fühlt es sich gut an, für mich einzutreten.

Ich rolle mich auf die Seite und meine Gedanken kehren zu Deke zurück. Natürlich würde ich einen Mann wie ihn nicht wirklich daten. Zum einen hätte er an jemandem wie mir sowieso kein Interesse.

Und ich bezweifle, dass wir irgendetwas gemeinsam hätten.

Dennoch blitzt die Erinnerung an seine riesige Hand, die meinen Hals umfing, oder wie er mich an dem Gebäude in der Gasse einkeilte – nicht, als würde er mich gefangen nehmen, eher als würde er mich abschirmen – in meinen Gedanken auf und lässt Schmetterlinge durch meinen Bauch flattern.

Wie wäre es wohl, mit meinen Händen über diesen durchtrainierten Körper zu streicheln? Die Kraft seines massiven Körpers über meinem zu fühlen? Oder unter meinem?

Ich schiebe meine Finger zwischen meine Beine und stöhne leise, als sie Kontakt herstellen. Ich tue so, als wären meine Finger Dekes riesige. Wie würde er mich berühren? Wäre er grob? Oder sanft?

Irgendwie bin ich mir sicher, dass er sanft sein würde. Ein großer Kerl wie er hätte gelernt, sich bei einer Frau zurückzuhalten. Ich wette, er wüsste ganz genau, wie er mich berühren muss. Ich wette, er würde meine Performanz nicht wie Scott kritisieren.

Argh. Ich will nie wieder an Scott denken.

Vielleicht ist er das, was ich brauche, um in die Zukunft zu blicken. Ich bin mir sicher, er ist nicht auf der Suche nach einer festen Freundin. Vor allem nicht bei jemandem wie mir. Und wir würden als Paar ohnehin nicht funktionieren – ich meine, mein Dad würde einen Mann wie ihn niemals an meiner Seite akzeptieren.

Aber vielleicht könnten wir eine Affäre haben. Ein wildes Abenteuer, das mir dabei helfen könnte, die Dating-Szene wieder zu betreten.

Ich rolle mich auf den Bauch, während meine Finger nach wie vor zwischen meinen Beinen zu Gange sind. Die Idee törnt mich unfassbar an. Ich beiße in mein Kissen und wackle über meiner Hand mit den Hüften.

Ich schäme mich nicht einmal, als ich „Deke!" in die Bettwäsche krächze, während ich komme.

KAPITEL 4

Kapitel Drei

adie

FRÜH AM NÄCHSTEN Abend gehe ich zur Plaza, noch bevor die Musik anfängt. Ich reserviere einen der Tische für mich und stelle den mit Folie abgedeckten Teller voller Zuckerplätzchen in Motorradform, die ich als Dankeschön für Deke gebacken habe, auf den Tisch. Aber ich bin zu nervös, um mich hinzusetzen. Ich stehe hinter dem Stuhl und trete von einem Fuß auf den anderen, wobei mein luftiger Rock um meine Beine wirbelt. Ich bin heute richtig herausgeputzt und trage ein gelbes Baumwollkleid und stylische Velourlederstiefel. Wie immer habe ich meinen weißen Cardigan mitgenommen für den Fall, dass es kalt wird. Doch da das Kleid einen tiefen V-Ausschnitt und sexy Saum hat, liegt mein

Outfit eher auf der riskanten Seite von „Vorschullehrerin-Chic". Vor allem weil ich die großen Creolen trage, die mir Tabitha gegeben hat. „Sexy und ich weiß es"-Ohrringe nennt sie sie.

Die Band baut auf, steckt Dinge ein und testet Verstärker. Einer der Gitarristen schlägt seinen E-Bass an und der Verstärker dröhnt, dann quietscht er. Einige ungehobelte Touristen auf der Terrasse des Restaurants brüllen etwas, aber die Menge um die kleine Bühne und den Rasen beginnt, zu wachsen. Leute breiten Decken aus und öffnen Essens-behälter.

Deke ist noch nicht hier, aber ich habe auch nicht gedacht, dass er früher herkommen würde. Ich weiß ehrlich gesagt nicht einmal, ob er überhaupt kommen wird. Er hat sicherlich wichtigere Dinge zu tun, als mit mir auf der Plaza abzuhängen. Online suchte ich nach der Black Wolf Security, doch es gibt fast nichts über sie zu finden. Ihre Website ist eine schwarze Seite mit einem Wolflogo und sonst nichts. Ich wette, Deke hat sie erstellt. Das passt einfach zu ihm.

Die Geschäftslizenz ist auf ein Postfach in Taos ausge-stellt. Ich bin versucht, Charlie zu bitten, nachzuschauen, aber dann weiß sie Bescheid und fürs Erste möchte ich Deke mein schmutziges, kleines Geheimnis sein lassen. Nicht, dass wir irgendetwas Schmutziges getan hätten.

Leider.

Noch nicht.

Als die Musik endlich anfängt, setze ich mich und werfe einen Blick auf mein Handy. Scott hat mir heute geschrieben, aber nur zweimal. *Triffst du dich wirklich mit diesem Kerl?*, fragte er zur Mittagszeit. Ich wartete bis zu meiner Toiletten-pause, um ihm meine Antwort zu schicken, die aus einem Wort bestand. „Ja." Im Grunde genommen treffe ich mich heute mit Deke. Hoffentlich kommt er auch wirklich, um die Band anzuschauen, wie er es gesagt hat.

Scotts Antwort sorgte dafür, dass sich mein Magen verkrampfte. *Was würde dein Vater dazu sagen?* Er wusste schon immer, wie er mir das Messer in den Körper rammen konnte.

Ich stecke mein Handy weg. Zur Hölle mit ihm. Zur Hölle mit ihnen beiden. Ich will nicht darüber nachdenken, was mein Vater sagen würde. Dad hieß Scott gut, keine Frage. Wann immer wir gemeinsam Essen gingen, stets in die edelsten Restaurants in Taos, rissen die zwei das Gespräch an sich und redeten über mich hinweg. Ich vermutete immer, dass Scott mit mir zusammen war, weil mein Vater im Stadtrat sitzt und gute Verbindungen hat. Ich glaubte nicht, dass es der Hauptgrund war, aber rückblickend betrachtet bin ich mir nicht mehr so sicher. Scott schien nie damit zufrieden zu sein, mich zu daten. Dass er mich betrogen hat, hat das noch deutlicher gemacht.

Ist Deke die Sorte Mann, die fremdgeht? Er ist so heiß und verfügt über epische Ausmaße an maskuliner Härte. Ich kann mir nicht vorstellen, dass ihm eine heterosexuelle Frau über den Weg läuft, die bei seinem Anblick nicht zu sabbern anfängt und ihm ihren Slip als Tribut anbietet.

Aber wie er mich ansah, die Intensität in seinen Augen… das gab mir das Gefühl, als sei ich die einzige Frau in der Welt.

Ich irre mich vermutlich. Deke ist wahrscheinlich ein Player. Aber ich bin gewillt, eine weitere Kerbe in seinem Bettpfosten zu sein. Diese Motorradfahrt war das Aufregendste, das mir seit langer Zeit widerfahren ist. Vielleicht jemals.

Nein – nicht mir widerfahren.

Ich habe dafür gesorgt. Ich denke, dass das die Hälfte der Aufregung ausmacht.

Die andere Hälfte ist definitiv der extrem fitte Biker, der die Maschine fuhr.

Oben auf der Bühne rockt die Band ab. Die Sonne geht gerade unter und für einen Donnerstagabend hat sich eine beachtliche Menge versammelt.

„Ist dieser Platz besetzt?", fragt mich eine Frau, deren Finger sich bereits um die Rücklehne des Stuhls krümmen, bereit, ihn fortzutragen. Sie hat lange pinke Fingernägel, enge Jeans und ein tief ausgeschnittenes Top an. Warum trage ich nicht so ein Outfit? Sie sieht mehr wie eine Bikerbraut aus, als ich jemals sein werde.

„Ja, er ist besetzt", informiere ich sie mit vor Eifersucht scharfer Stimme. Sie verdreht die Augen und schüttelt den Kopf, während sie wegläuft. Ich kann ihre Gedanken über mich förmlich hören, aber es ist mir egal. Es ist nett, nicht die ganze Zeit nett zu sein.

„Er wird kommen", flüstere ich vor mich hin. Ich sitze mit vornehm übereinander geschlagenen Knöcheln da, die Hände im Schoß gefaltet wie eine brave kleine Vorschullehrerin. Meine Haare sind mit einer Schleife nach hinten gebunden, um Himmels willen.

Ich stehe auf, ziehe an der Schleife und schüttle meine Haare aus. Das ist der Moment, in dem ich ihn wahrnehme. Die Härchen in meinem Nacken richten sich auf und der Geruch von Motoröl und Leder steigt mir in die Nase.

Ich drehe mich um und lasse meinen Blick über die Menge schweifen, aber sehe Deke zunächst nicht. Doch ich weiß, dass er hier ist.

Und dann taucht er auf, tritt aus den Schatten und marschiert zu mir. Eine Gruppe sexy Skihäschen steht in seinem Weg. Sie rempeln einander an und starren Deke mit großen Augen an. Aber er blickt nicht einmal zu ihnen, während er schnurstracks zu mir läuft. Er hat wieder diesen intensiven Blick aufgesetzt, der, der mich erschaudern lässt. Ich fühle mich ein bisschen so, als würde ich gejagt werden.

„Babe." Er benutzt das Wort, um ganze Sätze auszusprechen. Ich muss nur entziffern, was sie meinen. Er tritt direkt vor mich. Für einen großen Mann bewegt er sich mit Anmut, schlendert über die Plaza wie ein Panther. Er trägt die gleiche Sorte Outfit wie zuvor, dunkle Jeans und ein weiches, weißes T-Shirt, das sich an seine Bauchmuskeln schmiegt. Große Motorradstiefel.

Mir läuft das Wasser im Mund zusammen.

Er ist so verflucht heiß. Und ich habe ihm Kekse gebacken. Was habe ich mir nur dabei gedacht?

„Deke. Du bist gekommen." Ich trete vor den Tisch in der Hoffnung, dass er den Keksteller nicht sieht.

Natürlich entdeckt er ihn sofort. „Was ist das?" Er greift um mich und berührt den Teller.

„Ähm, nur ein kleines Dankeschön. Du weißt schon, für gestern."

„Du hast mir Kekse gebacken?"

„Ja."

„Babe", sagt er erneut und streicht mir eine Haarsträhne hinters Ohr. „Danke." Er lächelt nicht, aber sein dunkler Blick lodert förmlich. So aus der Nähe ist er überwältigend sexy. Meine Schenkel pressen sich zusammen und ich unterdrücke ein Wimmern.

„Es ist nichts." Ich wende mich ab und fummle an der Plastikfolie über dem Keksteller herum. „Ich stehe in deiner Schuld."

„Ach ja?" Er legt den Kopf auf die Seite, nach wie vor vollkommen auf mich fokussiert. Die jungen Frauen glotzen Deke noch immer an und er hat es nicht einmal bemerkt.

Ich schlucke und trete näher, damit ich nicht über die Musik brüllen muss. „Für letzte Nacht. Du bist mein Held."

Seine Stirn kräuselt sich. „Ich bin kein Held."

Ich will protestieren, aber ich realisiere, dass ich närrisch klingen würde. Ich habe die letzte Nacht offensichtlich zu einer größeren Sache aufgeblasen, als sie das für ihn war.

„Nun, ich stehe trotzdem in deiner Schuld." Ich beschwöre meinen Mut herauf und lege meine Hand auf seine Brust.

Er zieht eine dunkle Braue hoch. „Ach ja? Du stehst in meiner Schuld?" Es schwingt ein anzügliches Schnurren in seiner Stimme mit.

Hitze schießt mir zwischen die Beine. „Fall ich jemals deine fake Freundin spielen soll, gib mir Bescheid", sage ich, wobei ich nur halb scherze. Als könnte er nicht mit den Fingern schnipsen und jede Frau dazu bringen, zu tun, was er will.

„Babe." Er bedenkt mich mit seinem intensiven Blick – so heiß, dass er mir die Kleider vom Körper brennen könnte. Seine Lippen zucken, als würde er mich für niedlich halten. Dann beugt er sich dicht zu mir und raunt: „Bei mir würdest du gar nichts faken." Seine Stimme ist tief und kräftig und das reine Versprechen von Sex schwingt darin mit.

Ich erröte. Gänsehaut breitet sich auf meinem gesamten Körper aus.

Das Lied, das die Band spielt, endet abrupt. Die Menge rafft sich zu einem halbherzigen Applaus auf. Deke richtet sich auf und ich betrachte sein Gesicht. Er sieht jetzt todernst aus.

Ich drehe mich um und klatsche für die Band, aber ich kann fühlen, dass Deke nach wie vor auf mich konzentriert ist.

„Dankeschön", brüllt der Leadgitarrist ins Mikrophon.

„Wir sind die Flying Oysters. Das ist für all die Turteltäub-chen dort draußen."

Und sie beginnen „Undisclosed Desires" von Muse zu singen. Eines meiner Lieblingslieder. Kein typisches Liebes-lied, auch wenn ich es sexy finde.

Ich lecke mir über die Lippen und Dekes Blick sinkt auf meinen Mund. „Ich liebe dieses Lied", erzähle ich ihm. Er nickt langsam. Seine Augen funkeln in dem dämmrigen Licht grün und blitzen wie die einer Katze auf. Ich beuge mich nach vorne, um ihn danach zu fragen, als er meine Hand nimmt und mich abrupt vom Tisch wegführt.

Ich folge ihm, ohne Fragen zu stellen, und jeder meiner Nerven steht in Flammen. Er zieht mich hinter sich her, von der Menge weg, von der Plaza und in eine Gasse voller Schatten. Es ist dunkel und privat und ich habe keine Ahnung, was los ist, aber genau wie letzte Nacht, heult keine meiner Sirenen in meinem Kopf Gefahr. Ich bin entspannt und zufrieden damit, mit ihm zusammen zu sein.

„Was machen wir hier?"

Er dreht sich um und sein großer Körper drängt mich rückwärts, bis ich zwischen ihm und der Wand eingekeilt bin.

„Deke?", frage ich plötzlich atemlos.

„Ich treibe nur diesen Gefallen ein." Seine Nase ist so nah, dass sie meine berühren könnte.

Ein Pochen setzt zwischen meinen Beinen ein.

Mit einem Knurren fixiert er meine Hüften mit seinen. Er stützt seinen Unterarm über meinem Kopf an der Wand ab und sein riesiger Bizeps blockiert das ganze Licht. Seine rechte Hand umfängt meine Wange. Ich öffne den Mund und sein Gesicht senkt sich.

Er küsst mich direkt dort in der Gasse. Meine Zehen krümmen sich in meinen Stiefeln. Die Mauer in meinem

Rücken ist kalt, aber die Hitze von Dekes Körper wärmt mich.

Er stöhnt und zieht seinen Kopf zurück, aber fixiert mich weiterhin an der Mauer, während seine Augen merkwürdig in der Dunkelheit aufblitzen. „Das ist es, was ich will – deinen Kuss. Das ist das Einzige, das ich will." Er küsst mich erneut.

Ich komme ihm entgegen und packe eine Handvoll von seinem weichen T-Shirt, als könnte ich ihn in meinen Körper ziehen. Er neigt seinen Kopf und seine Zunge gleitet in meinen Mund. Ich stöhne.

Er reißt seinen Mund von meinem und weicht zurück, während sich seine Brust schwer hebt und senkt. Die Stelle zwischen meinen Beinen ist flüssig, schmerzt. Ich lehne mich an die Backsteinmauer und keuche. Ich war Sekunden davon entfernt, von seiner Zunge zu kommen, die meinen Mund vögelte.

„Deke", wispere ich.

„Sadie." Er berührt meine Lippe mit einem Finger. Als er seine Hand fallen lässt, registriere ich, dass er zittert.

Er tritt weg und wendet sich halb ab. „Es tut mir leid." Seine Stimme ist heiser und tief. „Ich sollte das hier nicht tun."

„Doch, das solltest du", platze ich heraus. „Du solltest das sogar unbedingt tun." Ich würde direkt hier in der Gasse den Rock für ihn anheben.

„Fuck." Er fährt sich mit einer Hand durch die Haare. Er will gerade etwas sagen, als das Dröhnen eines Motorrads die Luft durchschneidet.

„Fuck", brüllt Deke und tritt von mir weg, als ein Mann auf einem Motorrad am Eingang der Gasse erscheint. Dekes großer Körper blockiert mir fast vollständig die Sicht. Ich weiß nicht, was vor sich geht.

Der große Biker trägt einen dieser Halbschalenhelme, die

das Gesicht nicht bedecken und auch keinen richtigen Schutz bieten. Sein Gesicht kommt mir bekannt vor, als könnte er einer der Biker sein, die gestern bei Deke waren, aber ich kann es nicht mit Sicherheit sagen. Er hat blonde Haare und seine Augen leuchten im Dunkeln genau wie Dekes. „Ich dachte mir, dass ich dich hier finden würde", sagt er zu Deke.

„Was zum Henker willst du?", knurrt Deke zurück.

„Rafe will dich sehen."

Deke flucht noch etwas mehr.

„Was ist los?", frage ich und Deke dreht sich zu mir herum. Seine Schultern sind angespannt und er sieht irgendwie größer als vorher aus.

„Ich hätte das nicht tun sollen", informiert er mich und das Herz rutscht mir in die sprichwörtliche Hose.

„Was?", flüstere ich.

„Sadie." Sein Tonfall ist flehend. „Es tut mir leid. Ich hätte mich von dir fernhalten sollen."

Was zum Kuckuck?

„Deke", ruft sein Freund und Deke stolpert nach hinten, als würde er an einem Seil weggezogen werden. Sein Gesicht wirkt gequält. Das gefällt mir nicht.

„Entschuldige mich." Ich marschiere aus der Gasse. Mein Cardigan sitzt schief und meine Haare sind von dem verrückten Kussfest zerzaust, aber das ist mir egal. „Was ist hier los?" Ich benutze meine strenge Lehrerinnenstimme bei dem blonden Biker.

Der Kerl grinst. „Um sie bist du herumscharwenzelt?", sagt er zu Deke. „Sie ist niedlich für eine Zivilistin. Ich mag sie."

Mein Kopf explodiert. „Wie bitte?", knurre ich. Der Laut ist so beeindruckend wie Dekes, wenn ich das so sagen darf. „Wer zum Teufel bist du?"

Der Blonde grinst noch breiter.

„Sadie." Deke tritt zwischen mich und den Biker. „Ich muss gehen."

„Warum?"

Er zuckt mit den Achseln, aber er sieht unglücklich aus. „Wir sollen uns nicht mit Zivilisten mischen. Aber ruf mich an, wenn du noch einmal Hilfe brauchst. Jederzeit."

„Deke", warnt sein Freund, doch dieses Mal ignoriert Deke ihn.

„Versprich es mir", sagt Deke leise zu mir.

„Ich verspreche es", flüstere ich zurück. Bevor ich einen Schritt nach vorne machen und ihn umarmen kann, wirbelt er herum und marschiert davon. Sein Freund bleibt auf seinem Motorrad sitzen und hält mich davon ab, Deke zu folgen. Ich starre ihn finster an, aber das scheint ihn nicht zu stören. Nach einer Minute salutiert er spöttisch und fährt weg.

Ich stehe an der Öffnung der kalten, dunklen Gasse und starre die leere Straße hinab.

Was zum Geier ist gerade passiert?

Deke

ICH FAHRE MIT LANCE, bis wir die Bergstraße erreichen, die zum Revier des Rudels führt. Dann schieße ich mit meinem Motorrad am Eingang vorbei. Ich folge ihm nicht nach Hause wie irgendein verlorener Welpe.

Ich weiß, dass mein Alpha Lance geschickt hat, damit er auf mich aufpasst. Damit bin ich sogar einverstanden. Ich habe kein Recht darauf, mich in der Gegenwart von Zivilisten aufzuhalten, insbesondere keinen wie Sadie. Sie spielt sowieso in einer ganz anderen Liga als ich. Allein darüber nachzudenken, weckt den Wunsch zum Heulen in mir.

Mein Motorrad rast die Serpentinenstraße hinauf. Ich nehme jede Kurve schneller und schneller und stelle mir vor, dass Sadie an meinen Rücken gepresst ist. Mein Schwanz merkt auf und ich knirsche mit den Zähnen.

Ich fahre von der Straße zu einem Aussichtspunkt. Hier draußen spiegeln die Lichter der Stadt den Sternenteppich über mir. Ich würde das hier gerne Sadie zeigen.

Die friedliche Stille wird von einem Motorrad durchbrochen, das vorbeidüst. Ich versteife mich, dann ziehe ich meine Weste aus. Ich trete meine Stiefel von den Füßen und streife meine Jeans ab. In meinem weißen Shirt bleibe ich stehen und trete hinter mein Motorrad, um meine Nacktheit zu verbergen.

Das Motorrad kommt die Straße wieder hinab. Es wird langsamer, als es den Aussichtspunkt erreicht und rollt einige Schritte entfernt von mir aus. Der Fahrer zieht seinen Helm ab.

Es ist Channing. Ich wusste, dass er es ist. Er ist der Einzige von uns, der ein neongrünes Motorrad fährt und keine echte Maschine. Er sieht wie ein Idiot aus auf seiner dämlichen Rennmaschine.

„Deke, was zum Teufel? Du weißt, dass du nicht zu nah an einen Menschen rangehen kannst –"

Ich gebe ihm keine Warnung. Ich springe in die Luft und lasse meinen Wolf aus mir schießen. Das T-Shirt zerreißt und schneidet schmerzhaft in meine verdrehten Glieder. Aber ich verwandelte mich schon immer schnell.

Ehe Channing weiß, was überhaupt los ist, bin ich schon über mein Motorrad gesprungen. Er hastet von seinem Motorrad eine Sekunde, bevor über zweihundert Pfund schwarzer Wolf gegen seine Brust prallen. Wir gehen

RENEE ROSE & LEE SAVINO

beide zu Boden – er und seine Rennmaschine und ich auf ihm. Er schlägt nach mir, seine Hände haben sich in massive Pfoten verwandelt, aber ich springe von ihm und tänzle zur Seite.

„Fuck", brüllt er. „Arschloch." Er erhebt sich und müht sich damit ab, seine Kleider auszuziehen. Er sieht sein Motorrad auf der Seite liegen, der glänzende Lack verkratzt von der Straße, und er wird sogar noch wütender. „Dafür wirst du bezahlen." Seine Krallen reißen an seinen Kleidern. Der dämliche Idiot wird nackt nach Hause fahren müssen. Er wird das an mir auslassen. Ich hatte das Überraschungsmoment auf meiner Seite, aber wenn er erst einmal in Wolfgestalt ist, sind wir so gut wie gleichstark. Doch wenn er wütend ist wie jetzt, kann er mich fertig machen.

Gut.

Ein Knurren durchbricht die Luft und ein riesiger, weißer und brauner Wolf stolziert auf steifen Beinen zu mir. Channing der Wolf senkt seinen Bauch fast auf den Boden, legt die Ohren zurück und bleckt die Zähne, bereit, zuzuschlagen.

Ich grinse wie ein Irrer, wappne mich und warte auf den Schmerz.

～

SADIE

ALS ICH WIEDER IN meinem Haus bin, stelle ich den unberührten Teller mit Keksen auf den Tisch und werfe einen Blick auf mein Handy. Ich habe verpasste Anrufe von Adele, Charlie und Tabitha. Ich seufze und wähle Adeles Nummer.

„Sadie!" Sie geht beim ersten Klingeln dran. „Gott sei Dank. Bist du zu Hause?"

„Ja." Ich werfe meine Schlüssel auf die Arbeitsplatte. „Ist alles okay?"

„Wir kommen vorbei. Wir sind in fünfzehn Minuten da." Sie legt auf.

Tja, Mist. Ich beeile mich, das schmutzige Geschirr in meinem Waschbecken wegzuräumen und wische einige Kaffeeflecken von meiner Arbeitsplatte. Dann öffne ich eine Flasche Rotwein, ein Verschnitt, den mir Adele gekauft hat. Nach heute Abend brauche ich ein Glas Wein.

Wer war dieser Typ auf dem Motorrad? Er war einer von Dekes Freunden, aber er hat sich nicht so benommen. Er hat Deke gecockblockt. Ihm die Tour vermasselt. Und mir.

Was ist das weibliche Äquivalent zu Cockblocking? Muschi Maulkorb? Dosenverschließer? Klit-örung? Ich werde Tabitha fragen, sie wird es wissen. Was auch immer das weibliche Äquivalent zu Cockblocking ist, dieser Typ, den Deke kannte, hat das mit mir gemacht.

Wollte ich wirklich mit Deke in einer dunklen Gasse Sex an einer Wand haben?

Ja, brüllen meine Eierstöcke. *Ja, wir wollen missmutige Bikerbabys!*

Meine Eierstöcke waren nie so vokal, wenn Scott in der Nähe war, und Scott hätte, wenn man rein nach dem Äußerlichen geht, einen weitaus respektableren Vater für meine Kinder abgegeben. Es ist so verrückt. Ich hätte nie gesagt, dass taff aussehende Biker mein Typ wären.

Nicht in einer Million Jahren.

Ich schütte Wein in ein Glas und nehme einen Schluck.

Adele klopft an die Tür und als ich aufmache, realisiere ich, wen sie mit *Wir* gemeint hat. Adele trampelt herein gefolgt von Tabitha und Charlie.

„Oh, hallo alle miteinander", sage ich. „Ich habe Wein."

„Wir haben auch welchen mitgebracht", verkündet Adele.

Charlie und Tabitha heben beide die Flaschen hoch, die sie in den Händen halten. Adele läuft schnurstracks zu meiner kleinen Küche und macht sich dort sofort breit, holt drei weitere Gläser und schenkt allen Wein ein. Ich lasse sie übernehmen – Adele ist Köchin, weshalb meine Küche bei ihr in guten Händen ist – und gehe zu meinem gemütlichen Wohnzimmer.

„Bist du okay?" Tabitha folgt mir und wir lassen uns beide auf dem Sofa nieder.

„Natürlich", antworte ich nichtssagend, obwohl meine Stimme merklich geknickt klingt. Ich habe nicht einmal gefragt, warum sie alles stehen und liegen gelassen haben, um herzukommen. Ich denke, ich weiß es schon.

Charlie lässt sich auf ihren üblichen Platz fallen – einen Sitzsack, den ich neben dem Kamin platziert habe. Sie und Tabitha sehen mich beide erwartungsvoll an. Ich wusste, dass sie dahinterkommen würden, dass zwischen Deke und mir etwas läuft; es war nur eine Frage der Zeit. Es ist eine kleine Stadt und Nachrichten verbreiten sich hier in Lichtgeschwindigkeit. Wenn uns heute Abend irgendjemand in der Gasse gesehen hat, muss die Nachricht meine Freundinnen sofort erreicht haben.

Anstatt zu fragen, wer was gesehen hat, wende ich mich an Tabitha. „Was ist das weibliche Äquivalent zu Cock-blocking?"

„*Clam-Jam*", antwortet Tabitha sofort. Ich wusste, dass sie es wissen würde.

„Eine Muschel-Blockade? Was für ein Quatsch ist das denn?", empörte sich Charlie.

„So nennt man es heutzutage eben", giftete Tabitha.

„Ich ziehe *Pussy Putt* vor", sagt Charlie.

„Das macht keinen Sinn", entgegnet Tabitha.

„Mösen-Blocker", schlägt Charlie vor und sie und Tabitha

beginnen, über Sportmetaphern zu diskutieren, bei denen Vaginen involviert sind.

„Okay, das reicht." Adele läuft ins Wohnzimmer. Sie setzt sich nicht hin, sondern bleibt mit dem Rücken zu dem Kiva-Kaminofen stehen, ihren Wein in der Hand und gebieterisch auf uns alle hinabschauend, bevor sich ihr Fokus auf mich richtet. „Sadie, hast du der Klasse etwas mitzuteilen?"

Ich seufze. „Wer hat mich gesehen?"

„Ich." Tabitha hebt verlegen die Hand. „Und ich habe mir Sorgen gemacht. Also habe ich es allen erzählt."

„Was genau hast du gesehen?"

„Dich mit dem großen bösen Biker auf der Plaza heute Abend", sagt Tabitha. „Ich wollte zu euch gehen, aber nachdem ich allen geschrieben hatte, schaute ich auf und du warst verschwunden."

Adele blickt forschend in mein Gesicht. Sie sieht besorgt aus. „Du weißt, dass wir nur gescherzt haben, als wir gesagt haben, dass du dich auf den Biker einlassen sollst, oder?"

Ich zucke mit den Achseln. „Ich weiß nicht, ich fand irgendwie, dass die Idee ihren Reiz hat."

Meine drei Freundinnen starren mich alle schockiert an.

„Er ist tatsächlich ziemlich lieb."

„Lieb?", wiederholt Charlie zweifelnd.

Ich beeile mich, zu erklären: „Gestern Nacht versuchte Scott mir aufzulauern, weshalb ich Deke bat, mir auszuhelfen und so zu tun, als sei er mein Date. Und das tat er. Er ist wirklich nett."

„Warte kurz. Geh einen Schritt zurück", sagt Adele. „Scott versuchte, dir aufzulauern?"

„Ja. Ich schätze mal, er hatte eine Tracking App auf meinem Handy installiert, weshalb er wusste, dass ich auf der Plaza war. Und dann wusste er, dass ich mir eine Mitfahrgelegenheit nach Hause nehmen würde, weil Merlotdramatischer

Mittwoch war. Also hat er beim Taxistand geparkt, damit wir reden konnten."

„Meine Güte. Er ist von wahnsinnig zu einem ausgewachsenen Stalker geworden", stellt Adele fest.

„Ich werde ihn umbringen", schimpft Tabitha.

„Ich werde dir helfen", sagt Charlie.

„Aber es ist alles gut. Deke half mir und Scott trat den Rückzug an."

„Wie half dir Deke? Bedrohte er Scott?"

„Nicht wirklich." Ich denke zurück an diese wunderschönen Momente, als ich den großen Biker neben mir hatte, schweigsam und stark. Die beste Sorte Rückendeckung. „Er hielt mir den Rücken frei, während ich Scott erklärte, was Sache ist. Dann bestätigte er, was ich gesagt hatte, lud mich auf sein Motorrad ein und wir fuhren gemeinsam davon." Ich kann das alberne Grinsen nicht daran hindern, sich auf meinem Gesicht auszubreiten. Es ist das einzig Verrückte, das ich jemals in meinem Leben gemacht habe, und ich bin ziemlich stolz darauf.

„Du hast was gemacht?!", explodieren meine Freundinnen alle gleichzeitig.

„Ich kann nicht fassen, dass du mit ihm davongefahren bist", keucht Tabitha.

„Hast du irgendjemandem Bescheid gegeben, wo du warst?", will Adele wissen. „Ein Foto von seinem Nummernschild gemacht? Irgendetwas?"

„Du bist auf sein Motorrad gestiegen? So cool!", sagt Charlie.

„Nein, nicht cool." Tabitha blickt Charlie finster an. „Sie ist bei einem fremden Mann hinten aufgesessen. Er hätte sie mitten ins Nirgendwo fahren können und wir hätten nie wieder von Sadie gehört!"

„Ja, aber vorher hätte sie auf diesem fantastischen

Motorrad fahren dürfen", merkt Charlie augenzwinkernd an und duckt sich, als Tabitha so tut, als wolle sie mit einem Kissen nach ihrem Kopf schlagen.

„Beruhigt euch. Es ist nichts Schlimmes passiert." Adele hebt ihre Hände in dem Bemühen, Frieden zu wahren. „Stimmt's, Sadie?"

„Mir ging es gut. Er war ein formvollendeter Gentleman." Ich erröte, weil ich mich an die Spritztour erinnere. Mein Körper, der an Dekes riesigen Körper gepresst war, das Motorrad, das zwischen meinen Beinen brummte. „Ich weiß, dass das nichts ist, das ich normalerweise tue, aber bei ihm fühlte ich mich absolut sicher", füge ich leise hinzu.

Meine Freundinnen schweigen und verarbeiten das.

„Also was ist heute Abend passiert?" fragt Tabitha.

Ich zucke mit den Achseln. „Ich lud ihn ein, sich mit mir zu treffen. Ich machte ihm als Dankeschön Kekse. Und…"

„Und?" Adele und die anderen zwei beugen sich näher.

„Und… er brachte mich zu der Gasse und küsste mich."

Noch eine Explosion.

„Ich wusste es." Tabitha boxt das Kissen, das sie in den Händen hält.

„Nett." Charlie sackt nach hinten auf den Sitzsack. „War er gut?"

„Schau doch an, wie rot sie ist. Natürlich war er gut", sagt Tabitha.

Adele greift nach ihrem Weinglas und nimmt einen großen Schluck, während sie mich über den Rand hinweg beobachtet.

„Habt ihr verhütet?", witzelt Tabitha und wackelt mit dem Finger vor mir.

Meine Wangen sind ein Inferno. „So weit ist es nicht gegangen."

„Aber es wäre so weit gegangen?" Charlies Augen werden groß.

„Es war ein wirklich, wirklich guter Kuss." Ich falte meine Hände in meinem Schoß und gebe meine beste prüde Lehrerinnen Impression. „Mehr werde ich nicht verraten."

„Geht es dir gut?", erkundigt sich Adele. Ihre grünen Augen bohren sich in meine.

„Mir geht's gut. Nach dem Kuss musste er gehen."

„Ich wette zwanzig Kröten, dass Scott es rausfinden und mit Blumen wieder vor Sadies Schule auftauchen wird", verkündet Charlie dem Raum.

„Das ist so unhöflich. Wir sollten nicht auf Sadies Liebesleben wetten." Tabitha schüttelt den Kopf über Charlie. „Aber ich gehe die Wette ein."

Charlie grinst nur.

„Was ich wissen will, ist, ob du dich wieder mit ihm treffen wirst", sagt Adele.

Meine glücklichen Gefühle verpuffen. „Ich weiß es nicht. Er ist ziemlich abrupt gegangen. Einer seiner Biker-Kumpel fuhr vor und sagte, dass er gehen müsste. Es war irgendwie komisch."

„Das war der Clam-Jam?", fragt Tabitha.

Ich nicke.

„Sadie, vielleicht ist es zum Besten." Adele stellt keinen Augenkontakt mit mir her. Sie ist auf ihr Weinglas fokussiert, das sie sanft in ihren Händen dreht, sodass die granatrote Flüssigkeit hin und her schwappt.

„Was meinst du damit?", will Tabitha wissen.

Adele beißt sich auf die Lippe, dann sagt sie: „Ich habe etwas nachgeforscht. Diese Typen waren beim Militär. Sondereinsatztruppe. Strenggeheime Missionen und das alles. Vermutlich amerikanische Attentäter."

„Welcher Zweig des Militärs?", fragt Charlie.

„Army. Spezialeinsatzkräfte. Sie wurden letztes Jahr ehrenhaft entlassen."

Ich lege den Kopf zur Seite. „Woher weißt du das alles?"

Adele hebt eine schmale Schulter zu einem halben Schulterzucken. Sie sieht mir noch immer nicht in die Augen.

„Adele arbeitet auf rätselhafte Arten", sagt Tabitha in die unangenehme Stille hinein.

„Tja, jetzt sind sie so was wie eine Motorradgang oder so was", meint Charlie. „Sie haben ein altes Skiresort gekauft und benutzen es als ihren Heimatstandort."

„Man nennt sie Clubs nicht Gangs", korrigiert Adele.

„Also sind sie in einem Club." Tabitha streckt ihre langen Beine aus und rutscht noch tiefer in meine Couch. „Ja und? Das ist kein Verbrechen."

„Da ist noch mehr", seufzt Adele. „Deke hat ein Vorstrafenregister. Gewaltanwendung und Körperverletzung. Er drehte in einer Kneipe durch und verprügelte einen Kerl. Beförderte ihn ins Krankenhaus. Die Cops ermittelten, aber der Kerl erhob letzten Endes keine Anzeige."

Es entsteht Stille, während wir das alle verdauen.

„Ich verstehe", sage ich. „Hast du deswegen diese kleine Intervention einberufen?"

„Sie rief uns an und erzählte uns, dass du mit dem Bikertypen gesehen wurdest. Wir konnten uns nicht fernhalten", sagt Tabitha.

„Du bist uns wichtig, Sadie", sagt Charlie.

Ich kann nicht länger sitzen bleiben. „So ist Deke nicht." Ich gehe zur Küche und schnappe mir meinen Cardigan, ziehe ihn an und reibe mir über die Arme, als sei mir kalt. „Er würde mir nicht wehtun." Ich denke darüber nach. „Falls das passiert ist, hat er wahrscheinlich eine Frau beschützt. Er ist diese Sorte von Mann."

Meine Freundinnen beobachten mich vom Wohnzimmer

aus. Sie sagen nichts, aber ich kann die unausgesprochene Frage hören. *Woher weißt du das?*

Woher weiß ich das? Es ist nur ein Gefühl. Andererseits bin ich keine gute Menschenkennerin. Ich war immerhin mit Scott zusammen.

„Ich sage nicht, dass er kein schlechter Mensch ist." Ich realisiere, dass ich auf und ab tigere und stoppe. „So gut kenne ich ihn nicht, aber ich fühle mich bei ihm sicher." Ich fahre mir durch die Haare. Sie sind noch immer zerzaust. Ich kann nach wie vor seine großen Hände auf mir spüren, seinen Atem auf meinem Gesicht. Ich erlebe seinen Kuss gedanklich noch einmal und Erregung schießt von meiner Magengrube gen Süden und erblüht zwischen meinen Beinen.

„Das habe ich nicht gesagt." Adele zögert, ihr normalerweise sicheres Auftreten verfliegt, während sie ihre Worte wählt. Sie sieht wirklich besorgt aus. „Ich denke nur, dass du vorsichtig sein solltest. Wir wollen nicht, dass du verletzt wirst."

Das hier ist lächerlich. Zuerst Dekes Bikerfreund und jetzt meine Freundinnen. Irren sich meine Instinkte in Bezug auf ihn?

Es tut mir leid, sagte er zu mir. *Ich hätte mich von dir fernhalten sollen.* Ist er wirklich so gefährlich?

„Nun, macht euch keine Sorgen um mich", sage ich mit einem falschen Lachen. „Ich bezweifle, dass ich Deke jemals wieder sehen werde."

„Es tut mir leid", sagt Tabitha, die kleinlaut klingt. „Es klingt, als wäre das zum Besten."

～

Deke

. . .

Nach dem Kampf keucht Channings Wolf am Straßenrand, während Blut sein Fell feucht macht und die weißen Stellen rot färbt. Mit einem leisen Knurren schleicht er ins Unterholz und hinkt davon, um seine Wunden zu lecken und sich zu verwandeln.

Der Zorn tobt noch immer in mir. Mein Wolf läuft auf steifen Beinen zurück zu meinem Motorrad. Weiße Stoff-fetzen übersäen den Boden. Mein T-Shirt. Das, in dem Sadie ihre Hände vergrub, als ich sie küsste. An dem Stoff haftet noch immer ihr Geruch.

Ich recke meine Schnauze zum Mond und jaule.

Nachdem ich mich verwandelt habe, fahre ich noch eine Stunde durch die Gegend, den Taos Mountain hoch und runter, bis meine Hände an den Griffen steif sind. Daraufhin drehe ich um und fahre die dunkle Straße zurück nach Hause.

Das Rudel kaufte vor einiger Zeit eine Lodge. Wir wussten immer, dass wir uns nach unserem Dienst an einem abgeschiedenen Ort niederlassen würden müssen, wo wir frei als Wölfe laufen können. Letztes Jahr beschloss Rafe, dass es an der Zeit sei, aus dem Militär auszuscheiden. Es war nicht so, dass unsere Missionen anspruchsvoller und gefährlicher wurden – auch wenn sie das taten. Wir waren eine Einheit, ein geheimes Regiment an Gestaltwandlern, die einem Oberst unterstanden, der wusste, was wir waren. Wenn wir auf einer Mission waren, ging es uns gut. Wir flogen im Schutz der Nacht ein, da es uns unsere Supersinne erleichterten, zu sehen, wenn es Menschen nicht konnten. Wir erledigten die geheimsten aller Geheimoperationen und wir liebten jeden Moment. Wir liebten es zu sehr.

Rafe merkte, dass wir unsere Menschlichkeit verloren. Vor allem ich. Er beschloss, dass unsere Wölfe mehr Raum und Freiheit brauchten zur Sicherheit aller, die uns umgaben. Der Oberst stimmte zu und hatte auch seine Gründe dafür, uns stattdessen als private Dienstleister anzuheuern. Er arrangierte eine ehrenhafte Entlassung mit ordentlichen Rentenpaketen, dann heuerte er uns für die gleiche Art von Missionen an, die wir zuvor gemacht hatten. Doch jetzt konnte die Regierung behaupten, dass sie kein Wissen von uns hatte, falls etwas schiefging. Ein Privileg, für das sie ordentlich in die Tasche griffen.

Aber für mich und meinen Wolf war es zu spät. Mein Wolf liebt den Kick, den ihm das Töten verschafft, und er wird ihn immer lieben. Selbst jetzt, ein Jahr nach unserer Entlassung, ist mein Wolf noch brutal. Gebrochen. Rafe versuchte, mich zu retten, aber ich habe schon zu viel meiner Menschlichkeit eingebüßt.

Ich fahre mein Motorrad direkt in die riesige Halle, die wir als Garage benutzen. Als ich den Motor ausschalte, attackiert Stille meine Ohren. Ich ziehe den Lärm und die Vibrationen des Motorrads vor – der Krawall beruhigt die Dämonen in mir.

„Deke." Mein Alpha tritt hinter dem Humvee hervor. Er kann hier niemanden reinlegen – ich roch ihn, sowie ich reinfuhr.

„Alpha", sage ich. Ein Knurren färbt meine Stimme, ohne dass ich es will. Mein Wolf ist aufgekratzt, bereit zum Kämpfen. Wie immer.

„Du riechst nach diesem Menschen", sagt Rafe.

Ich grunze und nehme einen sauberen Lappen, der von einem Haken an der Wand neben dem Werkzeugregal hängt. Ich wische damit über meinen Ledersitz und tue so, als würde ich etwas Matsch wegputzen.

„Denkst du, ich habe sie gestern Nacht nicht an dir gerochen?" Rafe hebt die Nase in die Luft und schnuppert. „Zivilistin. Sadie Diaz. Vorschullehrerin. Ihre Vorfahren waren spanische Siedler in dieser Gegend. Vater sitzt im Stadtrat. Scott Sears ist ihr Ex."

Ein Knurren grollt in meiner Brust. „Du hast Nachforschungen über sie angestellt."

„Natürlich hab ich das getan. Ich habe dich noch nie zuvor so interessiert an einem Menschen erlebt."

„Es ist nichts", lüge ich. Was dumm ist, denn jeder Gestaltwandler kann erkennen, wenn jemand lügt. Ich werfe den Lappen weg. „Ich werde sie vermutlich nie wieder sehen." Mein Wolf knurrt bei dem Gedanken.

„Du *wirst* sie nie wieder sehen", sagt mein Alpha bestimmt.

Scheiß darauf. Ich knurre erneut, dieses Mal laut, und stapfe aus der Halle.

„Du kannst sie nicht beanspruchen, Deke", ruft mir Rafe hinterher. „Du weißt nicht, was dein Wolf tun wird."

Er hat recht. Mein Wolf ist ein Monster, außer Kontrolle. Das Einzige, worin ich gut bin, ist töten. Und eines Tages werde ich zu weit gehen und mein Rudel wird mich töten müssen.

Ich darf mich nicht mehr mit Sadie treffen.

Es ist zum Besten.

KAPITEL 5

Kapitel Vier

 *adie*

AN DIESEM MORGEN kratzen meine Augen und ich bin erschöpft. Falls meine Kids oder Kollegen bemerken, dass mein Lächeln leicht gezwungen wirkt, so machen sie keine Bemerkung dazu.

Ich weinte nicht über Deke. Ich verteidigte ihn bloß vor meinen Freundinnen. Sie gingen, nachdem ich ihnen ein halbherziges Versprechen gab, ihnen Bescheid zu geben, wenn Scott noch etwas unternimmt.

Scott ist mir egal. Meine Gedanken werden von dem großen Biker und unserem Supernova-Kuss beherrscht. Ich kenne Deke kaum, dennoch fühlt sich mein Herz leer an, als hätte er dort bereits ein Plätzchen für sich geschaffen und jetzt ist er fort.

Ich nehme die Motorradkekse mit in mein Klassenzimmer. Charlie stibitzte gestern Abend zwei, aber es gibt noch immer eine ganze Menge.

Wir sind während der Pause draußen, als einer meiner Schüler an meinem Rock zupft. „Miss Sadie, da ist ein Mann, der dich sehen will."

Und tatsächlich ist dort Scott in dunkelblauen Hosen und einer Krawatte mit einem Strauß roter Rosen und überquert den Parkplatz zu unserem eingezäunten Spielplatz. Meine Lippen kräuseln sich. Rosen? So ein Klischee. Ich ziehe mein Handy raus, um Charlie zu schreiben, dass sie die Wette gewonnen hat.

Ich signalisiere meinen Kollegen, dass ich mich darum kümmern werde, und marschiere zum Tor. Scott lächelt, als er mich sieht. Ich kann praktisch sehen, wie er den Schalter auf „charmant" umlegt. Sein dünner werdendes Haar weht in der Brise. Keine noch so häufige Anwendung teurer Pflegeprodukte kann verbergen, dass er irgendwann eine Glatze haben wird. Es ist gehässig von mir, mich darauf zu freuen, aber wenn Scott sich nur halb so viel Mühe dabei geben würde, eine anständige Person zu sein, wie er sich um sein Aussehen sorgt, wäre es vielleicht tatsächlich erträglich, sich in seiner Nähe aufzuhalten.

Warum habe ich ihn jemals gedatet? Habe ich mich wirklich so verzweifelt nach der Anerkennung meines Dads gesehnt?

„Scott." Ich verschränke die Arme vor meiner Brust. „Was machst du hier?"

„Treffen mit dem Stadtrat nebenan. Aber ich wusste, dass ich dich hier sehen würde." Er hält mir die Blumen hin. Ich ziehe eine Braue hoch.

„Die kann ich nicht annehmen. Wir sind nicht mehr zusammen." Möge er zur Hölle fahren, weil er mich vor meinen Schülern in diese Position gebracht hat.

Das Lächeln auf Scotts Gesicht verblasst leicht. „Warum nicht? Sadie, wir waren gut zusammen."

Ich kann einfach nicht anders. Ich lache leise. Das ist so weit von der Wahrheit entfernt, dass es witzig ist. Es ist wirklich faszinierend, dass ich das noch nie zuvor so sah.

Scotts Lächeln ist jetzt fort und ich erhasche einen Blick auf etwas anderes, etwas Hässliches. „Du benimmst dich nicht wie du selbst, Sadie. Normalerweise bist du nicht so."

„Vielleicht ist das die Person, die ich wirklich bin. Vielleich war ich zuvor zu nett. Ich verdiene es, dass du meine Grenzen respektierst."

„Ist es dieser Biker? Sein Einfluss? Triffst du dich wirklich mit ihm?" Er schüttelt den Kopf. „Dein Dad wird ausrasten."

Ich will gerade antworten, als uns das Knattern von Motorrädern unterbricht. Zwei Harley Davidsons rollen auf den Parkplatz nebenan. Die riesigen Biker lenken ihre Motorräder auf einen gemeinsamen Parkplatz, dann steigen sie ab. Das Sonnenlicht reflektiert von ihren Fliegersonnenbrillen. Sie tragen dunkle Jeans, die sich an ihre kräftigen Schenkel schmiegen, und schwarze Lederjacken. Sie sehen aus, als kämen sie gerade vom Set des härtesten Actionfilms, der jemals gedreht wurde.

Als sie näher kommen, erkenne ich sie. Deke und einer der anderen Kerle von der Plaza vor zwei Abenden. Röte steigt von meinen Zehen auf, Hitze klettert stetig aufwärts zu meinen Wangen. Mein Herzschlag hämmert in meinen Ohren.

Ich bin nicht die Einzige, die die Biker bemerkt. Die Hälfte meiner Klasse presst sich an den Zaun und deutet auf die Motorräder.

„So cool", ruft ein kleines Mädchen. „Miss Sadie, das sind Motorräder. Wie die Kekse, die du uns gemacht hast."

Eine Brise fegt über den Spielplatz und Dekes Kopf dreht sich schnell in meine Richtung. Ich winke leicht und lehne mich nach hinten an den Zaun, um meine plötzlich schwachen Knie zu stützen. Deke ändert sofort seinen Kurs, um einen Umweg vom Schuleingang zu der Stelle zu machen, an der ich stehe. Nach einer Sekunde des Zögerns tut das auch sein Bikerkumpel.

Deke kommt als Erster an, seine Sonnenbrille ist direkt auf mich gerichtet. „Sadie."

„Deke", begrüße ich ihn, wobei meine Stimme leicht stockt. Er sieht gut aus. Hinter ihm starrt mich sein Kumpel finster an. Es ist nicht der Blonde von gestern Abend, sondern ein anderer Typ, der sich räuspert, als wolle er nicht, dass Deke seine Anwesenheit vergisst.

Deke tritt zur Seite und ruckt mit dem Kopf zu seinem Kumpel. „Das ist Rafe."

„Hi, Rafe", sage ich. Wir stehen alle in einem lockeren Kreis. Ich mit dem Rücken zum Zaun, Scott zu meiner Linken, Deke direkt vor mir und sein Kumpel an seinem linken Ellbogen. Überhaupt nicht unangenehm.

Scott räuspert sich, verärgert, dass er übergangen wurde. „Entschuldigt uns", sagt er und seine Stimme ist hoch und jammernd im Vergleich zu Dekes tiefem Rumpeln.

„Sears", sagt Deke mit einem kurzen Blick auf die Blumen, die Scott mitgebracht hat.

„Adalwulf." Scott versucht, sich vor Deke aufzubauen, aber Deke weigert sich, ihn anzuschauen.

„Was macht ihr zwei hier?", frage ich Deke und Rafe.

„Treffen des Stadtrats. Die Stadt engagiert uns für irgendeine Security-Sache", antwortet Rafe. Deke schaut mich nur an. Ich kann seine Augen hinter seiner Sonnenbrille nicht sehen, aber mein Inneres bebt, als würde ich ausgezogen werden.

Nein, ich habe mir die Intensität zwischen uns nicht eingebildet. Und sie verschwindet auch nicht. Sie wird stärker.

„Kekse?", fragt Deke und zieht eine Braue hoch.

„Das hast du gehört?" Mein Gesicht ist jetzt knallrot.

„Du hast meine weggegeben."

„Du bist gegangen, ohne sie mitzunehmen."

Dieses Mal räuspern sich Rafe und Scott und ich realisiere, dass Deke und ich reden, als wären wir allein.

„Also ihr Männer seid in der Sicherheitsbranche tätig?", frage ich Rafe.

„Das sind wir. Wir waren früher beim Militär."

„Rafe war mein Sergeant", sagt Deke.

Eine kleine Hand zupft am Saum meines Sweaters. „Miss Sadie, können sie nächste Woche vorbeikommen?", fragt Jenny eine meiner Vorschülerinnen.

Ich lächle auf sie und die kleinen Jungen hinab, die sich am Zaun versammelt haben. „Ich weiß es nicht, Mr. Rafe und Mr. Deke sind viel beschäftigte Männer. Möchtet ihr, dass ich sie frage?"

Ein Chor begeisterter Jas erhebt sich von den Kindern. Einige springen auf und ab.

„Was ist nächste Woche?", fragt Scott. Ich ignoriere ihn und sage zu Rafe: „Wir machen jeden Dienstag einen Berufetag. Letzte Woche hatten wir die Feuerwehr hier. Könntet ihr Männer vorbeikommen und über euren Dienst reden?"

Rafes Mundwinkel heben sich, als würde er sich über etwas amüsieren, aber er sagt lediglich: „Klar. Hier." Er reicht mir eine weiße Visitenkarte. „Meine E-Mailadresse und Handynummer sind darauf vermerkt. Ruf jederzeit an und wir vereinbaren einen Termin."

„Werde ich machen." Ich nicke ihm kühl zu. Ich bin noch immer verstimmt wegen der Regel, dass sie sich nicht auf Zivilisten einlassen dürfen, die Dekes Bikerfreund gestern Abend dazu veranlasste, unseren Moment zu unterbrechen.

„Sadie", sagt Scott, doch die Glocke läutet.

„Muss los. Ich kann die hier nicht annehmen", informiere ich Scott und winke mit einer Hand zu dem Rosenstrauß. „Einer meiner Schüler ist allergisch." Ich kehre ihm den Rücken zu und lächle zu Deke hoch. „Man sieht sich nächste Woche. Rafe, es war nett, dich kennenzulernen."

In meinem Genick kribbelt es, als ich weglaufe. Ich stelle mich neben der Tür an die Wand und meine Kids reihen sich in einer Schlange auf. Ich weiß, dass Deke zusieht, und das zaubert mir ein breites Lächeln aufs Gesicht. Das Schicksal führte uns heute zusammen und wenn alles gut läuft, werde ich ihn nächste Woche wieder sehen. Ich kann es bereits nicht erwarten.

Deke

„ICH MUSS SCHON ZUGEBEN", sagt Rafe, während wir zusehen, wie Sadie ihre Schüler zurück zur Schule führt, „dein kleiner Mensch hat Rückgrat."

„Sie ist nicht mein", brumme ich. „Auf deinen Befehl hin, wenn ich mich richtig erinnere." Mein Wolf jault bei meiner Leugnung auf. Ich lasse mich nicht dazu herab, Sears mit einem zweiten Blick zu bedenken, bevor ich zum Schuleingang laufe.

Rafe läuft neben mir her. „Als du Sears bei ihr sahst,

konntest du nicht schnell genug dorthin gehen. Belästigt er sie?"

„Jepp." Ich sage nichts weiter, aber Rafe kann vermutlich hören, wie ich mit den Zähnen knirsche.

„Du hast ihm nicht ins Gesicht geschlagen. Ziemlich beeindruckende Selbstbeherrschung."

„Ja, ich sollte einen Preis gewinnen." Ich reibe mir mit einer Hand über das Gesicht. Sears bei Sadie zu sehen, weckte den Wunsch in mir, den Kopf des Kerls in seinen Kofferraum zu stecken und die Tür zuzuknallen. Wiederholt. Und sie anschließend über meine Schulter zu werfen und zurück zu meiner Bleibe zu tragen, im Höhlenmensch-Stil. Zu ihrem Schutz.

Und für Orgasmen. Ich will Sadie Diaz alle Orgasmen schenken. So viel Lust, dass sie vergisst, dass der Kerl jemals Teil ihres Lebens war.

„Du wirst doch nicht wirklich ihre Klasse besuchen, oder?"

Rafe zuckt mit den Achseln. „Warum nicht? Das ist ein Gemeindedienst. Wir müssen Taos etwas zurückgeben."

„Hältst du das für klug?"

Rafe wendet sich mir zu. Er neigt seinen Kopf. Man muss ihm lassen, dass er die Frage ernst nimmt. „Was denkst du, Soldat? Denkst du, dein Wolf kann sich in der Gegenwart von einem Haufen Fünf- und Sechsjähriger benehmen?"

Ich schlucke. Ich denke, ich kann meinen Wolf zügeln, aber ich will nichts versprechen. „Ich sollte es wahrscheinlich nicht riskieren."

„Einwand notiert. Aber falls wir gehen, kommst du mit uns. Ich werde deinem Wolf nicht erlauben, aus der Reihe zu tanzen. Und ich denke, dass es gut für dich wäre."

Ich nicke schockiert.

Dann deutet mein Alpha mit einem Finger auf mein

Gesicht. „Aber halt dich von Sadie Diaz fern. Das ist ein Befehl."

Mein Wolf knurrt und ich unterdrücke es, bevor der Laut aus meiner Brust rumpeln kann. „Ja, Sir", sage ich steif.

„Es ist die richtige Vorgehensweise, Deke. Menschen sind nichts für uns." Er blickt mir forschend in die Augen, bevor er nickt und wegläuft. Ich folge ihm langsamer.

Menschen sind nichts für uns.

Ich könnte protestieren. Es gibt einige Wolfgestaltwandler, von denen wir wissen, dass sie sich mit Menschen gepaart haben. Nicht, dass ich sie jemals anrufen und fragen würde, wie das funktioniert. Es spielt keine Rolle, nicht in meinem Fall.

Ich bin zu wild, als dass man mir jemals mit einer Menschenfrau trauen könnte. Vor allem mit keiner, die so sanft wie Sadie ist.

～

SADIE

SOWIE ICH ZU HAUSE BIN, ziehe ich Rafes Karte hervor. *Black Wolf Security*. Darauf steht sein Name, Rafe Lightfoot. Weiterhin sind zwei Telefonnummern vermerkt, Büro und Handy. Nach einer Sekunde des Zögerns rufe ich die Büronummer an. Eine aufgezeichnete Frauenstimme lädt mich ein, eine Nachricht zu hinterlassen, weshalb ich meinen Namen und Nummer und die Einzelheiten zum Berufetag hinterlasse.

Eine Minute später vibriert mein Handy wegen einer SMS. „Ich bin's Deke."

Ich schnappe mir mein Handy und presse es mir ans Herz. Das ist genau das, wovon ich hoffte, dass es passieren würde, als ich eine Nachricht auf dem Bürotelefon hinterließ, anstatt Rafe direkt anzurufen. Ich weiß, dass mir Deke seine Nummer gab, aber nachdem, wie wir uns gestern getrennt haben, wusste ich nicht, ob er noch von mir hören wollte.

„Wie bist du an diese Nummer gekommen?", tippe ich und schicke es ab, bevor ich nervös werde und die Nachricht lösche.

Keine Antwort.

„Nur ein Witz. Ich habe dich nur geneckt. Freue mich, dass du geschrieben hast", tippe ich schnell.

Immer noch keine Antwort.

Und dann klingelt mein Handy. Ich fummle daran herum und lasse es beinahe fallen, bevor ich drangehe.

„Hallo?" Meine Stimme klingt atemlos, als wäre ich gerade einen Marathon gelaufen und dann eine Treppe hochgerannt. Was genau das ist, was ich Deke erzählen werde, sollte er mich fragen, warum ich so außer Atem bin – dass ich gerade vom Joggen Heim kam.

„Babe", sagt er langgezogen, leise und tief und ich spüre das Wort bis in meine Magengrube.

„Hey", sage ich mit einem Lächeln in der Stimme und lasse mich langsam rückwärts auf mein Bett fallen. „Du hast meine Nachricht bekommen." Ich bin zu aufgeregt, um ihn deswegen zu necken.

„War zufällig im Büro."

„Ich hatte gehofft, dass du sie kriegen würdest."

Er macht ein leises, rumpelndes Geräusch. Ein Glucksen? Ich kann es nicht sagen. Ich beiße mir auf die Lippe, bevor ich damit herausplatze, dass ich ihn als meine Rebound-Affäre auserkoren habe. So viel dazu, dass ich mir meine Gefühle nicht anmerken lasse.

„Dachte, du würdest Rafe wegen dem Berufetag anrufen, nicht mich", rügt er mich sanft.

„Das habe ich. Aber vielleicht wollte ich auch, dass du meine Nummer hast." Mein Inneres zieht sich wegen meiner Dreistigkeit zusammen. Das sieht mir gar nicht ähnlich. Es ist, als wäre ich bei Deke mutiger. Oder meine Gefühle sind zu stark, um sich einsperren zu lassen.

Nach einer Pause sagt er mit barscher Stimme: „Ich habe deine Nummer schon. Der Abend, an dem ich dich auf dem Motorrad mitnahm."

„Oh richtig, du bist einer dieser Tech-Typen, die alles rauskriegen können." Jetzt bin ich diejenige, die ihn rügt. „Warum hast du mich nicht angerufen?"

„Du hast mir deine Nummer nicht persönlich gegeben. Und du hast schon einen Stalker."

„Du bist kein Stalker", sage ich rasch. Ich mag die düstere, fast schon gequälte Färbung seiner Stimme nicht. „Also ich habe den Eindruck, als würden mich deine Biker-leute nicht mögen."

„Was?", fragt Deke nach einer Pause.

„Deine Leute. Freunde oder Gruppe oder was auch immer." Ich tanze um das Wort *Gang* herum. Sie scheinen enger miteinander verbunden zu sein als Freunde, mehr wie eine Familie. Brüder. Ich erinnere mich daran, was Charlie darüber sagte, dass sie gemeinsam dienten.

„Warum denkst du, dass sie dich nicht mögen?"

Ich blinzle zu meinem Deckenventilatoren hoch und denke zurück zu den letzten zwei Treffen mit Dekes Kumpeln. Ein Fall von Clam-Jam, einer von *Flirtus Inter-ruptus*. „Sie scheinen ein Problem mit mir zu haben."

„Du bist es nicht, mit dem sie ein Problem haben." Deke räuspert sich. „Wir sollen uns eigentlich nicht auf Zivilisten einlassen, das ist alles."

„Warum nicht? Du bist doch nicht einmal mehr beim Militär, oder?"

„Wir sind immer noch in gefährliche Dinge verwickelt. Wir gehen häufig auf abgelegene Missionen. Daten ist nicht so richtig erlaubt."

„Was ist mit zwanglosen Affären?", platzt es aus mir heraus.

Deke hustet, als hätte ich ihm gerade die Sprache verschlagen.

Ich presse meine Innenschenkel zusammen und versuche, das bedürftige Pulsieren zwischen meinen Beinen zu lindern.

„Du weißt schon. Falls du diesen Gefallen einfordern möchtest."

Stille.

Deke schweigt so lange, dass ich mich frage, ob er noch dran ist. „Deke?"

„Sadie, das ist keine gute Idee." Seine Stimme ist rau und ich bemerke, dass er traurig klingt.

„Weil du eine Vorstrafe hast?", frage ich so sachte, wie ich kann.

Noch eine Pause. „Wie hast du das rausgefunden?"

„Ich kenne ein paar Tricks und Kniffe." Ich will einen Witz darüber machen, dass ich eine knallharte Superspionin bin, aber er bleibt mir in der Kehle stecken.

„Yeah. Ich bin gefährlich."

„Du warst bei der Spezialeinheit. Natürlich bist du gefährlich. Das gehört irgendwie zum Job." Ich bemühe mich, spielerisch zu klingen, aber er klingt immer distanzierter. Ich kenne ihn kaum und es tut bereits weh.

Ich schlucke und es fühlt sich an, als würden Messer meine Kehle säumen. „Darf ich dich wenigstens anrufen?", frage ich.

„Ja, Sadie. Du darfst mich anrufen."

KAPITEL 6

Kapitel Fünf

Schweizer Alpen, vier Tage später

eke

DER WIND PEITSCHT über die Felsen und fegt einen Pfad durch unser Lager. Die gefrorene Brise schneidet durch meine dünne Jacke. Wäre ich ein Mensch, würde ich zittern, aber mein Gestaltwandlerblut hält mich warm. Schnee knirscht unter meinen Stiefeln, als ich mich auf den Weg zu Sierra One mache, der höchsten Scharfschützenposition unserer Mission. Lance liegt dort bereits auf seinem Bauch und späht durch sein Zielfernrohr hinab auf das todschicke Chalet. Wir befinden uns tief in den Schweizer Alpen, hoch über unserem Ziel.

Mein Funkgerät knistert und Rafes Stimme sagt: „Sierra One, hier spricht TOC. Habt ihr den Feind im Blick?"

„TOC, hier spricht Sierra One", antworte ich. „Noch keine Bewegung." Mehrere hundert Meter unter unserem Aussichtspunkt leuchtet die Villa wie eine Kerze, da jedes Fenster ein weiches, warmes Licht verströmt. An die Bergseite geschmiegt und von Schnee bestäubten Kiefern umgeben, sieht die Villa aus, als wäre sie Teil eines Weihnachtsdorfes. Eines dieser kitschigen Spielzeugdörfer, die Omas zu Weihnachten aufstellen, mit Hügeln aus Wattebäuschen, um fake Schnee darzustellen. Doch dieses Gebäude ist echt. Zweitausenddreihundert Quadratmeter Luxusimmobilie, die von dem erfolgreichsten Schwarzmarkt-Waffenhändler der Welt bewohnt werden. Gabriel Dieter, einem Kerl, der sich seinen Lebensunterhalt damit verdient abgrundtief böse zu sein.

„Sollen wir näher gehen?", fragt mich Lance leise, dessen Augen nach wie vor auf das Ziel gerichtet sind.

„Besser nicht." Bei der Mission geht es allein um Überwachung. Näher an das Gebäude ranzugehen, könnte dafür sorgen, dass wir in etwas verwickelt werden, obwohl wir nur zum Beobachten hier sind.

Natürlich hasst mein Wolf das. Allein auf einer Mission zu sein, ruft Blutdurst in ihm hervor. Mein Wolf will jaulend den Berg hinabbrennen, es mit der Villa Security aufnehmen – Wachen, Hunde, Lasern – Dieter suchen und dem Feind den Kopf abreißen. Mission erledigt. Was genau der Grund dafür ist, dass sich mein Alpha Sorgen macht, dass ich nicht stabil und geistig gesund bin.

„Bewegung vorne links. In der Nähe des Pools", berichtet Lance.

Ich hebe das Funkgerät an meinen Mund. „TOC, wir haben eine Bewegung. Feind im Visier", berichte ich von den Bewegungen unserer Zielperson. Gabriel Dieter soll sich angeblich mit einem Aufgebot einer unbekannten Terroristengruppe treffen. Wir sind hier, um das Treffen auszuspionieren, Gabriels Bewegungen aufzuzeichnen und sämtliche Beweise für seine illegalen Waffengeschäfte zu sammeln, die wir können.

Doch zunächst sieht es so aus, als würde der Mann seinen schickimicki Außenpool benutzen. Dieter läuft aus dem gläsernen Wintergarten. Er ist ein hochgewachsener Mann, fit. Ein Schopf voller dunkler Haare ohne ein Anzeichen dafür, dass sie bald ergrauen oder sein Körper gebrechlich werden wird. Natürlich wäre jeder fit und straff, wenn er genügend Geld hätte, eine ganze Armee aus Schönheitschirurgen anzuheuern. Das Böse zahlt sich aus.

„Deke", ruft Lance und ich realisiere, dass in meiner Brust ein Knurren grollt. Mein Wolf will von der Leine gelassen werden. Ich schiebe meine Hand in meine Tasche und berühre mein Handy. Das ist zu einer Angewohnheit geworden und es begann alles mit Sadies Anruf vor einer Woche.

Sie hat angefangen mir alle paar Tage zu simsen. Ein lächelndes Emoji, ein Witz. „Fröhlichen Montag", hat sie vor einer Stunde geschickt zusammen mit einer fröhlich lächelnden Sonne. „Hoffe, du hast eine tolle Woche." Ich schüttle den Kopf über ihren Optimismus.

Ihre Nachrichten zu lesen, hilft mir dabei, mich zu konzentrieren. Allein mit dem Daumen über das glatte Handydisplay zu streichen, reicht schon, um meinen Wolf augenblicklich zu beruhigen.

Ich muss mich zusammenreißen. Was würde Sadie von den Dingen halten, die mein Wolf getan hat? Was er tun will? Dieser Gedanke ernüchtert mich.

„Bewegung im Haus. Rechter Flügel. Am Fuß des Turms."

Ich schnappe mir ein Fernglas und überprüfe die Seite der Mansion, auf die sich Lance bezieht. Eine Tür öffnet sich und schwarz gekleidete Männer strömen heraus, von denen jeder eine Kampfmontur trägt. Stiefel, Knieschoner, Helme und Sturmhauben über den Gesichtern. Und riesige Gewehre.

„Fuck." Ich schwenke herum und richte den Blick wieder auf Gabriel Dieter. Der Multimillionär steht neben dem Pool und Wasser tropft von seiner muskulösen Brust. Er hebt eine Hand und winkt mir zu.

„Mistkerl." Ich werfe das Fernglas in die Tasche. „Er weiß, dass wir hier sind. Abzug."

Lance ist bereits auf den Füßen. Er hat sein Gewehr, ich unsere Taschen. Wir drehen uns um und rennen den Berg hoch.

Das Funkgerät plärrt. „Wir sind aufgeflogen", brülle ich hinein.

Dreihundert Meter unter uns strömen Männer in koordinierten Reihen den Berg hoch in unsere Richtung.

„Mission abbrechen. Geht zu einer höheren Position", befiehlt Rafe.

Bellen durchdringt die Luft.

„Sie haben Hunde", verkündet Lance das Offensichtliche und beschleunigt seine Schritte. Wir trampeln über die eisigen, rutschigen Felsen und erklimmen den Berggipfel. Die Luft ist dünn und meine Lungen brennen, da sie Probleme haben, sich anzupassen. Meine Beine verlangen nach mehr Energie, während meinem Kopf schwindlig zumute wird.

„Komm schon, Deke", ruft Lance. „Wer schneller beim Gipfel ist."

Ich treibe mich dazu, schneller zu klettern. Das Knurren der Wachhunde hallt um uns herum. Sie kommen näher. Ich hoffe, dass unser Alpha einen überraschenden Abgang geplant hat; ansonsten weiß ich nicht, wie das hier gut ausgehen soll.

Meine Stiefel rutschen auf Glatteis aus und ich stoppe, denke nach. Ich sollte meinen Mann stehen und Lance eine Gelegenheit zur Flucht verschaffen. Auf diese Weise könnte ich als Held sterben. Niemand außer meinen Rudelkumpeln würde meinen Tod betrauern.

Und Sadie...

„Deke, was zum Teufel machst du?" Lance hält einige Meter vor mir schlitternd an. Hinter uns kommen Brüllen und das Trappeln von Militärstiefeln und das Bellen der Hunde immer näher.

Aber da ist noch ein Laut, dieser kommt von über unseren Köpfen. Ein *Tschuk-tschuk-tschuk* von Helikopterrotorblättern.

Lances Gesicht verzieht sich zu einem breiten Grinsen. „Hundesohn", murmelt er. „Er hat es schon wieder getan." Wir drehen uns beide um und rennen den Berg hoch und zum verschneiten Bergkamm, als der Helikopter auftaucht und über dem Gipfel schwebt.

„Hab gehört, ihr braucht eine Mitfluggelegenheit", brüllt der Pilot über den Lärm der Rotorblätter hinweg.

Rafe streckt seinen Kopf auf der Seite des Helikopters raus und wirft eine Leiter nach unten. „Schwingt eure Ärsche hier hoch."

Lance springt auf die Leiter und macht sich ans Klettern. Die Miliz, die uns verfolgt, schreit und ich packe die unterste

Sprosse der Leiter. Sie werden jetzt jede Sekunde zu schießen anfangen. Es ist ein Wunder, dass sie noch nicht damit begonnen haben. Schätze mal, Dieter dachte nicht daran, irgendwelche Geschütze mit großer Reichweite bereit-zuhalten.

Einige Herzschläge später zerren mich Rafe und Chan-ning in den Helikopter und der Pilot fliegt uns davon.

„Was zum Teufel ist passiert?", fragt Rafe.

„Er hatte uns im Blick", informiere ich ihn. „Er wusste, dass wir da waren."

Rafe flucht. „Ich fasse das nicht."

„Niemand außer Oberst Johnson und unserem Team wusste davon. Dieter wusste, dass wir dort sein würden. Irgendwie wusste er es." Ich kann hören, dass Rafe mit den Zähnen knirscht.

Rafe knurrt und zieht sein Handy raus. Sowie er Empfang hat, wird er Oberst Johnson berichten: Mission abgebrochen. Wir haben versagt, aber wir werden leben, um es an einem anderen Tag erneut zu probieren.

Als wir zurück im Hauptquartier sind, zücke ich mein Handy und sehe nach, ob Sadie mir geschrieben hat. Ich habe nicht einmal ein Foto von ihr, sondern nur ihren Namen und Nummer in meinem Kontaktbuch gespeichert, aber ihren Namen zu sehen, sorgt dafür, dass ich ihre Bonbonsüße rieche.

„Deke schreibt seiner Freundin", trällert Lance.

Ich blecke die Zähne und er gluckst und rempelt Chan-ning mit dem Ellbogen an. „Ich wette zwanzig Mäuse darauf, dass er sie bis zum Vollmond unter sich hat."

Ich denke nicht nach, ich halte nicht inne. Rot schwappt über mein Sichtfeld und ehe ich mich versehe, sitze ich auch schon auf Lance. Er liegt auf dem Boden und ich schlage mit meinen Fäusten auf ihn ein.

„Was zum Geier", brüllt Channing und stürzt sich auf mich, womit er mich von Lance schubst. Lances hübsches Gesicht ist mit Blutergüssen übersät und blutet, aber der Scheißkerl lacht hysterisch. Ich stoße Channing von mir und ziehe mich in die Ecke zurück in dem Versuch, meinen Wolf unter Kontrolle zu bringen.

„Beruhigt euch", befiehlt Rafe, als wären wir Kinder, die sich auf dem Spielplatz raufen, anstatt drei ausgewachsene Werwölfe, die versuchen, einander zu töten.

„Nun, du kannst nicht behaupten, dass das kein Spaß war." Lance grinst mich an, seine Zähne sind mit roten Schlieren überzogen. Er ist so verrückt wie ich, er versteckt es nur besser.

„Das Flugzeug ist fast hier. Wascht euch, damit wir loskönnen", befiehlt Rafe.

„Irgendeine andere Mission?", fragt Channing Rafe.

„Nein. Die nächsten Wochen sind ruhig. Zwei Security-Einsätze und ein paar Überwachungen. Oh", Rafe wirft einen Blick in meine Richtung, „und ein Besuch bei Sadie Diaz' Vorschulklasse."

Mein Herz hämmert, als ich ihren Namen höre. Mein Wolf ist auf eine neue Weise aufgeregt. Eine weitaus übermütigere Weise.

Als ich schließlich im Flugzeug sitze und angeschnallt bin, greife ich in meine Tasche und fische nach meinem Handy. Ich wische mit meinem Daumen über das Display und berühre es wie einen Talisman.

Die Nachwirkungen einer Schlacht waren für meinen Wolf schon immer besonders schwer. Ich wurde zu einer Tötungsmaschine geformt und es ist schwierig, zurück ins Zivilistenleben zu finden. Der Blutdurst, das Verlangen nach einer Schlacht summt durch meine Adern.

Aber wenn ich mit Sadie zusammen bin, hebt sich all

dieser Druck. Ich vergesse, dass ich ein Mörder bin. Ich kann mich daran erinnern, dass mein Wolf nicht nur eine Waffe ist. Er ist ein wildes Wesen und es gibt mehr im Leben als nur Kämpfen.

KAPITEL 7

Kapitel Sechs

 *adie*

DER BERUFETAG KOMMT und meine Schüler waren nicht mehr so aufgeregt, seit ich das Wolpertinger-Spielzeug mitbrachte. Ich muss sie in einem Sitzkreis versammeln und dazu ermahnen, sich von ihrer besten Seite zu zeigen. Doch als die vier riesigen Soldaten ankommen, bricht Aufregung im Klassenzimmer aus. Ich bemühe mich, eine neutrale Miene zu bewahren, aber kann auch nicht zu lächeln aufhören, während mein Herz wie wild schlägt. Wie üblich übernimmt Rafe die Führung, begrüßt mich und wendet sich mit einer ruhigen, tiefen Stimme an die Klasse, die die Kinder schneller beruhigt, als ich das jemals könnte. Deke hält sich im Hintergrund. Sein dichter, schwarzer Haarschopf macht ihn ein

Stückchen größer als seine Freunde. Er hat eine steinerne Miene aufgesetzt und schweigt. Kein einziges Mal schaut er zu mir, was in Ordnung ist. Ich muss mich konzentrieren.

Rafe stellt seinen Bruder Lance vor und ich erkenne den Blonden aus der Gasse. Er zwinkert mir zu und ich blicke ihn aus schmalen Augen an. Das vierte und letzte Mitglied der Gruppe ist Channing, der der Klasse winkt, bevor er die Arme vor der Brust verschränkt, wodurch seine Bizepse noch größer wirken. Alle vier Gäste sehen in einer Mischung aus Militär- und Zivilkleidung knallhart aus. Deke trägt ein Tarnhemd mit geöffneten Knöpfen und hochgerollten langen Ärmeln. Darunter trägt er sein übliches Outfit aus schwarzer Jeans und T-Shirt.

Ich reiße den Blick von ihm los und mache mich wieder daran, meinen Job zu tun. „Alle miteinander, das ist Mr. Rafe Lightfoot. Er und seine Freunde sind heute hier, um uns von ihrem Dienst bei der Army zu erzählen. Aber zuerst, können wir die vier Zweige des Militärs aufzählen?"

Die Kinder trällern pflichtschuldig im Chor: „Army, Navy, Airforce, Marines." Abgesehen von Jackson, der hinten sitzt und es für witzig hält „Marines" mit „G.I. Joes" zu ersetzen. Die zwei Kinder neben ihm informieren ihn sofort: „Das ist falsch. Es sind die Marines." Daraufhin muss ich ihren Streit schlichten, bevor er eskaliert.

„Die Army ist das Beste", verkündet der kleine Owen in der ersten Reihe. „Mein Dad hat das gesagt."

Rafe geht vor Owen in die Hocke und Fältchen formen sich an seinen Augenwinkeln. „Kann ich dir ein Geheimnis verraten?"

Owen nickt mit großen Augen.

„Dein Dad hat recht. Aber das ist ein Geheimnis. Erzähl es niemandem. Denn dann wären die Mitglieder der Airforce, Navy und Marines eifersüchtig und sie würden Soldaten wie wir werden wollen." Er zwinkert Owen zu, der von Ehrfurcht ergriffen ist, und erhebt sich. „Jeder Zweig des Militärs ist wichtig. Zusammen ergeben wir ein Team. Teamarbeit ist wichtig."

Den Rest von Rafes Rede kämpfe ich dagegen an, nicht ständig zu Deke zu schauen. Ich verliere den Kampf, doch als ich zu ihm blicke, trägt er seine Sonnenbrille vor den Augen. Lance bemerkt meine Aufmerksamkeit und zwinkert mir erneut zu. Ich rolle mit den Augen.

Rafe ist fast fertig und die Klasse wird unruhig, sie sind bereit für die Pause.

„Habt ihr noch Fragen an Mr. Rafe und seine Freunde?", frage ich. Zehn Hände schießen in die Luft. Owen hat beide Hände gehoben, als ich ihn aufrufe.

„Habt ihr viele böse Männer erschossen?", fragt er und der Geräuschpegel im Raum schwillt an, da der Rest der Klasse begeistert ist von der Aussicht, mehr über Gewalt zu lernen.

„Manchmal", antwortet Rafe ernst. „Aber nur wenn wir uns ganz sicher waren, dass sie böse Männer waren und wir alles andere getan hatten, um den Frieden zu wahren."

„Habt ihr viele Gewehre?", fragt Owen zur gleichen Zeit, in der Jackson von hinten brüllt: „Sind sie sofort gestorben? War da viel Blut?"

„Okay, das sind genug Fragen!" Ich pfeife. „Zeit für die Pause. Sagt alle, *Danke, Mr. Rafe.*"

„Danke, Mr. Rafe", singt die Hälfte der Klasse. Der Rest will die Antworten auf Jacksons Fragen wissen. Ich hatte keine Ahnung, dass sie so blutrünstig sind. Meine Lehrassistentin kommt, um den Kindern für die Pause in ihre Jacken zu helfen. Ich bin in einem Wirbel aus bunt gekleideten Kindern gefangen, aber gehe zu Rafe, sowie ich dem Tohuwabohu entkommen kann.

„Danke noch mal", sage ich.

„Keine Ursache. Tolle Kinder."

„Ihr Männer seid klasse mit ihnen umgegangen." Aus dem Augenwinkel sehe ich, dass Owen Deke anspricht. Der große Soldat geht in die Knie, um dem Vorschüler dabei zu helfen, die Schuhe zu binden, und meine Eierstöcke schmelzen dahin.

Und als ich meinen Arbeitstag beende, bin ich entschlossener denn je, herauszufinden, was bei Deke los ist. Was hält ihn davon ab, mir nahe zu kommen? Es ist so, als hätte er ein großes Geheimnis, etwas, das er vor mir und dem Rest der Welt geheim halten muss. Und ich will einfach nur meine Arme um ihn schlingen und ihm sagen, dass es mir egal ist.

Das ist genau das, was ich tun werde, beschließe ich als ich an jenem Abend in mein Auto steige, um nach Hause zu fahren. Ich werde ihn rauslocken und verführen. Oder so etwas. Ich habe genug von diesem Herumsitzen. Ich stehe zu hundert Prozent hinter Operation Deke.

Ich muss mir nur überlegen, wie ich sie anpacken soll.

Normalerweise würde ich meine Freundinnen anrufen und sie dazu überreden, für eine Wein-und-Brainstorming-Session zu mir zu kommen, aber sie sind im Moment alle super beschäftigt. Adele übernimmt momentan mehr Catering-Jobs, um die ruhige Jahreszeit im Schokoladengeschäft zu überbrücken, und Tabitha hilft ihr dabei. Charlie ist auch beschäftigt, mit irgendeinem geheimen Projekt, von dem sie uns nichts erzählt. Abgesehen davon sind sie nicht gerade pro-Deke. Sie sind aus ganzem Herzen pro-Sadie und scheinen zu denken, dass ich nicht weiß, was ich mache, wenn es um ihn geht. Ich verstehe das – ich habe bisher in Bezug auf Männer nicht die besten Entscheidungen getroffen. Sie wollen nicht, dass ich noch einmal von einem tyrannischen Mann herumkommandiert werde.

Deke ist aber nicht so. Er ist stark, aber er kommandiert mich nicht herum. Abgesehen davon ist er an einer Beziehung nicht einmal interessiert oder für eine verfügbar. Er kann meine wilde Affäre sein.

Ich hatte noch nie eine wilde Affäre.

Ich war noch nie wild. Und Deke sorgt definitiv dafür, dass ich mich wild fühle. Auf die wunderbarste Weise.

Ich gehe nach Hause, trete meine Ballerinas von den Füßen und reibe meine Hände aneinander. Ich will Deke gerade anrufen, als ich sehe, dass ich einen verpassten Anruf und eine Sprachnachricht habe.

Mein Herz sinkt. Sie ist von meinem Vater. „Sadie, wir müssen reden."

DREISSIG MINUTEN später fahre ich auf den Parkplatz des konservativen Restaurants, das mein Vater so sehr mag. Ich hatte keine Zeit, mich so herauszuputzen, wie es mein Vater wollen würde, aber ich habe einen schickeren Cardigan und Ballerinas angezogen. Mein Kampfanzug. Zu schade, dass ich nicht in einem Panzer vorfahren und eine Rüstung tragen kann. Nicht, dass mein Vater diese Art von Schilden nicht durchdringen könnte. Ich straffe die Schultern und marschiere nach drinnen.

Mein Vater sitzt bereits an einem Tisch genau in der Mitte des Restaurants, wo ihn jeder sehen kann. Er gehört zum Stadtrat und bildet sich etwas darauf ein, dass er jeden kennt, „der es wert ist, gekannt zu werden", wie er es ausdrückte.

Er stellte mich Scott vor.

„Darling", sagt er, als ich pflichtschuldig zu ihm laufe und mich nach unten beuge, um seiner Wange einen Kuss zu geben. „Ich habe mir die Freiheit herausgenommen, schon mal für uns zu bestellen." Er bedeutet mir, mich zu setzen.

„Klasse." Ich werde in dem herumstochern müssen, was auch immer er mir bestellt hat. Letztes Mal war es Süßwasser Forelle und ein Salat, der hauptsächlich aus Rucola bestand. Ich hasse Fisch und Rucola genießt man besser in kleinen Mengen.

Ich blicke sehnsüchtig zu meinem Weinglas, aber schüttle den Kopf, als mir der Kellner eine Getränkekarte anbietet. Ich vertrage nur wenig Alkohol. Außerdem trinke ich in der Öffentlichkeit nur mit Leuten, denen ich absolut vertraue, dass sie sich nicht über mich lustig machen, wie beispielsweise meine Mädelsgruppe. Wenn ich mit Scott unterwegs war, bestellte ich eine Menge Cranberrysaft mit Soda. Bei meinem Vater mache ich mir nicht die Mühe, einen alkoholfreien Cocktail zu bestellen. Er wird genug für uns beide trinken.

Mein Vater gilt allgemeinhin als gut aussehender Mann mit seinen silbernen Strähnen im Haar. Er ist gebräunt und fit vom Golf im Country Club und Skifahren im Winter. Er erhält bereits einige bewundernde Blicke von zwei vierzig- oder fünfzigjährigen Frauen mit vom Yoga straffen Körpern und von Botox straffen Gesichtern. Sie blicken immer wieder zu ihm und er tut so, als würde er es nicht bemerken, aber ich weiß, dass er es merkt. Er perfektionierte die Kunst, seinen wandernden Blick zu verbergen, schon damals, als er mit meiner Mutter verheiratet war. Jetzt ist es eine Angewohnheit von ihm, so zu tun, als würde er die Aufmerksamkeit anderer Frauen nicht bemerken, zumindest in der Öffentlichkeit.

Noch eine Ähnlichkeit, die er mit Scott gemeinsam hat.

Ich räuspere mich. „Du hast gesagt, dass du mit mir sprechen willst?"

„Das habe ich." Wir sind beide mit unterschiedlichen

Dingen beschäftigt, ich damit, meine Serviette auf meinen Schoß zu legen, und er mit der Inspektion seines Whiskyglases. Wir müssen erst noch richtigen Blickkontakt herstellen. Alles Teil unserer üblichen Farce eines Vater-Tochter-Abendessens. „Wie war die Arbeit?"

„Wunderbar." Ihm ist mein Lehrerberuf egal, weshalb ich ihm erst gar nicht die neuesten Geschichten von den Momenten dieser Woche erzähle, bei denen meine Schüler besonders niedlich waren. Er verdient sie nicht. „Wie war deine?"

Er ergeht sich in irgendeiner Stadtrat-Geschichte und ich nicke und murmle an den richtigen Stellen wie eine pflichtbewusste Tochter. Noch etwas, das Scott mit meinem Vater gemeinsam hat. All ihre Geschichten drehen sich um die Arbeit oder Golf, aber hauptsächlich darum, dass sie Sehr Wichtig sind. Das und ihre Geschichten scheinen mit jedem Mal länger und langweiliger zu werden.

Nach ungefähr zwanzig Minuten, in denen er seine Geschichte zum Besten gegeben hat, räuspert sich mein Vater. „Das ist übrigens das Projekt, das Scott vorgeschlagen hat", sagt er, wobei er lässig wirkt, aber er stellt zum ersten Mal Blickkontakt mit mir her. „Hast du ihn gesehen?"

„Wen?" Ich bin damit beschäftigt, unter viel Aufhebens meine Forelle anzuschneiden. Armer toter Fisch, der für dieses grässliche Abendessen geopfert wurde. Ich wünschte, ich könnte in der Zeit zurückreisen und ihn zurück in seinen Bergbach werfen. Dann wäre zumindest einer von uns frei.

Mein Vater räuspert sich erneut. „Scott Sears. Dein Freund."

„Ex-Freund", sage ich mit einem breiten Lächeln. Wahrscheinlich sollte ich mich ein wenig zurückhalten, aber ich bin sehr glücklich, dass Scott mein Ex ist.

„Wirklich? Das ist eine Schande." Mein Vater bedeutet

dem Kellner, dass er noch einen Single Malt Scotch möchte. „Ich dachte, es würde gut zwischen euch laufen."

„Mmh." Ich tue so, als sei mein Mund voller Rucola.

„Tatsächlich habe ich dich deswegen hierher gebeten. Ich wollte mit dir über Scott reden." Er bedenkt mich unter seinen buschigen Augenbrauen hervor mit einem Blick, der bedeutet, *ich meine es sehr ernst. Wir führen ein Sehr Wichtiges Gespräch.* „Er ist ein guter Mann, Sadie. Von diesen gibt es in einer so kleinen Stadt nicht viele. Er wird noch sehr weit kommen. Er ist ein wichtiger Teil des Wachstums und der Entwicklung der Stadt. Ich denke, du wärst sehr glücklich mit ihm."

Im Ernst?

„Als du beschlossen hast, Lehrerin zu werden, waren deine Mutter und ich, wie du weißt, besorgt."

Ich packe meine Gabel fester, damit ich nicht nach dem Messer greife. Ich hasse es, wenn mein Vater über meine Mom redet, als würde er sie kennen und könne für sie sprechen. Soweit ich weiß, haben er und Mom seit Jahren nicht miteinander gesprochen.

„Aber wir dachten, wenn du einen guten Mann mit einem stabilen Job fändest, würdest du schon zurechtkommen. Außerdem wirst du ohnehin einen Mann wollen, der dich finanziell unterstützt, wenn du erst einmal anfängst, Kinder zu kriegen."

Dafür habe ich nicht einmal Worte.

„Und, Sadie, Scott ist dieser Mann." Mein Vater beginnt wieder zu quasseln und ich widerstehe dem Drang, mit den Augen zu rollen. Was mir gar nicht ähnlich sieht, aber was mache ich hier? Es wäre so leicht, einfach aufzustehen, meine Serviette auf mein zerhacktes Hauptgericht zu werfen und vom Tisch wegzulaufen. Ich könnte mir auf dem Weg nach draußen sogar

eine Weinflasche schnappen. Ich muss nicht nach Hause fahren –
ich könnte Deke anrufen. Ihm sagen, dass ich eine Mitfahrgelegenheit brauche und dass ich ihm einen Gefallen schuldig sein
werde. Er wird mit seinem großen Motorrad vorfahren, gerade
als ich den Wein leertrinke, mir einen Helm reichen und ich
werde mich rittlings auf dieses riesige, vibrierende Biest setzen,
all diese Kraft zwischen meinen Beinen spüren und… *Mmmmm.*

Ich bin halb durch eine Motorradfahrt-mit-Deke-Fantasie,
als mein Vater sagt: „Und natürlich ist da noch die Hochzeit.
Ihr werdet eure Streitereien aus dem Weg räumen müssen,
bevor ihr zwei zusammen verreist.“

Ich habe meinen Vater halb ausgeblendet, aber das erregt
meine Aufmerksamkeit. „Hochzeit?“ Oh Gott! Wie konnte
ich Jenns Hochzeit vergessen? Ich habe sie komplett
verdrängt.

Mein Vater legt die Fingerspitzen aneinander und schürzt
seine Lippen, um sein Missfallen zu signalisieren. Er merkt,
dass ich nicht aufgepasst habe. „Geht ihr zwei nicht
zusammen auf eine Hochzeit? Von euren zwei Freunden in
Santa Fe?“

Waaaah. „Jenn und Geoff. Ja.“ Ich widerstehe dem Drang,
mir über den Kopf zu reiben. Plötzlich habe ich Kopfschmerzen. Jenn ist eine Highschool-Freundin aus Taos. Ihr Freund
Geoff ist Scotts Freund aus dem College. Sie sind diejenigen,
die uns miteinander verkuppelten, als Scott von Santa Fe
nach Taos zog.

„Ihr werdet ein langes Wochenende in Santa Fe verbringen, stimmt's?“

Mir wird plötzlich klar, warum mein Vater so selbstge-
fällig aussieht, warum er alles über diese Hochzeit weiß und
dieses Abendessen mit mir organisiert hat.

„Du hast mit Scott geredet“, beschuldige ich ihn. „Er hat

dich angerufen und dir von alldem erzählt. Deswegen wolltest du mit mir reden."

Mein Vater macht erneut ein finsteres Gesicht. „Scott und ich haben geredet, ja. Er ist in Geschäfte in Taos involviert, genauso wie ich. Und unsere Wege kreuzen sich häufig."

„Selbstverständlich. Ihr seid Gleichgesinnte."

Ich meine das nicht als Kompliment, aber mein Vater fasst es so auf. „Ja. Und er hat diese Hochzeit erwähnt und dass ihr gemeinsam Zeit in einer idyllischen Gegend verbringen werdet. Es wird der perfekte Zeitpunkt sein, um über eure Beziehung zu reden und eure Differenzen beizulegen."

Nur mein Vater würde es als „Differenzen" bezeichnen, dass mich Scott betrog und ein komplettes Arschloch war, und erwarten, dass wir sie einfach „beilegen", was bedeutet, dass er von mir erwartet, sie einfach zu übersehen. Wie meine Mutter die Fehltritte meines Vaters übersah, bis sie schließlich den Mut aufbrachte, ihn zu verlassen.

„Es ist perfekt", fährt mein Vater fort. Er ist jetzt ganz heiter und schneidet sein Steak klein. „Ich habe immer gesagt, dass du und Scott für einander bestimmt seid."

Ich würde meine beste Impression von Munchs Gemälde *Der Schrei* machen, mit Ton und allem, aber ich bin wahrhaft sprachlos.

„Ich bin dein Vater", beendet er seine Aufführung. „Ich will einfach nur das Beste für dich."

ALS ICH SCHLIEẞLICH NACH Hause taumle, habe ich schreckliche Kopfschmerzen. Abendessen mit meinem Vater sind immer wie ein Abstieg in die Hölle, aber dieses war noch mal ein ganz anderes Kaliber. Anscheinend sieht die Vision meines Vaters für mich so aus, dass ich eine Art verzweifelte Hausfrau der 1950er Jahre werde. Und Scott würde dem von Herzen zustimmen.

Sie haben bei dieser Sache konspiriert. Ich fand mein Rückgrat, um mich Scott gegenüber zu behaupten, aber wenn die zwei zusammenarbeiten? Das ist einfach zu viel. Ich weiß nicht – ich war schon immer ein Fußabstreifer für meinen Dad. Er hat eine sehr dominante Persönlichkeit. Nachdem er meine Mom verjagt hatte und er das Einzige war, was ich noch hatte, hatte ich, glaube ich, Angst, ihn jemals wieder zu verärgern aus Furcht, dass mich das einzige Elternteil, das mir geblieben war, abweisen würde.

Es ist altes, dummes Zeug, aber die Nachwirkungen des Ganzen sind nach wie vor in jedem Gespräch und jeder Interaktion, die wir haben, allgegenwärtig. Er sagt mir, was ich mit meinem Leben zu tun habe, und ich gebe mein Bestes, nicht einfach von allem überfahren zu werden.

Aber ich habe drängendere Probleme, als zu lernen, wie ich mich ihm gegenüber behaupten kann. Die Hochzeit ist in zwei Wochen. Scott und ich und der Rest der engeren Hochzeitsgesellschaft werden alle für ein langes Wochenende in einem Resort in Santa Fe erwartet. Ich weiß, dass Jenns Familie keine Kosten gescheut hat. Die Familie des Bräutigams hat auch eine Menge Geld, weshalb Scott so begeistert davon war, involviert zu sein.

Ich werde ein Brautjungfernkleid anziehen und breit lächeln und gegenüber von Scott stehen müssen. Er wird drei Tage und zwei Nächte haben, um mich dazu zu überreden, ihn wieder zu daten. Er ist vermutlich der Trauzeuge des Bräutigams, der mich durch den Mittelgang führen wird. Jenn plante das alles, als sie noch dachte, dass wir zusammen wären. Sie scherzte sogar darüber, dass es wie ein Testlauf für

Scott und mich wäre. Ich erzählte ihr nie von dem Fremdgehen.

Warum ließ ich die Farce zwischen mir und Scott nur so lange laufen? Weil ich zu nett war, um die Beziehung zu beenden, obwohl ich kein Interesse hatte. Ich hasse es, die Gefühle anderer Leute zu verletzen. Und jetzt da ich darüber nachdenke, gehörten ein paar der Gefühle, bei denen ich Angst hatte, sie zu verletzen, Jenn und Geoff. Als würde ich es ihnen schulden, ihren Freund zu daten, nur weil sie uns verkuppelten.

Gott, ich will es wirklich ständig allen recht machen!

Scott hat diese Eigenschaft ganz offensichtlich nicht mit mir gemeinsam. Kontrolle und Kritik sind seine Lieblingswerkzeuge in einer Beziehung. Und Fremdgehen. Das Einzige, das ich von der Beziehung hatte, war das Wohlwollen meines Vaters.

Das ist ein echter Notfall. Ich bin versucht, Jenn anzurufen und zu behaupten, ich hätte Pfeiffersches Drüsenfieber. Aber das verdient sie nicht. Und ich habe mir bereits für die Hochzeit freigenommen.

Es gibt nur eines, das ich tun kann. Ich leere ein Glas Wein und rufe Dekes und meinen Nachrichtenverlauf auf meinem Handy auf.

Dann mal los.

„Ich brauche noch einen Gefallen", schreibe ich ihm. „Aber es ist ein großer. Ein wirklich großer Gefallen."

Zehn Sekunden später klingelt mein Handy.

„Was brauchst du?", fragt Deke. Kein *Hallo*, keine Einleitung, kein Nichts. Ich hole tief Luft. Ich hätte mehr Wein trinken sollen.

„Sadie, geht's dir gut?"

„Ja, ja, mir geht's gut."

„Geht es um Sears?"

„Scott? Nein. Nun, nicht unbedingt. Aber ich muss dich um einen Gefallen bitten. Einen riesigen."

Es entsteht eine Pause, in der ich mich daran erinnere, was er für den letzten Gefallen verlangt hat. Als würde er an das Gleiche denken, wird seine Stimme sanfter. „Ja, Baby?"

Mist, jetzt bin ich mega angetörnt. „Ähm, ja."

„Wie groß?"

„Wirklich groß. Ich würde dir so viel schulden. Zusätzlich zu dem, das ich dir ohnehin schon schulde."

„Ich bin mir sicher, wir können uns etwas überlegen." Er klingt neckisch. Oh mein Gott, jetzt flirten wir! Ich hüpfe auf meinem Bett auf und ab.

„Vielleicht."

„Worum geht es? Sag es mir einfach."

„Ich brauche eine Begleitung zu einer Hochzeit", sage ich und fahre in einem Wortschwall fort, ehe ich den Mut verliere. „Wieder ein vorgetäuschtes Date – kein echtes", füge ich rasch hinzu.

„Vorgetäuscht." Klingt er enttäuscht?

„Ähm, sie findet in einem Resort in Santa Fe statt, also wäre es für das ganze Wochenende. Ich gehöre zu den Brautjungfern, weshalb ich einen Tag früher anreisen muss. Scott wird dort sein. Er und ich sollten eigentlich zusammen hingehen, aber –"

„Mehr musst du nicht sagen", erwidert Deke.

„Wirklich?" Ich fühle mich, als hätte man mir eine fünfzig Pfund schwere Hantel von meiner Brust genommen. „Du wirst es tun?"

„Babe", ist das Einzige, das er sagt. Ich fasse das als *Natürlich* auf. „Wann ist die Hochzeit?"

„Donnerstag in zwei Wochen. Ich habe mir bereits freigenommen, aber ich habe es irgendwie verdrängt, weil ich mich nicht damit befassen wollte." Ich erzähle ihm die Einzelheiten. „Ich kann fahren, aber ich denke nicht, dass du dich in meinem kleinen Auto wohlfühlen wirst."

„Ich werde fahren. Um wie viel Uhr soll ich dich am Donnerstag abholen?"

„Ähm, bist du dir sicher?"

„Jepp. Wie viel Uhr?"

„So gegen Mittag?"

„Ich werde da sein."

„Vielen Dank. Ich schulde dir eine Menge."

„Mmmh." Seine Stimme ist ein dunkles, rumpelndes Brummen. Als würde er die Vorstellung lieben, dass ich ihm etwas schuldig bin. Oder als würde er dieses Mal mehr als nur einen Kuss von mir einfordern.

Oh Gott, ich hoffe es! Ich mochte den letzten Gefallen, den er von mir einforderte.

„Hast du einen Anzug zum Anziehen?"

„Babe", sagt er erneut und legt auf.

Ich lache das stumme Handy an. Deke gleicht keinem Mann, dem ich jemals begegnet bin.

Deke

MEIN SCHWANZ IST HART, als ich schließlich das Gespräch mit Sadie beende, denn meine Gedanken über das Einfordern von Gefallen schlugen recht schnell eine versaute Richtung ein.

Oh Scheiße. Was habe ich mir da nur eingebrockt? Ich missachtete einen direkten Befehl von meinem Alpha, indem ich zustimmte, mit Sadie zu gehen.

Aber ich konnte sie auf keinen Fall allein gehen lassen.

Auf gar keinen Fall werde ich sie ein langes Wochenende mit ihrem Ex als ihrem Date verbringen lassen, wenn sie das nicht möchte.

Mein Wolf will den Typen bereits in Fetzen reißen, weil er sie belästigt hat.

Ein ganzes Wochenende auf engstem Raum mit Menschen zu verbringen – noch dazu auf einer Hochzeit – ist eine besondere Form der Hölle für mich, aber für Sadie würde ich alles tun. Ich werde meinen Wolf in Zaum halten. Ich werde mich bemühen, mich zivilisiert zu benehmen. In ganzen Sätzen sprechen. Einen vernünftigen Eindruck als ihr fake Freund machen. Zum Teufel, ich werde sogar einen gott-verdammten Anzug finden.

Ich stehe auf und ein lustvoller Schauder, der direkt von meinem Wolf kommt, durchfährt mich. Ich spüre sein Verlangen, zu jaulen und sich im Kreis zu drehen.

Nun, ich will verdammt sein.

Mein Wolf ist glücklich. Sogar aufgeregt.

Ich laufe aus der Lodge und nach unten zum Fluss, ehe ich das Ufer entlang wandere, um etwas der angestauten Energie rauszulassen. Ich muss mir überlegen, was ich Rafe erzählen werde. Wie ich das darstellen werde.

Es ist eine Mission. Kein Date.

Ich lasse mich nicht auf sozialer Basis auf einen Menschen ein. Es ist ein Job.

Eine halbe Meile aufwärts begegne ich Lance, der im Bach angelt. Ich schüttle den Kopf, weil ich es wirklich nicht kapiere. Wir sind Raubtiere. Wir jagen auf vier Beinen Tiere. Wir müssen uns nicht mit einer Angel in Menschengestalt an einen Wasserrand stellen, um Essen zu fangen.

„Sag es nicht", murmelt Lance, der meine Gedanken richtig liest. Ich nehme an, er spricht leise, um die Fische nicht zu verscheuchen.

„Ich habe kein Wort gesagt." Ich stelle mich neben ihn. Ausnahmsweise registriere ich die Laute der Wildnis einmal als friedlich. Ich sehne mich immer nach der Wildnis und ich liebe es, hier zu leben, wo wir jeden Moment auf vier Pfoten oder zwei Rädern den Berg erkunden können, aber heute Nachmittag fühlt es sich anders an.

Als würde ich Lances Bedürfnis, zu angeln, beinahe verstehen. Es geht nicht darum, etwas zu fangen. Es geht um die Ruhe. Darum am Rand des kalten Wassers zu stehen und zu beobachten, wie es vorbeisprudelt. Den Bäumen zu lauschen.

Warum ist mein Wolf so ruhig?

Sadie, höre ich ihn fast flüstern.

Ich schüttle den Kopf. Ich kann Sadie nicht haben. Sadie ist nicht zum Behalten.

Lance bedenkt mich mit einem neugierigen Blick. „Du wirkst… anders."

Ich antworte nicht. Ich kann ihm nicht von Sadie erzählen, weil da nichts läuft. Und es wird auch nichts laufen.

„Es liegt an der Lehrerin, oder?"

Ich atme allein bei ihrer Erwähnung scharf ein.

„Sie beruhigt den Wahnsinn", gestehe ich schließlich.

„Sie wirkt lieb."

Allein zu hören, wie er über sie spricht, veranlasst mein Herz dazu einen Satz zu machen und wie wild in meiner Brust zu schlagen. „Das ist sie", sage ich barsch. „Aber so ist es nicht. Ich lasse mich nicht auf sie ein."

„Richtig." Lance blickt in den Fluss, vermutlich damit ich ihm nicht ins Gesicht lügen muss.

„Ihr Ex belästigt sie", erkläre ich. „Und sie hat mich gebeten, so zu tun, als sei ich ihr Freund, um ihn zu verschrecken."

Jetzt schaut Lance zu mir und seine Brauen heben sich überrascht. „Echt?"

„Echt." Ich reibe mit einer Hand über mein Gesicht.

„Fuck, Deke. Das klingt nach Ärger. Weiß sie, dass du ihren Ex vermutlich in einen Leichensack befördern wirst?"

Ein widerliches Gefühl regt sich in meinem Magen. „Das wird nicht passieren", sage ich barsch, obwohl ich mir selbst nicht einmal halb sicher bin, dass das stimmt.

Falls dieser Kerl sie auch nur mit einem verdammten Finger berühren würde, würde ich ihn umbringen. Zweifellos.

Aber das scheint nicht die Natur ihres Problems zu sein. Dass sie im Allgemeinen von dem Kerl nicht zu verletzt wirkt, beruhigt das Verlangen meines Wolfes, Gerechtigkeit für sie zu verüben. Es wirkt eher so, als sei er ein Ärgernis als eine echte Bedrohung – für ihr Herz oder ihre Person.

„Ich weiß nicht, Deke. Die letzte Menschenfrau, die du beschützt hast, hat dir eine Klage für Gewaltanwendung und Körperverletzung eingebracht. Und du hättest den Kerl einfach getötet, wären wir nicht da gewesen. Ich sage nicht, dass du nicht recht hattest, ich meine nur –"

„Ich weiß", blaffe ich. „Ich verliere die Kontrolle. Mein Wolf springt in jeder Situation in den Kriegsmodus."

„Ich würde es hassen, wenn diese süße Lehrerin jemals diese Seite von dir sieht", sagt Lance mit sanfter Stimme. „Das ist alles."

Ein leises Knurren rumpelt in meiner Brust. Ich glaube tatsächlich, dass mein Wolf wegen der Vorstellung knurrt, dass ich Sadie Angst mache. Es stimmt, dass ich mir selbst ins Gesicht schlagen wollen würde, sollte das jemals geschehen.

„Ich werde den Ex nicht anfassen", schwöre ich. „Aber ich werde Sadie den Gefallen nicht abschlagen."

Ich könnte es nicht.

Ich habe ein schlechtes Gewissen, weil ich an dem Wochenende gehen werde, an dem das Team versuchen wird, aufzudecken, wie wir in der Schweiz aufgeflogen sind, aber im Moment fühlt es sich ohnehin so an, als würden wir Schatten jagen, und Sadie braucht mich.

„Ich verstehe es." Lance fängt mit seinem Haken einen Fisch und ruckt an seiner Angel, wodurch er eine zappelnde Regenbogenforelle aus dem Wasser zieht.

Ich brumme bewundernd. Wenn er noch ein paar mehr fängt, können wir alle Fisch zum Abendessen essen. Er zieht den Haken sachte heraus und lässt den Fisch in sein Netz im Wasser fallen. „Sei einfach vorsichtig. Ich mag Sadie –"

Er bricht ab, als ein wildes Knurren aus meiner Kehle dringt.

„Nicht auf diese Weise", sagt er rasch. „Überhaupt nicht. Alter – genau davon rede ich. Ich weiß nicht, ob du das durchziehen kannst."

Scheiße. Vielleicht hat er recht. Aber ein Rückzieher ist jetzt keine Option mehr.

„Ich werde es durchziehen", schwöre ich. „Sadie wird bei mir in Sicherheit sein."

KAPITEL 8

Kapitel Sieben

adie

AN DEM TAG, an dem wir zu der Hochzeit fahren, ist mein Bauch voller Schmetterlinge. Ich erzählte nur meinen Freundinnen von meinem Plus-Eins zu der Hochzeit, aber nicht meinem Dad oder Scott, der sich sehr anstrengte, mich dazu zu bringen, mit ihm zu fahren. Ich wusste, wenn ich es Scott erzählte, würde er zu meinem Dad rennen, und ich wollte mich nicht mit der Wagenladung an Verurteilung befassen, die dann über mich hereinbrechen würde, weil ich mich von jemandem begleiten lasse, den mein Dad sicherlich als eine widerwärtige Gestalt beschreiben würde.

Der Tag dämmert hell und wunderschön. Ich nehme eine lange Dusche und rasiere meine Beine. Ich kann mir Zeit lassen, weil ich nicht zur Schule eilen muss. Ich hinterließ der Vertretungskraft meiner Klasse komplett vorgeplante Schulstunden, weshalb dort alles reibungslos ablaufen sollte. Solange sie oder er Erfahrung mit jüngeren Schülern hat.

Ich denke über die Lage nach und rasiere dann noch einige zusätzliche Stellen. Ich habe meine gute Unterwäsche eingepackt. Ich rede mir ein, dass die superseidigen Tangas dazu da sind, dass sich unter meinem Brautjungfernkleid kein Slip abzeichnet. *Sicher, deswegen hast du sie eingepackt.* Meine Eierstöcke lassen sich nicht an der Nase herumführen.

Für die Fahrt ziehe ich ein Sweatshirt und Yogahosen und meine niedlichen, grauen, Kunstfell gefütterten Stiefel an, die auch als Wanderstiefel genutzt werden können. Das Resort verfügt über private Laufwege und ich bin mir sicher, dass Deke und ich Zeit haben werden, um uns davonzuschleichen und einen von ihnen zu wandern. Ich habe so ein Gefühl, dass er die Natur mag. Ich erinnere mich daran, wie schön es war, als er mich auf seinem Motorrad mit zu der Brücke nahm.

Wenn wir etwas Zeit für uns allein haben, wird er dann wieder den Gefallen einfordern? Um einen Kuss bitten… oder nach mehr?

Ich bin mir sicher, wir können uns etwas überlegen.

Vielleicht sollte ich ihn fragen. Ihm einfach sagen, was ich will. Ich werde klarstellen, dass ich keine Erwartungen habe. Dass ich weiß, dass es kein echtes Date ist. Dass er mir nur einen weiteren Gefallen tut. Das Resort hat einen Spa und einen Whirlpool im Freien. Nur für den Fall habe ich einen Bikini eingepackt.

Und ich werde mir nicht von Scott den Spaß verderben lassen. Ich hoffe, dass er mich mit Deke sehen und den Rest des Wochenendes in Ruhe lassen wird.

„*Willst du nicht spielen?*", krächzt eine gruselige Stimme in der Ecke. Ich fahre zusammen und wirble zugleich herum, aber es ist nur das dämliche Wolpertinger-Spielzeug in der Ecke. Es hat eine Macke und plappert zu den ungelegensten Momenten unaufgefordert los, weshalb ich es von der Schule mit nach Hause genommen habe. Ich hätte es vermutlich nicht online von einem zweifelhaften Spielzeugladen kaufen sollen, der wahrscheinlich nur Raubkopien unters Volk bringt.

Das Röhren eines Motors vor meinem Haus jagt einen Schauder durch meinen Körper. *Deke.* Ich werfe den Wolpertinger in meinen Schlafzimmerschrank und schnappe mir meinen Koffer.

Dekes Auto ist ein großer, schwarzer, kastenförmiger Mercedes mit einem frisierten Motor. Laut und knurrig wie sein Motorrad. Er ist bereits vom Fahrersitz gestiegen und kommt mir um den Wagen entgegen. Er trägt sein übliches Biker-Outfit – große Stiefel und ein verblasstes T-Shirt, schwarze Jeans und ein freches Grinsen. Natürlich hat er sich für das Wochenende nicht herausgeputzt.

Oh mein Gott – es war verrückt von mir, dass ich ihn bat, mein Date zu sein. Die ganze Hochzeitsgesellschaft wird denken, ich hätte meinen Verstand verloren.

Habe ich das? Vielleicht habe ich das tatsächlich. Mein sexy, kleiner, rosa Tanga ist bereits feucht. Ich fummle an meinen Schlüsseln herum, aber schaffe es wie durch ein Wunder, die Tür abzuschließen, und renne nach unten zu ihm.

„Deke." Im Vergleich zu ihm bin ich so klein, dass ich mich auf die Zehenspitzen heben muss, um ihn begrüßen zu können. Ich werfe die Arme um seinen Hals, weil ich absurd glücklich bin, ihn zu sehen. Weil ich mich bei ihm bedanken will, dass er mir diesen Gefallen tut.

Er versteift sich für einen Augenblick und mir wird bewusst, dass ich zu weit gegangen bin. Es ist kein echtes Date, natürlich. Ich sollte mich nicht so freundlich benehmen. Aber dann legt er eine große Hand in meinen Nacken, zieht mich auf die Zehenspitzen und küsst mich direkt dort vor meinem Reihenhaus. Am helllichten Tag vor meinen Nachbarn – und nach einer Sekunde, in der meine Lippen auf seine festen gepresst sind, ist es mir egal. Sein Mund ist warm auf meinem, dominierend, aber nicht fordernd. Sein Atem ist leicht minzig.

Er neigt mich nach hinten, sodass ich ein winziges bisschen aus dem Gleichgewicht gebracht werde. Ohne nachzudenken, lasse ich meinen Koffer fallen und packe seine riesigen Bizepse, um mich an diese zu klammern. Sein Glied wölbt sich in seiner Hose und zuckt an meinem Bauch.

Ich würde nur allzu gerne das gesamte Wochenende absagen, nur damit wir hier stehen und knutschen können. Er unterbricht den Kuss, aber weicht nicht zurück. Stattdessen presst er seine Stirn einen Moment auf meine.

„Sadie", rumpelt seine tiefe Stimme durch mich. Seine Augen sind im Sonnenlicht strahlend grün. Meine Eierstöcke seufzen verzückt.

Er weicht zurück und hilft mir, mich aufzurichten, ehe er meinen Koffer aufhebt und mich mit seiner freien Hand in meinem Rücken stützt.

Oh meine Güte.

„Gute Idee", sage ich atemlos, als ich schließlich im Auto sitze und Deke zurückgekehrt ist, nachdem er meinen Koffer im Kofferraum verstaut hat. Er hielt mir auch die Tür auf und schnallte mich an, was gut ist, weil meine Glieder nach diesem Kuss noch immer ganz wacklig sind. Mein Herz flattert noch immer wie wild. Meine Eierstöcke sind noch immer ohnmächtig. „Wir sollten üben, Freund und Freundin zu sein, nur für den Fall, dass die Leute fragen."

„Üben… yeah, definitiv." Er legt den Gang seines Geländewagens ein und wir fahren los. Innerhalb weniger Minuten fliegen wir über die Straße zum Highway.

„Ich denke, es ist eine gute Idee", beharre ich und bemühe mich, die flatternden Schmetterlingsflügel in meinem Bauch nach dem Kuss zu beruhigen. „Die Leute werden denken, dass ich noch mit Scott zusammen bin. Wir werden es erklären müssen."

„Wird es ein Quiz geben?"

„Vielleicht." Bei diesem Gedanken runzle ich die Stirn. „Sie kennen alle Scott. Sie sind die Art von Leuten, mit denen er sich umgibt."

Deke grunzt darüber und ich werde noch unglücklicher. Jenn ist eine gute Freundin, aber was, wenn der Rest auf Scotts Seite ist? Sie haben diese Art der Oberschicht an sich, bei der sie auf die höflichst mögliche Weise unhöflich und herablassend sein können. Unter ihren Polohemden und strahlenden Lächeln verbirgt sich aufgerollter Stacheldraht.

„Sadie", ruft Deke und ich realisiere, dass ich aus dem Fenster gestarrt habe. Das Glas reflektiert die Sorgenfalten auf meiner Stirn. „Entspann dich." Er legt seine Hand auf mein Knie und drückt es.

Und das tue ich und kuschle mich in den luxuriösen Sitz. Für ein robustes Fahrzeug, das noch dazu militärisch aussieht, ist das Innere ziemlich edel.

„Und wir können definitiv üben, wenn du möchtest." Seine Stimme ist tiefer und rauer als üblich. Er drückt ein weiteres Mal mein Knie und Erregung breitet sich in mir aus.

„Übung macht den Meister", trällere ich. Wen interessiert es, ob Scotts Freunde meine Lebensentscheidungen gutheißen? Deke wird mich beschützen. Irgendein rebellischer Teil von mir, von dessen Existenz ich nicht einmal wusste, genießt die Vorstellung, alle auf dieser Hochzeit an diesem Wochenende zu schockieren.

Und wer weiß, wenn wir unter uns sind, werde ich vielleicht sogar mich selbst mit meinem Verhalten schockieren.

Ich erschaudere und wackle heimlich mit dem Po.

„Kalt?" Deke schaltet die luxuriöse Sitzheizung ein. Er erhöht die Temperatur im Führerhaus und vergewissert sich, dass die warme Luft in meine Richtung geblasen wird.

„Das ist gut, danke", sage ich.

„Sicher? Ich habe hinten eine Decke drin." Er greift hinter meinen Sitz und wühlt dort herum, dann reicht er mir eine Wasserflasche. „Ich habe auch Snacks mitgebracht."

„Das hast du?" Er ist so verflixt fürsorglich. „Das ist perfekt, Dankeschön. Ich nehme alles zurück. Du brauchst keine Übung." Ich lächle ihn an. „Du bist bereits der perfekte fake Freund. Viel besser als Scott."

Deke schnaubt. „Das ist wahrscheinlich nicht schwer. Ich kann mir nicht vorstellen, dass dieser Kerl auf irgendjemanden außer sich selbst achtet." Er setzt den Blinker, bevor er auf den Highway biegt, der aus der Stadt führt. „Geht mich zwar nichts an, Babe, aber was hast du in ihm gesehen?"

„Die gleiche Frage habe ich mir auch schon gestellt. Ich glaube, ich habe ihn nur gedatet, weil mein Vater es wollte. Und ich glaube, er hat mich nur gedatet, um sich bei meinem Vater einzuschleimen."

„Dann habt ihr also nicht sonderlich viel füreinander übrig?"

„Nein. Ich denke, ich versuchte nur, zu glauben, dass ich ihn liebte, aber… yeah. Ich glaube nicht, dass es Liebe war. Ich wollte nur keinen Aufruhr verursachen, indem ich mich von ihm trennte. Als er mich dann betrog, war das also eine Erleichterung für mich."

„Er *hat dich betrogen*?", sagt Deke ungläubig, als wäre ich eine Art Sexgöttin, die kein Mann jemals betrügen würde.

„Jepp. Aber wie ich bereits sagte, war ich froh darüber. Das war ein guter Grund dafür, zu tun, was ich, wie ich im Geheimen wusste, schon vor zwei Jahren hätte tun sollen."

„Stehst du deinem Dad nahe?"

„Ganz und gar nicht. Das Gegenteil ist der Fall. Aber als meine Mom ging, hat er das vollständige Sorgerecht für mich eingeklagt. Sie hat es ihm gelassen, obwohl ich eigentlich mit ihr gehen wollte."

„Das ist beschissen", sagt er leise, nachdem ich verstummt bin.

„Es war vor langer Zeit. Okay, einigen wir uns auf eine Geschichte", sage ich, während Deke an dem Berg vorbeibraust. „Wie haben wir uns kennengelernt? Was sagen wir?"

„Die Wahrheit. Ich sah dich auf der anderen Seite der Plaza und wollte dich."

Ich erröte. „Du wolltest, mich *kennenlernen*."

Er unterdrückt ein Grinsen und sagt: „Klar."

Ein Feuer wird zwischen meinen Beinen entfacht. Ich presse meine Innenschenkel zusammen und räuspere mich. „Und ich sah dich mit deinen Biker-Freunden und wollte dich auch kennenlernen. Und bei unserem ersten Date bist du mit mir auf eine Spritztour mit deinem Motorrad gegangen. Dann hast du mich nach Hause gebracht, aber du warst der perfekte Gentleman."

„Babe." Er sieht gequält aus. „Erzähl ihnen das nicht."

„Du bist der perfekte Gentleman. Und du fährst ein Motorrad und du fährst die Sorte Auto, über das in all den Rap-Songs gesungen wird."

Das entlockt ihm ein echtes Grinsen. „Du hörst Rap?"

„Nicht sonderlich viel. Ich dachte früher immer, dass *Shawty* ein Rapper sei, den all die anderen Rapper kannten. So viel weiß ich über Rap."

Es dauert lange, bis Deke aufhört, darüber zu lachen. Ich habe das vielleicht auch noch gefördert, indem ich die ersten Zeilen von *In Da Club* von 50 Cent gesungen und erklärt habe, dass ich dachte, der Song würde von seinem Freund

Shawty handeln, der seinen Geburtstag feierte, und nicht von einer „sexy Frau".

„Das ist also geklärt", sage ich einige Stunden später, als wir in die Einfahrt des Resorts biegen. „Das ist unsere Geschichte. Wir halten uns einfach daran und es wird schon schiefgehen." Doch als wir vor die Lodge fahren, spüre ich, wie sich mein Gesicht zu einem verkrampften Lächeln versteift. Dort werden haufenweise schicker Autos beim Parkdienst abgegeben – Porsches, Land Rovers, sogar ein Maserati. Viel Geld, schnelle Autos, Leute in teuren Klamotten, die zu viel trinken und so tun, als seien sie wichtig – das ist die Welt meines Dads. Er würde begeistert seine Hände aneinander reiben wegen all der potenziellen Geschäftskontakte. Er würde diese Hochzeit als ein Event zum Kontakteknüpfen betrachten.

Scott wird definitiv versuchen, sich die Menge zunutze zu machen, während er hier ist. Ich kann ihn beinahe hören, wie er mir eine Rede darüber hält, wie ich mich zu verhalten habe, damit er einen guten Eindruck machen kann. Meine Schultern heben sich zu meinen Ohren und ich versteife mich bei der Erinnerung.

Scott wollte eine unterwürfige Vorzeigefrau und machte stets deutlich, dass ich dieser Rolle nicht so recht gewachsen war. Es gab immer etwas an mir zu kritisieren, ich war zu ehrlich, zu skurril, zu sehr ich selbst. Er und mein Dad versuchten stets, die Falten aus meiner Persönlichkeit zu bügeln. Sie pressten mich nach unten, aber ich konnte nie vollkommen flach daliegen.

Wie ein Fußabstreifer.

Ich reiße die Tür auf und springe aus dem Wagen, bevor Deke um diesen laufen und mir raushelfen kann.

„Entspann dich." Er nimmt meine Hand und seine große umhüllt meine. „Es wird alles gut werden."

„Natürlich", sage ich, aber meine Ruhe ist so unecht wie unsere Beziehung.

∼

Deke

ICH WEISS NICHT, wann ich mich zuletzt so leicht gefühlt habe. Sadie bringt mich zum Lachen. Sie ist verdammt *niedlich*.

Das Resort befindet sich in den Ausläufern des Sangre-de-Cristos-Gebirges. Vielleicht werde ich mich sogar wegschleichen und laufen gehen können. Etwas von dieser angestauten Lust aus meinem Körper rennen. Ich würde jetzt liebend gerne rennen gehen, aber Sadie ist zu angespannt und das lässt meinen Beschützerinstinkt völlig außer Kontrolle geraten, womit eine Katastrophe praktisch vorprogrammiert ist.

Lance hatte recht. Falls Sears sich ihr auch nur nähert, könnte ich ausrasten.

Und dieser Mord wäre keiner, den ich überleben würde. Rafe würde mich dann ein für alle Mal ausschalten müssen.

Ich lege einen schützenden Arm um sie, als wir die Lobby durchqueren. Sie lehnt sich beinahe unbewusst an mich. *Sieg.* Als wir schließlich die Rezeption erreichen, lächelt sie wieder, ein echtes Lächeln, nicht dieses zusammengekniffene, schreckliche Ding, das mit der Furcht in ihrem Geruch kollidierte.

Meine Anwesenheit scheint mit ihrer Anspannung zu helfen. Vielleicht kann ich andere Methoden ausprobieren, um sie zu entspannen. Wenn sie es mir erlaubt. Ich muss das hier als einen Auftrag betrachten. Ich bin hier auf einer Mission – Sadies fake Date sein. Sie vor ihrem Ex beschützen. Ich bin nicht hier, um mich mit ihr zu paaren, trotz allem, was mein Wolf zu denken scheint.

„Wir werden ein zweites Zimmer buchen müssen", informiert sie die Person an der Rezeption. „Ich rief deswegen schon an."

„Es tut mir leid, Miss, wir sind restlos ausgebucht." Der Kerl an der Rezeption beäugt mich und ich verstärke meinen Griff um Sadies Schulter.

Sadie bedenkt mich mit einem Blick. „Aber als ich anrief, haben Sie mir etwas ganz anderes erzählt."

Ich schweige, während Sadie und der Rezeptionist des Resorts versuchen, das Problem zu lösen. Mein Wolf stößt unterdessen die Faust in die Luft. Er hat nichts dagegen, sich ein Zimmer, ein Bett mit ihr zu teilen. Zur Hölle, er freut sich darauf. Aber er ist nicht derjenige, der sich zurückhalten muss. Der versuchen muss, Sadie nicht in der Sekunde zu beanspruchen, in der ich sie für mich habe. Meine Zähne in ihrer süß riechenden Haut zu versenken und dauerhaft als mein zu markieren.

„Deke, es tut mir leid." Sadie dreht sich zu mir und kaut auf ihrer Lippe. „Es gibt nur ein Zimmer."

„Babe. Das ist schon in Ordnung", sage ich und streiche mit meinem Daumen über diese in Mitleidenschaft gezogene Unterlippe. Ihre Pupillen weiten sich und Erregung lodert in ihrem Geruch auf. „Wir werden das schon hinkriegen", verspreche ich.

Ich werde dich unter mich kriegen. Mein Schwanz ist steif in meiner Jeans.

„Außerdem ist das nicht gut? Die Leute werden sich dann keine Gedanken über den Status unserer Beziehung machen. Sie werden glauben, dass wir... zusammen sind." Ich schlucke, was ich eigentlich sagen wollte. *Sie werden wissen, dass du mein bist.* Mein Wolf will die Nachricht in die Welt brüllen, bis die Dachsparren der Lodge erzittern. Ich werde mich wirklich anstrengen müssen, ihn in Zaum zu halten. Vor allem, wenn wir gemeinsam im gleichen Zimmer schlafen.

„Du hast recht. Das hier ist gut. Es ist in Ordnung. Es ist alles in Ordnung."

Ich zeichne mit meiner Hand einen leichten Kreis auf ihren unteren Rücken, während sie sich selbst davon überzeugt. Ich hasse es, sie so aufgewühlt zu sehen. Sie seufzt und dreht sich zu mir und meine Arme umschließen sie, als wäre ich dazu gemacht, sie zu umarmen. Ich knirsche mit den Zähnen und hoffe, dass mein Schwanz ihren Bauch nicht aufspießt. Aber als sich Sadie an mich schmiegt, ist das alles wert.

„Fühlst du dich besser?", murmle ich in ihre Haare.

„Ja. Dankeschön." Sie lächelt zu mir auf und fuck, wenn ich sie nicht hier und jetzt vor allen küssen möchte. Das Problem ist, dass ich nicht mit einem Kuss aufhören würde.

„Sadie", murmle ich und dann versteifen sich meine Muskeln, als eine Wolke Vollpfosten-Rasierwasser in meine Nase dringt. Oder welchen widerlichen Geruch auch immer Sadies Ex aufgelegt hat. Ich schaue über Sadies Kopf und tatsächlich ist dort Scott Sears, der gerade in seinen adretten Kleidern zu uns geschlendert kommt.

Ein Teil von mir will Sadie über meine Schulter werfen und die Treppe zu unserem Zimmer hochrennen. Der andere Teil von mir will Scott aus der Lodge werfen. Er trägt Wanderschuhe, die teuer, aber ungetragen aussehen. Kein einziger Dreckfleck ist auf ihnen zu sehen. Wie lange würde dieser Vollpfosten tatsächlich beim Wildnistrekking überleben? Mein Wolf will ihn den Berg hinabjagen und es herausfinden.

„Feind im Anmarsch", flüstere ich Sadie ins Ohr. „Halt dich an mir fest."

Sadies Brauen ziehen sich verwirrt zusammen, aber sie klammert sich noch fester an mich, wobei sie ihren Arm um meine Mitte legt. Ich ziehe sie fest an meine Seite, unter meinen Arm und verdammt, sie passt dort absolut perfekt hin. Dann sieht sie, von wem ich rede.

„Oh", haucht sie.

„Du schaffst das." Ich reibe mit meiner Nase über ihren Kopf.

„Sadie?" Scott entdeckt uns an der Rezeption. Sein Blick hüpft von mir zu ihr. Emotionen huschen in witziger Abfolge – Überraschung, Verärgerung, Wut – über sein Gesicht und stoppen bei fake glücklich. „Es ist so schön, dich hier zu sehen." Er klingt ruhig und lässig, aber schaut nicht zu mir und sein Geruch bleibt wütend.

„Ja, ich habe mir den Tag freigenommen. Deke hat uns hergefahren." Sie dreht sich weiter zu meinem Körper und legt ihre Hand auf meine Brust, ehe sie mir ein kleines Lächeln schenkt, dass ich einfach erwidern muss. „Wir hatten so einen tollen Roadtrip. Er hat ihn perfekt gemacht."

Scott sieht aus, als wäre ihm der Geruch eines überfahrenen Tieres in die Nase gestiegen. Sein falsches Lächeln verrutscht leicht.

„Danke, Babe." Ich drücke sie eng an mich und neige meinen Kopf, um ihren süßen Geruch einzuatmen. Sie meint das absolut aufrichtig. Sie schaut allerdings wieder zu Scott und ihr Geruch verändert sich. Ich glaube, sie hat ein wenig Mitleid mit Scott.

„Ich hoffe, dass das hier nicht zu merkwürdig für uns wird", sagt Sadie.

„Nein, nein", bringt Scott hervor. „Tatsächlich bin ich inzwischen mit jemandem zusammen. Sie ist ein Modell. Sie versucht im Moment, sich frei zu nehmen, damit sie sich hier mit mir treffen kann."

„Oh, das ist wundervoll", sagt Sadie. Keine Spur von Eifersucht in ihrem Geruch. Nur Erleichterung.

Scott lügt allerdings. Er zieht sein Handy heraus und winkt damit. „Ich, äh, muss den Anruf annehmen", sagt er, obwohl sein Handy nicht klingelt. „Man sieht sich heute Abend?"

„Ja." Sadie winkt und ich führe sie zu der großen Treppe. Der Hotelpage hat unsere Taschen bereits zu unserem Zimmer gebracht.

Während wir nach oben gehen, schaue ich zurück nach unten zu Scott. Er hat sich in die Ecke zurückgezogen, wo er die Schultern nach vorne gekrümmt hat und an seinem Handy hängt. Vermutlich ruft er gerade eine Escort-Agentur an, um in Erfahrung zu bringen, ob er noch ein Wochenende-Date arrangieren kann. Ha.

Ein Punkt für den abgefuckten Werwolf.

KAPITEL 9

Kapitel Acht

eke

UNSER ZIMMER IST HELL und geräumig und hat eine Sicht auf die Berge, die sich direkt vor unserem Fenster erstrecken. Ich bin erleichtert. Ich werde vielleicht so tief in die Berge wandern können, dass ich mich verwandeln und rennen kann, um die Anspannung loszuwerden. Enge Quartiere und zu viele Menschen machen mich nervös. Nicht zu vergessen die sexuelle Anspannung.

Doch noch während ich darüber nachdenke, zum Rennen wegzugehen, leistet mein Wolf Widerstand.

Als wäre er nicht gewillt Sadies Seite auch nur für eine Minute zu verlassen. Der Drang, sie zu beschützen, ist überwältigend.

Ich stehe am Fenster, während Sadie umherläuft und ihre Sachen auspackt. Für so eine kleine Person nimmt Sadie zehnmal so viel Platz ein, als man es von ihr erwarten würde. Es ist ihr Geruch, ihre sonnige Energie und ihr Lächeln. Der Rest ist Kleider. Sie brachte eine Menge Kleider für eine viertägige Reise mit.

„Das ging ja gut." Sie eilt zwischen dem Bad und dem Schlafzimmer hin und her und verteilt überall ihre Sachen. Wie gut, dass das Zimmer groß ist. Es gibt ein nettes Kingsize-Bett aus rustikalen Baumstämmen, das stabil genug sein sollte, um auszuhalten, was ich austeilen kann.

Ich schüttle den Kopf, um diesen Gedanken zu verwerfen. Wir sind in demselben Zimmer, aber ich werde ein Gentleman sein. Ich werde auf dem Boden schlafen.

Außer sie macht den ersten Schritt, lenkt mein Wolf ein.

„Ich denke, wir sollten dieses Wochenende klarkommen. Scott sollte mich in Ruhe lassen, wenn du hier bist."

„Das sollte er", grunze ich. Ich hasse es, seinen Namen von ihren Lippen zu hören. Er verdient ihre Zeit und Aufmerksamkeit nicht. *Genauso wenig wie ich*, rufe ich mir in Erinnerung.

Sadie rümpft die Nase. „Denkst du, er hat wirklich eine neue Freundin?"

„Nope." Ich wende mich vom Fenster ab und löse meine Arme aus ihrer Verschränkung, sodass ich weniger bedrohlich wirke.

Sadies Lippen zucken nach oben und in ihren Augen tanzt Belustigung. „Du denkst, er hat gelogen?"

Sie ist so gutgläubig, dass es niedlich ist. Allerdings nutzen Armleuchter wie Scott sie deshalb aus. Ich bedenke sie mit einem sanften Blick. „Babe."

„Oh. Ich schätze, es konnte nicht so einfach sein." Sie kaut wieder auf ihrer Lippe.

Ein Klopfen erklingt an der Tür. „Zimmerservice", trällert eine hilfsbereite Stimme draußen.

Obwohl es wahrscheinlich keine Gefahr ist, marschiere ich zur Tür, bevor Sadie dorthin gehen kann, da mein Verlangen, Bodyguard zu spielen, ungezügelt durch meinen Körper tobt.

„Sadie Diaz?" Die Augenbrauen der Dame schnellen in die Höhe, als ihr Blick auf meine Brust trifft und sich dann hebt, um mein Gesicht zu finden.

„Ja", ruft Sadie hinter mir.

Die Frau deckt ein Tablett mit frischen Schokoladenerdbeeren ab. Es liegt eine Nachricht bei. „Von Ihrem heimlichen Verehrer", schwärmt sie und zwinkert mir zu, als hätte ich sie geschickt.

Verdammt. Der Gedanke war mir nicht einmal gekommen. Ich bin mir nicht sicher, ob ich bis zu diesem Moment überhaupt wusste, dass man so etwas tun kann. Aber Sadie verdient sie auf jeden Fall, auch wenn sie von ihrem schwachköpfigen Ex sind.

„Oh", sagt Sadie ohne viel Enthusiasmus. Sie schenkt mir einen entschuldigenden Blick. „Klasse."

Ich nehme das Tablett und schließe die Tür.

Sadie öffnet die Karte. *„Genieße deinen Aufenthalt. Lass uns bald reden"*, liest sie die Nachricht laut vor.

Ich bemühe mich, nicht laut zu knurren.

„Igitt. Das sieht Scott so ähnlich. Er stalkt nicht auf herkömmliche Weise. Er wirft mit seinem Geld um sich und installiert Apps auf meinem Handy und dann lässt er mich einfach nicht in Ruhe, obwohl du hier bei mir bist. Ich bin offensichtlich mit dir zusammen, aber er muss beweisen, dass er der größere Mann mit einem größeren Bankkonto ist oder so etwas –"

„Huh. Er ist ziemlich mutig. Denkt er, dass ich ihm nicht

die Arme ausreißen werde, weil er meine fake Freundin anbaggert?"

Sadie lässt ein leises Lachen verlauten und die unangenehme Anspannung weicht von ihr.

„Hey." Ich durchquere den Raum und lege meine Hände auf beide Seiten ihres Kopfes, wodurch ich ihre Wangen umfange. „Ich werde ihn von dir fernhalten."

„Danke. Ich bin so froh, dass du mit mir gekommen bist. Mir hat es so vor diesem Wochenende gegraut, aber jetzt…"

„Jetzt was?" Ich weiß nicht, warum ihre Antwort so wichtig zu sein scheint. Missionsentscheidend sogar.

Sie errötet und zuckt mit den Achseln. „Es wirkt so, als könnte es ein großer Spaß werden."

Mein Schwanz drängt sich gegen meinen Reißverschluss. Spaß steht definitiv auch auf meiner Agenda.

Für Sadie, versteht sich. Ich bin nicht wegen mir hier. Das ist alles Teil der Mission.

Und wenn es bei dieser Mission auch darum geht, Sadie Diaz Orgasmen zu verschaffen, bis sie schreit, so sei es.

SADIE

Es klopft ein zweites Mal scharf an der Tür. Ich öffne sie und begrüße den Hotelpagen, der einen Willkommenskorb der Braut und des Bräutigams liefert. „Begrüßungsempfang um fünf", erinnert er mich und ich bedanke mich bei ihm.

„Ein Willkommenskorb wurde geliefert." Ich stelle ihn ab und packe ihn aus. „Oh gut, da ist ein Ordner mit unserem Zeitplan für das Wochenende." Ich lege ihn beiseite. Der Rest des

Korbs ist mit tollen Dingen gefüllt und ich verkünde wie ein Trottel jeden Gegenstand. „Wir haben auch Sekt und handgravierte Gläser bekommen." Auf den Gläsern steht: „Sei nicht so merlotdramatisch". Jenn kommt zu unseren Merlotdramatischen Mittwochs, wenn sie in Taos ist. „Und diese niedliche kleine weiße Tasche, auf der *Brautjungfer* steht, Pantoffel – die kann ich am Spa-Tag anziehen." Ich plappere jetzt, aber Deke hört zu.

Ich stoße einen gigantischen Seufzer aus. „Ich versuche nur, mir darüber klarzuwerden, wie es ablaufen wird."

„Es?" Deke stellt sich direkt hinter mich, woraufhin Gänsehaut über meine Haut rast.

„Dieses Wochenende. Diese ganze Sache. Ich brauche Struktur, Deke. Ich brauche einen Plan."

Er legt seinen Kopf auf die Seite und seine dunklen Augen betrachten mich einen Moment lang. Dann sagt er: „Okay."

„Okay?"

Er wedelt mit einer großen Hand. „Sprich den Ablauf mit mir durch."

„Wirklich? Du wirst mir nicht sagen, dass ich einfach mit dem Flow gehen soll?" Er scheint diese Art von Mann zu sein.

„Das hier ist unsere Mission. Wir gehen nie ohne einen Plan auf eine Mission. Natürlich müssen wir improvisieren, wenn etwas schiefgeht."

Ich schnappe mir den Ordner und klappe ihn auf. „Unser Thema ist ‚Romantisch rustikal'", lese ich laut vor. „Die Kleiderordnung ist „Berg-Chic"." Ich drehe mich zu Deke und frage mit gespielter Ernsthaftigkeit: „Sind all deine Outfits Berg-Chic?"

„Weiß nicht, was das heißt, aber ich bezweifle es." Seine Lippen biegen sich nach oben.

Ich erwidere das Grinsen und fühle mich bereits besser. Deke macht alles besser.

„Nun, all meine Outfits sind Berg-Chic, also werden wir schon klarkommen." Ich widme mich wieder dem Zeitplan, um ihn durchzulesen. Das Bett knarzt, als Deke seine Position verändert. Sein Gewicht sorgt dafür, dass sich das Bett absenkt, und ich halb auf ihn rolle. Jetzt liegen wir mit den Gesichtern einander zugewandt da und sind einander so nahe, dass wir uns küssen könnten.

„So nennst du das hier also?", murmelt er. Seine Finger zupfen an meinem kleinen Yogaoberteil.

Ich fühle seine Berührung durch meine Kleider. Meine Mitte zieht sich zusammen. „Nein, das ist Athleisure-Kleidung."

„Weiß auch nicht, was das ist."

„Schicke Trainingsklamotten. Ich habe auch einen Schrank voller nicht-im-Dienst-Vorschullehrerinnen Kleider. Hauptsächlich Jeans, Ballerinas und Cardigans." Ich rücke etwas näher zu ihm. Noch ein paar Zentimeter und meine Brüste werden seine Brust berühren. Nicht, dass ich mir dieser Tatsache schrecklich bewusst wäre oder so. „Ich bin mir sicher, du bist sehr interessiert an all meinen Modeentscheidungen."

„Vielleicht bin ich das." Sein heißer Atem wärmt mein Gesicht. Sein Finger fährt den Ausschnitt meines Shirts nach. „Aber ich gestehe, dass ich größeres Interesse daran habe, was sich darunter befindet."

Meine Nippel richten sich auf. „Ach ja?" Ich würde noch näher rücken, aber dann würde ich tatsächlich auf ihn klettern. TU ES!, brüllen meine Eierstöcke. Sie halten ein Schild hoch, auf dem steht: PACK DEN SCHWANZ.

„Ich muss gestehen, dass das hier nicht meinen üblichen Aufträgen entspricht, aber ich bin definitiv gewillt, mich den

einzigartigen Herausforderungen zu stellen, die damit einher-
gehen." Seine Augen kräuseln sich an den Winkeln.

Ich lache. „Ich weiß, dass eine dieser Herausforderungen
darin besteht, mit meinen Ängsten klarzukommen." Ich
schnappe mir den Zeitplan und werfe ihn weg.

„Oh, ich denke, ich weiß, was ich wegen deiner Angst
unternehmen kann", murmelt er.

Ich bedenke ihn mit einem fragenden Blick, aber er reibt
sich über das Gesicht und wendet den Blick ab, als hätte er
nicht beabsichtigt, diese Worte entschlüpfen zu lassen.

Der Rest des Korbs ist mit Snacks und Spa-Proben
gefüllt. Es liegt auch eine Nachricht von Jenn bei, in der sie
mir dankt, dass ich Teil ihres und Geoffs besonderen Tages
bin. Plus ein persönlicher Kalender mit Fotos von Jenn und
mir und Geoff. Leider ist Scott auf vielen der Fotos zu sehen.
Argh.

„Ich war noch nie auf einer Hochzeit", rumpelt Deke. „Ist
das normal?"

„Leider ja. Eine durchschnittliche Hochzeit kostet um die
dreißigtausend Dollar." Jenn und Geoff geben definitiv viel
mehr aus.

„Meine Fresse. Wirst du das tun?" Er fuchtelt mit einer
Hand zu dem Korb.

„Ähm, was tun? Die Spa-Proben benutzen?"

„Heiraten. Dreißigtausend für eine Hochzeit ausgeben."

„Ähmmmm." Mein Gehirn setzt aus. „Ich will heiraten.
Eines Tages. Ich will Kinder. Und mein Dad wird vermutlich
auf eine große, schicke Hochzeit bestehen, damit er Kontakte
knüpfen kann."

„Scheiß auf deinen Dad", sagt Deke mit solch wunderschöner Lässigkeit, dass ich ihn aufzeichnen möchte, damit
ich es immer und immer wieder in Dauerschleife abspielen
kann. „Mach dir über ihn keine Gedanken. Was willst du?"

Plötzlich habe ich dieses Bild von Deke und mir im Kopf, wie wir auf einem Berggipfel stehen und Händchen halten. Ich trage ein süßes, aber schlichtes Trägerkleid und Deke seine übliche Aufmachung. Meine Freundinnen und Dekes Bikerkumpel stehen hinter uns und klatschen. Rafe ist der Offiziant und nachdem Deke und ich uns geküsst haben, gehen wir alle zu Picknicktischen, um zu grillen und zu essen. Einfach. Ungezwungen. Wunderschön. Ich verspüre so ein starkes Gefühl der Sehnsucht bei dieser Vorstellung. Und plötzlich sind Tränen in meinen Augen, weil das alles ist, das ich möchte.

Iiieh – zu klammernd. Deke sagte, dass er keine Beziehungen eingeht. Er wird für mich eine Affäre sein. Nur eine Affäre.

„Ich würde etwas Ungezwungeneres vorziehen", flüstere ich. „Draußen. Ein paar Freunde, vielleicht meine Mom. Ein Offiziant und danach ein Picknick. Das wäre alles." Ich nehme all meinen Mut zusammen und frage: „Was ist mir dir? Wie sieht deine Traumhochzeit aus?"

„Ich werde nie heiraten", sagt er und meine Träume sterben mit einem kleinen traurigen Posaunenlaut. „Ist nichts für mich, Babe."

„Okay, hab verstanden." Ich mache mich daran, die Sachen wieder in den Korb zu packen. *Das hier ist kein Date*, erinnere ich mich. Aber er küsste mich. Vielleicht kann er mein Bodyguard mit gewissen Vorzügen sein. Nur für das Wochenende.

Ich halte mit dem Sekt in der Hand inne und denke darüber nach, ihn zu öffnen, aber es ist ein bisschen früh für Alkohol. Ich will nicht beschwipst zu dem Empfang gehen.

„Sadie", murmelt Deke.

„Ja?", antworte ich, aber schaue nicht zu ihm.

„Der Traum mit dem weißen Lattenzaun und Kindern ist

nichts für mich."

Ich runzle die Stirn, weil er wieder traurig klingt. Ich will gerade fragen *warum nicht*, als das Telefon am Bett klingelt. Ich greife danach und nehme es in die Hand.

„Sadie! Du bist hier!", kreischt mir die Braut ins Ohr. Im Hintergrund ist noch mehr Gekreische. Jenn muss mit ihren anderen Brautjungfern zusammen sein und schon früh den Sekt geköpft haben.

„Bin gerade angekommen." Ich setze mich auf das Bett.

„Komm runter!", sagt Jenn. „Wir sind in Zimmer 404."

„Ähm…" Ich blicke zu Deke. Das Letzte, das ich tun möchte, ist Deke zu verlassen und mit der Hochzeitsgesell- schaft Party zu machen. Ich verspüre leichte Schuldgefühle deswegen – die Hochzeit ist schließlich der Hauptgrund, aus dem ich hier bin. „Ich bin ein bisschen müde. Sehen wir uns beim Empfang?"

„Okay, na schön. Wenn du und Scott euch nicht vonein- ander lösen könnt…" Sie kichert. Jemand im Hintergrund brüllt etwas, das ich nicht so recht hören kann.

„Bis nachher", verabschiede ich mich schnell und lege auf. Mist. Ich muss Jenn erzählen, dass ich nicht mehr mit Scott zusammen bin. Ich schätze, es war zu viel gehofft, dass Scott es Geoff erzählen und es so an Jenns Ohren gelangen würde.

„Miiiiiist", ächze ich und lasse mich nach hinten auf das Bett plumpsen, wobei ich die Hände vors Gesicht schlage. Ist es zu viel verlangt, dass alles abgesagt wird, damit ich im Zimmer bleiben und Deke verführen kann? Damit ich über seine Mauern klettern und ihn kennenlernen kann?

Damit du seinen Schwanz kennenlernen kannst, merken meine Eierstöcke an. „Arrrrrghhhh."

„Alles okay?", fragt Deke.

„Das Ganze hier stresst mich total. Ich kann achtundzwanzig zappelige Vorschüler handeln, aber formelle Zusammenkünfte erinnern mich zu sehr an all die Cocktailpartys meines Dads, die ich als Kind durchleiden musste. Ich würde so viel lieber mit dir in diesem Zimmer bleiben."

Dekes Augen funkeln grün. „Ach ja?" Er schlendert mit einer raubtierhaften Sanftheit in seinen Schritten zu mir. Okay, gut. Wir sind hier vielleicht doch einer Meinung.

Ja! Ja! Meine Eierstöcke tragen Cheerleader-Outfits und winken mit Pompons.

„Ich weiß vielleicht eine Methode, um deinen Stress zu lindern." Seine Stimme ist leise und anzüglich, aber ich kann an der Art und Weise, wie er die Reaktionen auf meinem Gesicht abliest, erkennen, dass er mich testet. Er ist sich nicht sicher.

„Ich werde deine Dienste vielleicht brauchen." Ich klettere auf den Knien auf dem Bett nach oben und hebe die Sektflasche wie einen Vorschlag hoch.

„Babe." Plötzlich liege ich flach auf dem Rücken und meine Handgelenke sind neben meinem Kopf fixiert. Deke nimmt mir die Sektflasche aus der Hand und stellt sie auf den Nachttisch.

Deke! Deke! Schnapp dir den D!, jubeln meine Eierstöcke.

„Es wird folgendermaßen ablaufen", informiert er mich. Sein Gesicht schwebt nur Zentimeter von meinem entfernt. Ich kann seinen minzigen Atem riechen. „Ich werde dich ausziehen, dich an das Bett fesseln und deine Pussy lecken, bis du schreist. Und nachdem du ungefähr ein Dutzend Mal auf meiner Zunge gekommen bist, werden wir nach unten zu dieser Party gehen und tun, was auch immer wir dort tun sollen. Klingt das nach einem Plan?"

Ich komme.

Im Ernst. Mehr braucht es nicht. Dekes dunkle Versprechen sorgen dafür, dass sich meine Pussy verkrampft und ein lustvoller Schauder direkt zu meiner Mitte rast.

Meine Zähne klappern tatsächlich, als ich stotterte: „Mir gefällt der Plan."

Sein Lächeln ist animalisch. „Braves Mädchen."

Deke reißt mir das Oberteil über den Kopf. Ich atme zitternd ein, Schock und Aufregung vermischen sich, um mich in ein zitterndes, bebendes Nervenbündel zu verwandeln.

„Deke..." Ich habe dem Satz tatsächlich nichts weiter hinzuzufügen. Ich glaube, ich sage seinen Namen nur als Ehrentitel. Weil er sich gerade zum Sexgott erhoben hat und ich noch nicht einmal nackt bin.

Deke nutzt seine Mittelfinger, um sie unter jeden BH-Träger zu haken und diese über meine Schultern zu ziehen. Ich schlüpfe mit den Armen aus den Löchern, dann halte ich meine Brüste, als er die Körbchen nach unten zerrt. Meine Brustwarzen kribbeln, meine Brüste sind schwer vor Verlangen.

„Mmmh. So hübsch", rumpelt Deke, während er auf meine Nippel hinabstarrt, die zwischen meinen Fingern und Daumen hervorlugen. Er verdeckt meine Hände mit seinen, hilft mir, meine Brüste zu massieren und zu drücken. Ich bin bereits feucht für ihn. Ich winde mich unter seinem großen Körper, weil ich ihn näher bei mir haben will. Er dreht das Band meines BHs herum und öffnet den Verschluss, anschließend zieht er ihn unter mir weg.

„Ich mag, wie du dich selbst berührst, Sadie, aber du musst mir deine Handgelenke reichen." Er zieht den BH straff und ich verstehe, was er meint. Ein weiterer Mini-Orgasmus rollt durch mich, als ich meine Hände nach oben strecke, sodass sich die Handgelenke berühren.

„Braves Mädchen." Er wickelt den BH um sie, dann

verschnürt er ihn. Ich beobachte, wie er rasch das Kopfbrett mustert – ein mit Stoff überzogenes, an der Wand montiertes Ding – dann steigt er vom Bett. Wie der Blitz hat er einen Schnürsenkel aus seinem Stiefel gezogen, den er um meine BH-Fessel schlingt und nach unten irgendwo hinter das Bett. Er zieht das Bett von der Wand weg, als wöge es – mit mir darauf – nichts, und nach einem weiteren Augenblick werden meine Handgelenke über meinem Kopf straffgezogen, während er den Schnürsenkel irgendwo an dem Bett befestigt.

Ich bin unglaublich angetörnt von seiner schnellen Beobachtungsgabe. Nicht, dass es eine Überlebensfähigkeit ist, eine Frau an ein Bett zu fesseln, aber es zeigt sich, dass er bei der Sondertruppe war, und das törnt mich wahnsinnig an. Nachdem er mich gefesselt hat, nimmt er sich einen langen Moment, um mich einfach nur zu betrachten. Seine Lider senken sich und ein leises Grollen erklingt in seiner Brust.

Ich zapple und versuche, ihn wieder zu mir zu locken. Sein Blick fällt auf meine aufgerichteten Brustwarzen und er klettert wieder über mich und senkt seinen Mund auf eine. Er schnalzt mit seiner Zunge dagegen. Streift sie mit seinen Zähnen. Er umfängt meinen Busen besitzergreifend, während er seinen Mund zur anderen Seite bewegt.

Es ist köstlich. Himmlisch. Ich wurde noch nie zuvor so von einem Mann berührt. Er ist so aggressiv, dennoch unendlich aufmerksamer als irgendein Liebhaber, den ich zuvor hatte.

Er packt den Bund meiner Hose und zerrt sie nach unten und von meinen Beinen, sodass ich in nichts als meinem provokativen Tanga daliege. Ich bin so froh, dass ich ihn angezogen habe.

„Mmmh", rumpelt er, schiebt einen Finger unter das Band und fährt es nach bis zwischen meine Beine. „Der hier ist so hübsch, Sadie-girl."

Ein Wimmer-Stöhnen entwischt meinen Lippen.

„Hast du ihn für mich angezogen?"

Meine Mitte zieht sich zusammen. „J-ja."

Seine Augen funkeln grün und er atmet scharf durch seine Nase ein, fast so, als würde er versuchen, sich zu beruhigen. „Fuck, Sadie." Er drückt sein Glied durch seine Jeans. „Du hast eine verdorbene Ader, oder?"

„Mmm hmm." Weitere Zuckungen. Ich zerre an meinen Fesseln, nur weil ich ihn berühren und diese Sache beschleunigen möchte.

Er streicht mit seinen Fingerknöcheln über meine Höschen verhüllte Pussy, woraufhin ich sie mit meiner Erregung tränke.

„Ja", wimmere ich. „Bitte."

„Bitte? Das ist so verdammt süß." Mein Höschen fliegt praktisch von meinen Beinen.

Ich habe mir heute Morgen einen Landestreifen rasiert und der Anblick meiner gestutzten Haare bringt Deke zum Knurren. „War das auch für mich?"

„Ja", gestehe ich.

„Fuck, Sadie." Deke schiebt meine Knie weit auseinander und leckt mich vom Anus zur Klit.

Ich schreie und reiße an meinen Fesseln. Es ist gut – so gut! Aber ich wurde noch nie so intim geleckt. Es ist peinlich. Und unglaublich. Er penetriert mich mit seiner Zunge, dann spreizt er meine unteren Lippen mit seiner Zunge und gleitet wieder hoch zu meiner Klit.

„Ohhh, oh!", stöhne ich. „Deke."

„So ist's recht, Baby. Sag meinen Namen, wenn ich dich zum Kommen bringe." Er schnalzt mit seiner Zunge wiederholt gegen meine Klit. Es ist wundervoll und schon bald nicht genug. Ich rucke mit den Hüften nach oben, um mehr zu kriegen.

„Spreiz deine Beine weiter, Baby."

Ich spreize sie. Ich spreize sie so weit, dass sich die Ballettstunden meiner Jugend bemerkbar machen.

„Brauchst du mehr?" Irgendwie liest er meine Gedanken. Zu meinem völligen Entsetzen verpasst er meiner Pussy mehrere scharfe Schläge. Es tut nicht weh, aber es überrascht mich. „Gefällt es dir, deine Pussy versohlt zu bekommen?"

Oh. Mein. *Gott.*

Ich will mein Gesicht mit den Händen verdecken. Denn das tut es. Es gefällt mir. So verflucht sehr. Woher weiß er das?

„Deke!"

Er tätschelt-schlägt mich noch ein paar Mal, womit er mich in den Wahnsinn treibt. Daraufhin senkt er seinen Mund erneut und leckt und saugt an jeder Stelle meiner Mitte.

„Deke, oh bitte." Ich sehne mich jetzt verzweifelt nach Erleichterung – es fühlt sich so gut an.

Er findet genau die richtige Stelle und saugt fest und ich komme. Meine Beine schlagen wild um sich, mein Becken hebt sich und kreist, während sich mein Kanal um nichts als Luft zusammenzieht.

„Das ist einer."

Ich reiße meine Augen weit auf. Hat er es etwa ernst gemeint, dass er mir mehrere Orgasmen schenken will?

Ich kann nicht leugnen, wie heiß die Szene ist – ich bin splitterfasernackt und an das Bett gefesselt und er ist noch immer vollständig bekleidet, der Mann, der das Sagen hat.

Deke löst meine Fesseln und lässt sich neben mich fallen, dann rollt er uns beide auf unsere Seiten. Ich bin an ihn geschmiegt und meine kleinen Beine mit seinen riesigen verschränkt.

„Öffne deine Beine, Baby", weist er mich an. Seine Hand gleitet bereits zwischen meine Beine. *Ja!* Meine Hüften neigen sich, um ihn erneut zu begrüßen. Er umfängt mich und hält mein pochendes Geschlecht in seiner schwieligen Hand. Ein Finger reibt über meinen Eingang, während seine Handfläche über meine Klit reibt. Ich flute seinen Finger sofort mit meinem natürlichen Gleitmittel, da sich mein Körper so sehr nach seiner Berührung sehnt. Seine Finger sind riesig, aber er führt einen in meinen Eingang ein.

„Deke." Ich bin in einem plötzlichen Hitzeschwall gefangen. Sein heißer Atem liebkost mein Ohr und seine Hüften reiben sich an meinem Hinterteil. Die raue Kante seines langen Fingers erwischt meine Klit und schickt Schockwellen der Lust durch mich. Die Empfindung ist so süß, dass sie beinahe schmerzhaft ist. Ich schreie auf und verdrehe meine Hüften in dem Versuch, von ihm wegzurollen, doch Deke verdeckt mich halb mit seinem Körper und sein Arm ist aus Eisen und unbeweglich. Und seine Fingerspitzen, die durch die feuchten Falten meines Geschlechts gleiten, sind so sanft. Sein Zeigefinger tippt wiederholt sanft gegen meine Klit, bevor er tiefer gleitet und zwei Finger in mich einführt.

Oh! Das ist es, was ich brauchte. Penetration. Ich schreie vor Lust auf, greife nach unten, um sein Handgelenk zu packen, und führe ihn tiefer.

„Fuck, das ist es. Nimm es, Sadie. Nimm, was ich dir gebe. Nimm dir alles, das du brauchst."

Es ist so gut. Ich ergebe mich und erlaube der Lust, sich aufzubauen und aufzubauen, während das Feuer in meinem Bauch immer heißer wird.

„Deke!" Mein Schrei klingt alarmiert, aber falls ich Angst habe, dann nur weil ich noch nie solche Wonne empfunden habe.

„Nimm es, Sadie." Dekes Atem klingt krächzend in meinem Ohr, fast schon so, als wäre er so gequält wie ich.

Sterne explodieren hinter meinen Augen. Ich komme

erneut zum Höhepunkt und keuche in Dekes Armen. Er bewegt sich nicht, erlaubt mir nicht, mich zu bewegen, und drückt mit seiner Hand weiterhin auf die genau richtige Stelle, genau dort, womit er die Nachbeben jagt. Meine Beine zappeln auf der Decke und ich winde mich in seinen Armen, aber er hält mich fest und bringt mich dazu, die Lust in ihrer äußerst exquisiten Form zu fühlen. Und als sie verfliegt, bin ich noch immer in Dekes Armen, behaglich und warm.

Vollkommen ekstatisch.

Ich bin klebrig vom Schweiß. Meine Haare sind auf die beste Art zerzaust – großartige Sexhaare. Ich erhebe mich von dem Bett und gehe zum Spiegel, in dem ich die Göttin mit den strahlenden Augen anstarren kann, die ich bin. Meine Lippen sind geschwollen und geöffnet, meine Wangen vom Orgasmus gerötet.

Deke folgt mir, ein dunkler Schatten, der sich in meinem Rücken herumtreibt. Ich lehne mich an seine Brust und seine Arme legen sich um mich, ziehen mich an sich. Er hat mich im Bett um den Verstand gebracht und er hat dazu nicht einmal seine Jeans ausgezogen.

Seine dunklen Augen funkeln im Spiegel. Sein Flüstern kitzelt mein Ohr. „Fühlst du dich besser?“

„Oh ja.“ Ich drehe mich um und lege meine Hände auf seine Brust. „Aber was ist mit dir?“

Seine Augen scheinen ihre Farbe zu verändern, so wie sie es manchmal tun – von Braun zu einem glühenden Grün. Mit einer gequälten Miene tritt er einen schnellen Schritt von mir zurück. „Mir geht's gut.“

Ich versuche, nicht enttäuscht darüber zu sein, dass er kein Interesse daran hat, dass ich den Gefallen erwidere.

Das hier ist kein Date.

Das Einzige, das mich verwirrt, ist die Größe der Wölbung in seiner Jeans.

~

Deke

OH FUCK.

Ich habe blaue Eier in der Größe meiner Faust. Ich bin jedoch gewillt, das durchzustehen, um Sadie Befriedigung zu verschaffen. Zur Hölle, ich würde jede Folter ertragen, um für ihre Behaglichkeit zu sorgen und ihr dieses Wochenende zu erleichtern.

Aber es wäre so viel einfacher, wenn sie nicht verletzt darüber wirken würde, dass ich ihr Angebot, den Gefallen zu erwidern, ausgeschlagen habe.

Ich meine – fuck! Wenn sie nur wüsste, wie sehr ich das will. Ich würde beide Nüsse dafür geben, ihre kleine Hand um meinen Schwanz geschlungen zu fühlen. Oder diese süßen, weichen Lippen. Aber mein Wolf wird aggressiv.

Er scheint dem Eindruck erlegen zu sein, dass Sadie mein ist. *Unser*. Was auch immer.

Das bedeutet, dass der Drang, sie zu markieren, anfängt, meine Kontrolle immer mehr ins Wanken zu bringen.

Meinem Wolf ist scheißegal, dass ich sie nicht markieren kann.

Ihm ist schnuppe, dass eine Paarung für alle Mitglieder der Gestaltwandler Spezialeinheit tabu ist, aber ganz besonders für mich. Ich bin nicht einmal im Entferntesten sicher für einen Menschen. Ich erschaudere, weil der Gedanke, Sadie tatsächlich wehzutun, falls mein Wolf die Kontrolle gewänne, echte Angst in mir hervorruft.

Was meinen Wolf dazu veranlasst, beschützend zu knurren.

Oh beim Schicksal. Vielleicht habe ich mir mehr aufgehalst, indem ich hierherkam, als ich packen kann.

Jetzt muss ich nach unten gehen und mit einem Raum voller Menschen interagieren, während mein Wolf tierisch wild ist. Ich schaue aus dem Fenster und versuche, herauszufinden, ob ich Zeit habe, dort rauszugehen und mich zu verwandeln.

Doch nein, Sadie braucht mich. Und sie ist meine oberste Priorität.

Ich muss diese wahnsinnige Menschentradition einer Hochzeit überstehen und meinen Wolf in Zaum halten. Und in vollständigen Sätzen sprechen. Und präsentabel aussehen.

Für einen Kerl, der Teil eines Teams war, das ganze Regime auf die Befehle seines Präsidenten gestürzt hat, sollte diese Mission doch ein Klacks sein. Warum fühlt es sich dann wie die schwierigste Mission an, auf der ich jemals war?

Weil mir noch nie zuvor eine Mission so wichtig war wie diese.

Das ist es, was Sadie mit mir anstellt.

Wenn es um Gefahr und die Vernichtung von Feinden geht, weiß ich, was ich tun muss. Selbst wenn ich die Kontrolle über meinen Wolf verliere, handelt er noch immer richtig. Die Aufgabe wird erledigt, auch wenn sie blutiger gelöst wird als erwartet. Aber in diesem Fall könnte mein Wolf Sadie verletzten, sollte ich die Kontrolle verlieren und er sie markieren. Er könnte sie sogar töten. Menschen sind zerbrechliche Wesen. Ein Schnitt an einer Arterie und sie würde –

Fuck, ich kann nicht einmal daran denken.

Und dann ist da noch das Problem mit ihrem Ex. Ich denke, ich habe mich unter Kontrolle, aber wenn mein Wolf der Meinung wäre, sie würde bedroht werden, wenn auch nur milde, könnte das Ergebnis tödlich sein.

Ich räuspere mich, als Sadie durch das Zimmer huscht. „Ist es okay, wenn ich dusche?"

„Ja, natürlich. Mach nur." Sie schenkt mir die Sorte Lächeln, die ein ganzes Zimmer erhellen kann, und mein Herz taumelt von der Klippe ins Sadieland.

Ich zwinge mich, mich in Bewegung zu setzen, gehe ins Bad und ziehe meine Kleider aus. Ich werde mich besser fühlen, wenn ich mir einen runtergeholt habe zu Gedanken an meine hübsche –

Nein, nicht mein.

Sie ist nicht mein hübsches Irgendwas.

Sie ist eine Mission. Eine Mission, die ich *nicht* vermasseln werde.

Ich schalte das Wasser auf eiskalt und trete unter den eisigen Strahl. Alles, um diese tobende Lust zu dämpfen, die an meinen Ohren leckt. Es nützt jedoch rein gar nichts bei dem Inferno, das in meinem Körper lodert. Ich führe meine Finger – die, die noch von ihrem Geruch überzogen sind – an meine Nase und inhaliere tief. Mein Schwanz ragt nach oben und wippt, ich packe ihn fest und hole mir zu den Erinnerungen an die unglaublichen Laute, die sie machte, als ich sie zum Orgasmus brachte, einen runter.

Süße Sadie.

Mein hübscher Mensch.

Nein, nicht –

Mein, schimpft mein Wolf.

Und ich lasse ihn. Nur für den Moment. Denn die Lichter tanzen bereits hinter meinen Augen und meine Schenkel fangen schon zu zittern an. Ich verkneife mir das Brüllen, das aus meiner Kehle schießen will, und ergieße mich auf die teuren Fliesenwände.

Und verdammt, ich fühle mich nur geringfügig erleichtert.

Das Verlangen nach Sadie Diaz verzehrt mich.

KAPITEL 10

Kapitel Neun

 *adie*

ICH ZIEHE ein Kleid und High Heels zu der Party an. Nachdem ich meine Haare gezähmt und meine Perlen angelegt habe, sehe ich präsentabler aus, aber meine Wangen leuchten noch immer in dieser Orgasmus-Röte. Deke trägt ein frisches, weißes T-Shirt und ein nettes Paar schwarzer Jeans. Er zieht ein kurzärmeliges Button-down-Hemd über das T-Shirt an, das er nicht in seine Hose steckt. Ich denke, dass das seine Version von „Herausgeputzt" ist. Wegen seiner riesigen Größe und den Tattoos gelingt es ihm trotzdem, genauso gefährlich auszusehen, wie er das in Leder tut. Ich beschwere mich nicht. Deke sieht wie James Deans wilderer, gefährlicherer Bruder aus und das stellt so einiges mit mir an. Meine Brustwarzen sind unter dem Mieder meines Kleides hart, weshalb ich zur Sicherheit noch einen schicken Cardigan anziehe.

Er erhält von den Mitgliedern aus Geoffs und Jenns Familie im mittleren Alter einige zweite Blicke, als wir uns der Party anschließen. Ich ignoriere die hochgezogenen Augenbrauen und laufe zu der Ecke, in der die Braut Hof hält.

„Sadie!", kreischt Jenn und wirft die Arme in die Luft. Das Sektglas in ihrer Hand neigt sich gefährlich, aber es ist mehr als halbleer.

„Du strahlst", keucht ihre Schwester Brigit. Der Rest der halb beschwipsten Brautjungfern-Gruppe dreht sich zu mir um.

„Genauso wie du", sage ich zu Jenn und beuge mich vor, um sie zu umarmen. Wir lösen uns voneinander und täuschen links und rechts einen Kuss an. „Du siehst so hübsch aus."

„Genauso wie du!", kreischt Jenn. Sie trägt einen gigantischen Klunker an ihrem Finger, der mich dank seiner Diamanten fast schon blendet. Ich oohe und aahe die angemessene Zeitspanne über den Verlobungsring. Er hat mehr gekostet als ihr Jeep Wrangler.

„Und wer bist du?", fragt Laura, Jenns ältere Cousine, während sie Deke mustert. Laura ist keine Brautjungfer, aber nach der bewundernden Art und Weise zu schließen, mit der sie Deke betrachtet, weiß sie seine breiten Schultern genauso sehr zu schätzen wie ich.

„Oh." Ich trete zurück und lege meine Hand auf Dekes Arm, womit ich deutlich Anspruch auf ihn erhebe. „Ladies, das ist Deke. Er ist mein Plus Eins für das Wochenende." Ich habe das hier in meinem Kopf geprobt. Er ist kein fester

Freund, er ist kein Freund, er ist kein Partner. Aber „Plus Eins" bringt die Botschaft rüber.

„Hi, Deke", sagen die Frauen im Chor und wechseln wissende Blicke.

Brigit stößt mich mit ihrem Ellbogen an und wackelt anerkennend mit den Augenbrauen.

Jenn räuspert sich. „Sekt?"

Ich nehme ein Glas und Deke lehnt mit einer Handbewegung ab.

„Herzlichen Glückwunsch", sagt er ruppig zu Jenn und sie läuft glücklich rot an.

„Dankeschön. Wie hast du Sadie kennengelernt?"

Ich öffne den Mund und bin ganz aufgeregt. Bevor ich irgendetwas hinausposaunen kann, legt mir Deke eine Hand ins Kreuz und unterstützt mich.

„Haben uns in Taos kennengelernt, auf der Plaza. Schicksal warf uns zusammen", antwortet er. Er sieht sich um, als würde er jeden herausfordern, ihm zu widersprechen. „Es sollte so sein."

Die Brautjungfern geraten alle in Verzückung.

Etwas zieht sich in meiner Brust zusammen. Der Wunsch, dass das hier alles der Wahrheit entspricht und nicht nur eine Lügengeschichte ist.

„Das ist so wundervoll." Brigit zwinkert mir zu. „Wow", formt sie mit den Lippen. Ich nicke und nippe gelassen an meinem Sekt, während Deke hinter mir steht, meine starke, stumme Rückendeckung.

Jenn zieht mich bei der ersten Gelegenheit, die sich ihr bietet, zur Seite. „Sadie, es tut mir so leid. Ich dachte, du wärst noch mit Scott zusammen."

„Nein, es ist okay. Wir haben uns vor einer Weile getrennt. Ich wollte dich nicht damit belasten, während du die

Hochzeit geplant hast", sage ich. „Es tut mir leid, ich schätze, ich hoffte, Geoff würde es dir erzählen."

„Oh Mädel, das ist in Ordnung. Es war nicht meine Absicht, anzunehmen, dass du noch mit Scott zusammen bist. Ich habe euch beide für die gesamte Zeremonie zusammengetan. Oh nein." Ihre Hand fliegt an ihren Mund. „Seid ihr etwa im gleichen Zimmer untergebracht?"

„Nein, ich habe das Hotel angerufen und mir selbst ein Zimmer gebucht", versichere ich ihr. „Es ist okay. Mach dir um mich keine Gedanken. Das hier ist dein großes Wochenende."

„Ich weiß!", kreischt sie und wirft die Arme nach oben. Das Diamantfunkeln an ihrem Finger fällt ihr ins Auge und sie streckt ihre Hand aus, um ihren Ring bewundernd zu mustern.

Ich versuche, mir keine Sorgen über die widersprüchlichen Botschaften zu machen, die ich aussenden werde, indem ich mich von Scott zum Altar führen lasse. Aber dann schaue ich zu Deke und es interessiert mich kaum noch.

Einige Schritte entfernt brüllt die Schar Brautjungfern vor Lachen. Ich schaue hinüber und Deke ist dort, seine große Gestalt ragt über den kichernden Frauen auf. Seine Augen sind auf mich gerichtet, nicht sie. Als wäre er bereit, an meine Seite zu springen und mich zu beschützen für den Fall, dass mich Jenn plötzlich angreift oder so etwas. Er nickt mir zu und ich lächle zurück und mir wird innerlich ganz warm.

Deke ist hier. Es wird alles gut gehen.

~

Deke

. . .

ICH ERHASCHE eine Wolke von Vollpfosten-Rasierwasser und unterdrücke ein Husten.

Ich laufe ohne ein Wort von den beschwipsten Frauen weg. Eine von ihnen ruft meinem Rücken „Komm bald zurück" hinterher. Als würde ich jemals eine andere Frau anschauen, wenn ich Sadie habe.

Ich stelle mich neben Sadie und lege meinen Arm um sie. „Hab dich vermisst, Babe", murmle ich und der Mensch, mit dem sie redet – die Braut – schenkt mir ein breites Grinsen.

„Aww, ich dich auch", sagt Sadie.

„Ihr zwei seid so süß zusammen", seufzt die Braut. „Was mich daran erinnert, dass ich mal nachschauen sollte, was mein Kerl so treibt. Sehen wir uns beim Abendessen?"

„Ja", stimmt Sadie zu und ich bewahre eine ausdruckslose Miene. Ich vermute, wir müssen irgendwann essen, aber mein Wolf ist in diesem beengten Raum bereits aufs Äußerste angespannt. Hier sind zu viele Leute. Zu viel Lärm. Mein Wolf will Sadie wieder nach oben schleifen und stattdessen von ihrer Pussy kosten.

Die Braut gleitet davon und Sadie piekt mich in die Seite. „Hast du es gesehen?"

Sie meint Scott und seine Partybegleitung. „Jepp."

„Oh mein Gott", flüstert sie. „Er trifft sich tatsächlich mit einer Neuen."

„Oder er bezahlt für ihre Gesellschaft."

Sadie zieht die Nase kraus. „Wirklich?"

„Ja."

Sie lacht und mein Wolf streckt stolz die Brust raus. Ich bin so verdammt froh, dass ihr dieser Kerl scheißegal ist.

Auf der anderen Seite des Raumes entdeckt uns Scott und läuft in unsere Richtung. Ich ziehe Sadie näher zu mir. „Was ist mit ihren Lippen los? Sie sieht aus, als wäre sie von einer Biene gestochen worden."

„Die sind nicht von Natur aus so. Da ist irgendein Füllmittel involviert", erwidert Sadie wispernd.

Sie nippt an ihrem Sekt und beobachtet verstohlen das Herannahen ihres Ex'. „Ich kann nicht fassen, dass er sich ein Date gebucht hat. Wenigstens ist sie nicht halb so alt wie er. Argh, was habe ich nur an Scott gefunden?"

„Ich habe keine verdammte Ahnung."

„Sadie." Scott kommt schließlich vor uns an. Ich frage mich kurz, ob Sadie protestieren würde, sollte ich ihm das Feixen aus dem Gesicht schlagen. „Das ist Elana."

Elana mustert mich von oben bis unten und dreht sich so, dass sie mir ihr Dekolleté präsentiert, während sie mir ihre Hand reicht. „Entzückt", sagt sie mit heiserer Stimme.

Ich nicke Elana zu und lasse Sadie ihr die Hand geben.

„Es ist so schön, dich kennenzulernen", sagt Sadie liebenswürdig. „Du hast wahrscheinlich gehört, dass Scott und ich uns vor einem Monat getrennt haben. Ich bin so froh, dass er jemanden gefunden hat."

„Dein Verlust ist mein Gewinn", sagt Elana.

„Definitiv." Sadie sieht erleichtert aus. „Nur eine kleine Warnung, die Braut dachte, Scott und ich seien noch zusammen, weshalb wir während der Hochzeit zusammengetan wurden. Aber Scott gehört ganz dir." Sadie hebt ihre Hände in Scotts Richtung, als würde sie ihn wegstoßen. „Ich will ihn *überhaupt nicht*."

„Verstanden", sagt Elana.

„Gut! Wir können uns alle wie Erwachsene benehmen. Ich will nicht, dass es komisch zwischen uns ist."

„Oh, ich denke, wir können alle gut miteinander auskommen." Elana zwinkert mir zu.

Sadie bemerkt das und neigt sich näher zu mir. Ich liebe es. Sie erhebt Anspruch auf mich. Sie mag nicht wie ein Alphaweibchen wirken, aber sie hat das Potenzial dazu.

„Was auch immer die Lage für *Sadie* erleichtert", sage ich mit besonderer Betonung ihres Namens. „Sie ist meine Priorität."

„Aww, das ist so süß", sagt Elana und dreht sich zu Sadie. „Sieht so aus, als hättest du einen Guten erwischt."

„Das habe ich. Hey, möchtest du etwas Sekt?" Sadie winkt Brigit zu sich, um Elana ein Glas zu besorgen.

„Absolut." Elanas Miene hellt sich auf. „Ich würde liebend gern ein Glas trinken."

Scott steht mit einer halben Grimasse im Gesicht daneben. Falls er auf einen Zickenkrieg zwischen Sadie und Elana gehofft hat, hat er Pech.

„Auf Hochzeiten", prosten sich Sadie und Elana zu, ehe sie miteinander anstoßen.

„Wie geht es allen?" Eine übertrieben parfümierte Frau kommt herangeschwebt und zwängt sich in unsere Gruppe. Neben mir versteift sich Sadie.

„Sadie, bist du das?" Die Frau ist im mittleren Alter und hat platinblonde Haare. Sie beugt sich nach vorne, um Sadie dazu einzuladen, ihr einen Kuss auf die Wange zu geben, und eine Woge ihres intensiven Parfüms haut mich beinahe um. Ich ziehe den Kopf ein und wende mich halb ab. Am liebsten würde ich mein Gesicht in Sadies Haaren vergraben, damit ich einen sauberen Atemzug nehmen kann. Mein Wolf wimmert.

„Mrs. Atkins", sagt Sadie höflich. Sie küsst die Frau auf die Wange und zieht sich zurück, bevor sie nach mir greift. Ich nehme ihre Hand und sie drückt sie.

„Oh nenn mich Lacy, du gehörst praktisch zur Familie. Und Scott, da bist du ja", freut sich Lacy und erhält auch von ihm einen Kuss auf die Wange. „Und wer ist das?" Sie späht zuerst zu Elana und dann zu mir.

„Lacy, das ist Deke. Er ist mein Date für das Wochenende", sagt Sadie. „Deke, das ist Jenns Mom."

Scott folgt rasch ihrem Beispiel und stellt sein Date vor.

Lacy runzelt die Stirn. „Oh, ihr zwei seid nicht mehr zusammen? Schäm dich, Sadie, dass du dir unseren Scott hast entwischen lassen!" Sie piekt Scott in die Brust. „Ich wollte eigentlich sicherstellen, dass du beim Brautstraußwurf einen Platz in der ersten Reihe abkriegst. Ich dachte, ihr zwei würdet die Nächsten sein."

Sadie verzieht das Gesicht. Lacys Stimme ist so aufdringlich wie ihr Parfüm, weshalb sich andere Gäste bereits umdrehen. Ich blinzle, damit meine Augen nicht tränen.

„Was ist hier los?" Ein großer, dünner Mann, der ein permanent gelangweiltes Gesicht macht, kommt hinzu. Er hält neben Lacy, die sich zu ihm dreht, um ihn zu informieren: „Du erinnerst dich an Scott und Sadie, George? Das hier sind ihre Dates."

Der Mann wendet sich mir zu. „Und was arbeitest du?"

„Security." Ich halte weiterhin Sadies Hand. Es ist ohnehin nicht so, als würde mir dieser Kerl seine Hand anbieten.

„Du bist Sadies Bodyguard?" Dem Mann gelingt es, auf uns beide herabzusehen, obwohl er kleiner ist als ich.

„Nein, auch wenn er das sein könnte", lacht Sadie unecht. Ich kann ihre Anspannung riechen. „Er war beim Militär und jetzt gehört ihm eine Security-Firma."

„Ah, ein Start-up", sagt der Mann ablehnend.

Ich zucke mit den Achseln. „Wenn Multimillionen Dollar Aufträge der Regierung für Start-ups sind."

Die Augen des Typen quellen aus ihren Höhlen.

„Wir haben weltweit dreißig Angestellte." Ich hasse es, Informationen preiszugeben, aber das hier ist für Sadie.

Niemand wird sie klein machen. In diesem dämlichen Schwanzvergleich zählt Größe. Die Größe unserer Firma.

George betrachtet mich mit plötzlich neu gefundenem Respekt.

„Dreißig Angestellte? Das wusste ich nicht", sagt Sadie, die beeindruckt zu mir aufsieht.

Lacys Augen werden schmal. „Das wusstest du nicht?"

„Wir haben uns erst kennengelernt." Sadie klingt abwehrend und ich wünschte, ich könnte ihr sagen, dass sie sich entspannen soll. Diese Leute spielen keine Rolle.

„Weiß dein Vater davon?", fragt George Sadie und sie presst die Lippen zusammen. Ich weiß nicht, warum die Bemerkung Sadie stört, aber ich mache mir gedanklich eine Notiz, das in Erfahrung zu bringen. Und Georges Daten den Hackern zu geben, die für uns arbeiten, um herauszufinden, ob er irgendetwas verbirgt. Auf diese Weise kann ich George, falls er Sadie erneut aufregt, zermalmen.

„Mr. Diaz und ich treffen uns immer noch monatlich zum Lunch", mischt sich Scott ein. „Er hat mir Einblicke von unschätzbarem Wert in das Denson Projekt gegeben." Er und George beginnen, über Erlaubnisse und Zonierung zu sprechen, während der Rest von uns unbeholfen daneben steht.

„Hast du dir den Zeitplan angeschaut?", fragt Sadie Lacy in dem Versuch, das Thema zu wechseln. „Das Resort bietet alle möglichen spaßigen Dinge an. Es gibt eine Zip-Line und alles!"

Elana sieht gelangweilt aus. Lacy wendet sich mir zu. „Ich vermute mal, du würdest dich mir nicht zum Morgenyoga anschließen wollen? Es findet draußen auf der unteren Terrasse statt."

Oha. Das habe ich nicht kommen sehen. Die Dame ist auf der Jagd.

„Oh, ich weiß nicht, ob das Dekes Ding ist", sagt Sadie, die versucht, mich zu retten. Ich drücke ihre Hand.

„Wenn Sadie gehen möchte, würde ich mich geehrt fühlen, mich euch anzuschließen."

„Bist du dir sicher?", fragt Lacy auf eine Art, anhand derer ich erkennen kann, dass das hier ein Test ist. „Es ist ziemlich früh morgens."

Ich zucke mit den Schultern. „Kann nicht schlimmer als die Grundausbildung sein."

„Ah ja, du warst beim Militär. Welcher Zweig?"

„Army, Ma'am", sage ich. „Sondereinsatztruppe."

„Nun, du weißt, dass er Disziplin hat", sagt sie zu mit einem bewundernden Säuseln in der Stimme zu Sadie.

Ja. Kaum genug Disziplin, um mich davon abzuhalten, mir Sadie über die Schulter zu werfen und sie nach oben zu unserem Zimmer zu tragen.

„Und ich liebe einen Mann in Uniform." Lacy richtet sich leicht auf, wodurch ihre Brüste nach vorne gedrückt werden. „War nett, dich kennenzulernen, Deke. Ich freue mich schon darauf, dich morgen früh zu sehen."

„In Ordnung, alle miteinander", ruft Brigit vorne im Raum. „Kann ich bitte eure Aufmerksamkeit haben? Der Speisesaal ist für unsere Gesellschaft bereit."

Leute beginnen, aus dem Raum zu strömen, aber Sadie und ich warten noch. Ich lasse es mir nicht anmerken, aber ich bin verdammt angespannt. Der letzte Ort, an den ich mit diesen Leuten gehen will, sind noch engere Räumlichkeiten. So viel habe ich seit Jahren nicht mit Menschen geredet und mein Wolf sehnt sich verzweifelt danach, entweder zu ficken oder zu kämpfen, um die Spannung abzubauen.

„Oh mein Gott", stöhnt Sadie. „Das war schrecklich. Es tut mir so leid."

„Babe." Sie ist so verdammt süß. Ich will nicht, dass sie

sich Sorgen um mich macht. Ich will nur, dass sie aufhört, sich irgendwelche Sorgen zu machen.

Als wir uns daran machen, den anderen zu folgen, die zum Speisesaal laufen, zieht sie mich in einen Seitengang. Er wird nur schwach von eleganten Wandleuchtern beleuchtet, die zu Dekorationszwecken angebracht worden sein müssen, denn sie sind verdammt schlecht darin, irgendetwas zu erhellen.

„Bist du okay? Ich weiß, du magst keine Menschenmengen."

Ich erstarre. „Das hast du bemerkt?" Fuck, ich leiste auf dieser Mission keine so gute Arbeit, wie ich gehofft habe.

Sie nickt und ihre warmen braunen Augen studieren mein Gesicht mit so viel Mitgefühl. „Ist es PTBS?", fragt sie sanft.

Ich reibe mit einer Hand über mein Gesicht. „Yeah." Es ist wohl am besten, diese Ausrede zu nutzen. Ich hasse Lügen, aber Sadie zu erzählen, dass ich ein Werwolf bin, der sein Tier nicht unter Kontrolle hat, kommt offensichtlich nicht infrage.

Sie testet eine Tür und drückt sie auf. Es ist ein Konferenzraum, unbeleuchtet und leer. „Komm her." Sie zieht mich in den Raum.

„Mir geht's gut, Babe." Ich hasse es, dass sie sich jetzt um mich Sorgen macht. Ich sollte doch eigentlich ihr den Gefallen tun. Aber dann knöpft sie meine Jeans auf und plötzlich explodiert Hitze unterhalb meiner Taille.

„Lass mich dir helfen, die Spannung zu lindern." Sie senkt sich auf ihre Knie und jegliche vernünftige Gedanken entgleiten mir. „Das ist das Mindeste, das ich tun kann nach allem, das du für mich getan hast."

„Sadie", würge ich hervor, aber meine Hände liegen bereits in ihren dunklen, dichten Haaren. Ich bin nicht in der

Lage, ihr zu sagen, dass sie das hier nicht tun muss. Die Wonne abzuweisen, die sie mir so großzügig anbietet.

Sie befreit meine Länge und lächelt zu mir hoch, während sie sie mit ihrer Faust umschließt. Ich habe noch nie in meinem Leben einen so schönen Anblick gesehen.

Sie lässt sich Zeit und wirbelt mit ihrer Zunge um meine Schwanzspitze. Mein Rücken trifft mit einem dumpfen Knall auf die Wand hinter mir. Meine Beine beginnen zu zittern. Hitze lodert überall auf.

Wundersamerweise verspüre ich nicht diese blindwütige Aggression, die ich zuvor empfand, als ich über ihr war. Dieses Gefühl, als würden sich meine Fangzähne gleich senken, um sie für immer als mein zu markieren. Mein Wolf scheint gewillt zu sein, einfach nur zu nehmen.

Der ganze Moment ist ein Geschenk.

Mein Herz hämmert unter dem neuen Hemd, das ich für dieses Wochenende kaufte. Der Atem weht krächzend aus meinem Mund rein und raus, während sich mein Schwanz anspannt und unter ihrer Zunge wölbt, härter als Marmor. Sie hebt ihren warmen, braunen Blick zu meinem, während sich ihre weichen Lippen teilen, um mich in ihren Mund zu nehmen.

Ich ersticke beinahe an einem Stöhnen. Meine Faust in ihren Haaren spannt sich an. „Oh beim Schicksal, Sadie. Das ist so schön."

Sie zieht sich zurück, dann nimmt sie mich tiefer auf. Wiederholt den Vorgang. Meine Schenkel zittern heftiger. Ich helfe nicht oder führe ihren Kopf, ich überlasse ihr einfach das Steuer, von ihrer Liebenswürdigkeit in Staunen versetzt. Dieser Mensch ist alles.

Nett, hübsch, niedlich witzig. Obwohl es eine beständige Folter für mich ist, mit ihr zusammen zu sein, habe ich mich seit Jahren nicht so leicht gefühlt. Möglicherweise nicht mehr, seit ich mich vor Jahren der Army anschloss. Ich streichle ihre Wange mit meinem Daumen, während sie ihren Kopf auf meinem Schwanz vor und zurück bewegt und mich mit kurzen, köstlichen Bewegungen in ihrer Wangentasche aufnimmt. Ihre samtene Zunge wirbelt jedes Mal über die Unterseite meines Schafts, wenn sie mich tief einsaugt. Ihre Wangen werden jedes Mal, wenn sie auf ihrem Weg von meinem Schwanz heftig saugt, schmal.

Ich sterbe vor Ekstase.

Ich will, dass das hier die ganze Nacht dauert, aber ich muss bereits kommen.

Ich lehne meinen Kopf nach hinten gegen die Wand und schließe die Augen, um Zeit zu schinden und diese intensive, hedonistische Wonne noch etwas länger zu genießen.

Sadie verwöhnt meinen Schwanz weiterhin wie ein Champion. Die Vorschullehrerin hat sich in einen Pornostar verwandelt und ich will sie auf ihren Rücken werfen und –

Nein.

Nein, nicht das.

Ich kann sie nicht beanspruchen.

Ich kann sie nicht beanspruchen, aber ich werde definitiv meinen Mund auf sie legen und diesen Gefallen erwidern, bevor die Nacht zu Ende ist. Ich werde sie so laut zum Schreien bringen, dass die Wände des Resorts erzittern und die Lichter wackeln.

„Sadie", sage ich erstickt. Die Zündschnur meines Orgasmus, die sie entzündete, brennt zu schnell ab. Hitze flammt an meinem Steißbein auf. Meine Eier ziehen sich fest zusammen. „Sadie, ich werde kommen", warne ich sie mit einem gutturalen Krächzen.

Sie stoppt nicht. Sadie macht schneller, saugt fester, ihre hübschen Rehaugen heben sich zu meinen, als wolle sie mein Gesicht sehen, wenn ich komme. Es ist nicht meine Absicht, aber der seidene Faden, an dem meine Kontrolle hing, reißt. Ich packe ihren Kopf mit beiden Händen und ficke ihren Mund, einmal, zweimal, dreimal. Beim vierten Mal komme ich in ihrer Kehle.

Sie hält dafür still.

Schluckt.

Die süße Sadie schluckt. Unfassbar.

„Es tut mir leid", krächze ich, da mir bewusst wird, wie respektlos ich gewesen bin. Ich lasse ihren Kopf abrupt los, aber sie ruckt nicht von mir weg. Sie saugt erneut an meinem Schwanz, säubert mich und schluckt abermals, während in ihren Augen Lust darüber tanzt, was sie gerade getan hat.

Ich streichle ihr Gesicht, massiere instinktiv ihre Ohren und vergesse, dass sie keine Wölfin ist. „Beim Schicksal", hauche ich. „Das war unglaublich, Sadie."

„War es das?" Sie wischt sich den Mund ab, während ich meinen Schwanz wegpacke und ihr beim Aufstehen helfe.

„Du bist unglaublich." Ich kann mich nicht daran hindern, jeden Gedanken auszusprechen, der mir durch den Kopf geht. „Der beste Blowjob meines Lebens."

„Das bezweifle ich." Ihr Lachen ist heiser und erfreut.

„Ich schwöre es beim Schicksal."

„Beim Schicksal?" Sie legt den Kopf auf die Seite und ihr neugieriger Blick wandert über mein Gesicht.

Uuups.

Ich ziehe ihren Körper an meinen. „Ich meine bei Gott." Ich zucke mit den Achseln. „Schicksal ist ein Wort, das meine Familie früher immer benutzt hat." Ich kann sie nicht noch mehr anlügen. „Meine Eltern sind naturliebende Hippies, die in Vermont leben", erzähle ich ihr überraschenderweise, obwohl ich seit Jahren nicht mehr von meinen Eltern gesprochen habe. „Pazifisten. Sie hassten es, dass ich mich der Army anschloss."

„Danke für deinen Dienst", murmelt sie.

„Fuck, du bist süß." Ich streichle mit meinem Daumen über die reizende Linie ihrer Wange und senke meinen Kopf für einen Kuss. Meine Lippen streichen leicht über ihre. Meine Aggression ist verschwunden, hinweggefegt von dem unglaublichen Orgasmus.

Sie hebt sich auf ihre Zehenspitzen, um mir ebenfalls einen Kuss zu geben.

Die Aggression kehrt zurück. Ich umfange ihren Hinterkopf und halte sie fest, während meine Lippen mit mehr Beharrlichkeit über ihre gleiten. Ich lecke in ihren Mund. Beanspruche ihn.

Stimmen erklingen im Gang – zwei Gäste, die im Vorbeigehen über die Hochzeit reden.

Sadie weicht mit einem Lächeln zurück. „Wir sollten dort reingehen."

„Yeah." Ich will mich nicht bewegen. „Ich würde dich lieber nach oben bringen und den Gefallen erwidern."

Sie presst ihren Körper an meinen. „Dass du mein Date bist, ist dein Gefallen", erinnert sie mich in der sexiesten Stimme, die ich jemals gehört habe. „Das hier war meine Rückzahlung."

„Na gut." Ich senke meinen Kopf, um ihr ins Ohr zu raunen: „Aber ich brauche noch eine Sache."

„Und die wäre?"

„Zieh dein Höschen aus."

Ihre Augen weiten sich und der Geruch ihrer Erregung füllt meine Nasenlöcher. „Was? Hier?"

„Mh hmm. Ich will, dass du entblößt bist und den ganzen Abend lang an meinen Mund auf deinem Geschlecht denkst. Dass du darüber grübelst, was du kriegen wirst, wenn ich dich zurück in unser Zimmer bringe."

Ein Schauder durchläuft sie und ihr köstlicher Geruch

nimmt zu. Sie blickt zu der Tür, die zum Gang führt. Wir können weitere Gäste außerhalb des Ganges lachen und reden hören, aber die Geräusche werden weniger, als würden sie weglaufen. Mein Gestaltwandlergehör wird mich über jeden informieren, der uns unterbrechen könnte. Ich werde nicht zulassen, dass uns irgendjemand erwischt, aber Sadie weiß das nicht, und ich sage es ihr nicht. Der Nervenkitzel ist der halbe Spaß.

„Mach besser schnell. Jemand könnte sich auf die Suche nach uns machen", necke ich sie.

„Oh Gott." Sie steigt hastig aus ihrem Höschen. Ich erhalte einen kurzen Blick auf ihr nacktes Bein und dann fällt ihr Rock wieder nach unten. Aber ihre Wangen leuchten rosa, die gleiche Farbe wie ihr Höschen.

Ich strecke meine Hand danach aus. Nach einer Sekunde des Zögerns lässt sie den winzigen Fetzen seidige Spitze in meine große Hand fallen. Mein Schwanz pocht. Ich schließe meine Faust und kämpfe gegen den Drang an, mehr zu tun.

„Deke?" Sie sieht so vertrauensvoll zu mir auf.

Ich schiebe ihr Höschen in meine Tasche. „Gehen wir, Babe." Ich nehme ihre Hand und ziehe sie zur Party.

„Oh mein Gott", flüstert sie. Während wir durch den Gang laufen, dreht sie immer wieder ihren Kopf, um nach ihrem Hinterteil zu sehen, als hätte sie Angst, dass ihr Kleid hinten hochrutschen würde.

„Mach dir darüber keine Gedanken." Ich stoppe, kurz bevor wir den Speisesaal betreten und streiche mit einer Hand über ihren Hintern, indem ich vorgebe, ihren Rock glattzu-streichen. „Ich werde nicht zulassen, dass du irgendjemandem deinen blanken Hintern präsentierst." Mein Wolf würde mich nur allzu gerne jeden Mann ausschalten lassen, der Sadie nackt gesehen hat. Ich werde den ganzen Abend Wache halten, nur um sicherzustellen, dass ihr keiner zu nahe kommt.

Niemand fasst Sadie an, niemand außer mir.

Ich packe ihren Hintern, der unter dem Stoff des Kleides nackt ist, und drücke zu.

„Oh Gott", sagt Sadie erneut.

„Sei ein braves Mädchen", weise ich sie an. „Dann werde ich dir später deine Belohnung geben."

KAPITEL 11

Kapitel Zehn

adie

ICH WEIß NICHT, wie ich das Abendessen überstehe. Ich fühle mich, als würde sich über meinem Kopf ein riesiges Leucht-schild befinden. SADIE DIAZ HAT KEIN HÖSCHEN AN.

Deke ist der Einzige, der es weiß. Und je länger sich das Abendessen und die Drinks hinziehen, desto mehr brennt er darauf, diesbezüglich etwas zu unternehmen, das merke ich.

Es ist das erste Mal in meinem Leben, das ich sexuelle Macht verspüre. Zu sehen, wie er bei dem Blowjob gekommen ist, hat das ausgelöst. Jetzt erhalte ich begehrliche Blicke und leises Knurren. Das nächste Mal, als ich mich nach vorne beuge, um über etwas zu lachen, das ein Gast gegenüber von uns gesagt hat, streiche ich mit meinen Brüsten über seinen Arm. Seinen *harten, muskulösen* Arm.

Doch letztendlich bin ich die Angeschmierte, denn meine Brustwarzen richten sich unter meinem Kleid auf.

Als Nächstes reibe ich mit meinem Fuß über sein langes Bein. Er bewegt es und stellt es vor mich. Anschließend legt er seine Hand auf mein Knie und schiebt seine Finger langsam meinen Schenkel hoch. Mein Bauch erschaudert und ich keuche. Ich habe Angst, dass ich aufschreien werde, wenn er den Scheitelpunkt erreicht, weshalb ich sein Handgelenk gerade rechtzeitig packe. Seine Hand ist so groß und seine langen Finger sind bloß Zentimeter von meiner Pussy entfernt. Meiner nackten Pussy.

Sämtliche Luft entweicht mir und ich atme wieder tief ein. Ich bin ganz fiebrig.

Neben mir zieht Deke seine Augenbraue leicht hoch, aber abgesehen davon, lässt er sich nicht anmerken, dass er kurz davorstand, mich hier und jetzt beim Abendessen zu fingern. Ich hingegen bin ein zappeliges Häufchen Lust. Anders als Deke verfüge ich über keinen Sexy-Verführungs-Heimlich-keits-Modus.

„Geht es dir gut, Sadie?", fragt Brigit auf der anderen Tischseite. „Du sieht leicht überhitzt aus."

„Prima", bringe ich mit Müh und Not hervor und halte mein Glas hoch. „Nur zu viel Sekt. Ich werde vielleicht etwas Wasser holen müssen."

„Du hast gleich hier ein Wasser." Elana deutet auf mein Glas.

„Oh richtig." Ich schnappe es und hebe es an. „Ich meinte Luft. Ich brauche Luft", verkünde ich vor allen und rücke vom Tisch weg. Ich greife mir meinen Cardigan, den ich zum Essen ausgezogen und über die Stuhllehne gehängt habe. Ich halte auch gewissenhaft meinen Rock nach unten, während ich hinaus auf den Balkon gehe, nur für den Fall, dass er nach oben rutscht.

Die Nacht ist leicht kühl und es ist perfekt. Meine Absätze klappern über das Holz. Ich bin nicht dafür gekleidet, lange hier draußen zu bleiben, aber gerade jetzt sind die kühle Luft und der sternenbesetzte Himmel genau das, was ich brauche. Ich hole tief Luft und noch einmal.

Dann fällt ein Schatten neben meinen. Irgendwie ist mir Deke nach draußen gefolgt, ohne dass ich es gehört habe. Seine großen Stiefel erzeugen auf dem Holzboden keinerlei Geräusche. Absoluter Heimlichkeitsmodus.

Ich sehe nach, aber niemand im Raum hat bemerkt, dass er mit mir nach draußen gegangen ist. Sie sitzen an dem Restauranttisch, reden und lachen miteinander.

„Du", beschuldige ich ihn.

„Ich." Er drängt mich rückwärts zum Balkongeländer, wo er mich nach hinten neigt und küsst.

Hitze rollt durch meinen Körper, berauschend und mächtig, als hätte ich einen Schluck Whisky getrunken. Die Sterne drehen sich über meinem Kopf, als ich mich von ihm löse, um zu keuchen: „Deke. Jemand könnte es sehen."

„Lass sie es sehen", knurrt er. Die rauen Stoppeln auf seinem Kiefer kratzen über meine Wange. „Bin ich nicht deswegen hier? Um eine Show abzuziehen?"

Ich verspüre einen Anflug von Enttäuschung. Richtig. Das hier ist kein echtes Date.

Nur, verflixt – es fühlte sich so real an. Ist das für ihn alles nur vorgespielt?

„Du hast recht", antworte ich und gebe mich so ruhig, wie ich kann. „Küss mich besser noch einmal."

„Oh, ich werde mehr als das tun."

Und er zieht mich tiefer in die Schatten. Wir laufen über den hinteren Balkon, die Treppe nach unten und zu einer versteckten Ecke, von der man eine atemberaubende Aussicht auf die Gebirgskette hat. Am Samstag wird die Braut vor den Bergen als Hintergrund heiraten. Aber heute Nacht sind sie dunkle und schläfrige Riesen, deren felsige Schultern zur Hälfte von Kiefern bedeckt werden.

Ich folge Deke, weil er einen Plan hat, aber ich stoppe einen Augenblick, um die Aussicht zu genießen.

„Es ist wunderschön hier draußen", flüstere ich. Und ich erschaudere, weil das bisschen Hitze, das ich mit nach draußen gebracht habe, verflogen ist, und ich nur noch einen Cardigan trage, der mich vor der kühlen Luft schützt.

Deke schlüpft aus seinem Hemd und zieht es um mich, wobei er meine Proteste ignoriert, dass ihm kalt werden wird. Sein weißes Hemd leuchtet in der Dunkelheit. Er zieht mich an seine große Brust.

„Wir sollten wieder reingehen", sage ich, obwohl mir jetzt warm ist und ich mich, so in sein Hemd und Arme gekuschelt, behaglich fühle. „Du wirst erfrieren."

Er gluckst, als wäre die Vorstellung, dass ihm kalt werden könnte, ein Witz. „Du wirst mich warmhalten", sagt er und dreht mich um, damit ich den Bergen zugewandt bin. Seine Arme gleiten um mich und ich lehne mich nach hinten an seine Vorderseite.

„Nicht so warm. Ich bin in einem Kleid und trage *kein Höschen*", erinnere ich ihn. Nach dem riesigen Ständer zu urteilen, der gegen meinen Hintern stupst, hat er den *Kein Höschen* Teil nicht vergessen.

„Mmmh." Er reibt seine Nase an meinem Hals. „Du musst bereit für deine Belohnung sein." Seine Lippen streifen mein Ohr. „Leg deine Hände auf die Brüstung."

Ich beuge mich nach vorne, um zu gehorchen.

Er schlägt meinen Rock nach oben. Kalte Luft weht über meinen nackten Po und auf meinem ganzen Körper bricht Gänsehaut aus. Seine Finger streicheln meinen Hintern, gleiten über die kühle Haut und gehen auf Erkundungstour.

Ich trete von einem Fuß auf den anderen, wobei ich meine Position halte, erregt und aufgeregt, aber nervös. „Jemand könnte uns suchen kommen", wispere ich über meine Schulter.

„Ich werde dich von niemandem so sehen lassen", verspricht er. Seine großen Hände verdecken meine Pobacken, drücken und bieten etwas Hitze. „Außerdem interessiert es niemanden."

„Ich garantiere dir, dass es Scott sehr wohl interessiert", sage ich und verfluche mich augenblicklich selbst, weil ich Scott erwähnt habe.

„Ich werde dafür sorgen, dass du ihn vergisst", sagt Deke und es klingt wie ein Schwur.

Er fährt mit seinen Fingerspitzen zwischen meine Beine.

„Hab ihn schon vergessen."

Er drückt mich nach vorne und jetzt lehne ich mich auf die Brüstung, während er meine Kehrseite begrapscht. Er greift nach unten, um meine Schamlippen mit sanften Fingern zu finden und zu streicheln. Ich hebe mich auf meine Zehenspitzen, aber seine andere Hand hält meine Hüften fest, sodass ich nicht wegkann. Ich bin vornübergebeugt, mein Hintern ist rausgestreckt und wird zur Schau gestellt, entblößt und diesem Bad Boy dargeboten.

„Du machst mich zu einem bösen Mädchen", hauche ich.

Seine Finger halten inne. „Da bin ich anderer Meinung. Ich glaube, du warst schon immer böse."

Er zieht seine Hand zwischen meinen Beinen weg, um meinem Po einen Klaps zu geben. Ich keuche. Der Laut scheint in der stillen Luft nachzuhallen. Mein Herz stottert und ich erstarre, lausche angestrengt, als würde der Laut von den Bergen hallen. Aber das tut er nicht und Deke belohnt meinen Mut, indem er erneut über meine Pussy streichelt.

„Du hast meinen Schwanz wie ein Pornostar geblasen. Ich denke, du hast eine wirklich verdorbene Ader." Seine Finger fahren damit fort, zwischen meinen Falten zu spielen, was er mit einigen harten Schlägen abwechselt, die Erregung durch mich zu schicken scheinen. Dann geht er wieder dazu über, mich zum Orgasmus zu streicheln.

Ich gehe auf die Zehenspitzen und reibe mich auf seinen Fingern, während das diffuse Licht der Milchstraße über unseren Köpfen glimmt und sich zwischen den Bergen und dem gegenüberliegenden Horizont wie ein diamantbesetzter Schal windet. Der Wind liebkost mein Gesicht mit kalten Fingern, aber ich bin tief in Dekes Hemd und seinen Geruch gekuschelt, wo mir die Kälte nichts anhaben kann.

„Das ist es, drück dich nach unten", befiehlt Deke und streicht mit seinem Daumen über meine Klit, während er einen dicken Finger in mich schiebt. „Hol dir dein Vergnügen, Baby, nimm es dir."

Ich drehe meine Hüften, suche nach dem richtigen Winkel, nach mehr Stimulation.

„Fuck", flucht Deke. „Muss dich schmecken." Er lässt sich hinter mir auf die Knie fallen, spreizt meine Beine weiter und drückt seinen Mund auf mich. Seine Stoppeln kratzen meinen Innenschenkel hoch, während seine Zunge nach meinen geheimen Falten sucht. Ich bin nach vorne geneigt, meine Nägel bohren sich in das Holz und ich drücke meinen Hintern nach hinten, während ich versuche, sein Gesicht zu reiten. Es ist nicht der beste Winkel, es ist ein wenig lächerlich, aber es ist mir egal.

Er knurrt und vergräbt sein Gesicht zwischen meinen Beinen, hält meine Hüften fest und hebt mich halb vom

Boden. „Fuck", sagt er erneut und dreht mich zu sich um, wobei er mich zugleich auf die Terrassenbrüstung stützt. Und dann verschwindet sein dunkler Kopf wieder zwischen meinen Beinen. Mein Rock ist über meinen Bauch geworfen und bauscht sich um meine Hüften. Meine Hände umklammern die Brüstung, doch Deke hat mich, denn irgendwie hält er meine Beine fest, während er mich leckt. Meine Schenkel liegen über seinen großen Schultern, seine Zunge ist *genau dort* und *oh Mist*....

Ich komme, Lust bricht über mir zusammen und bringt mich dazu, mich nach vorne über seinen Kopf zu beugen. Er schüttelt seinen Kopf und kratzt mit seinen stoppeligen Wangen über die empfindliche Haut meines Innenschenkels, bevor er erneut an meiner Pussy leckt. Die scheuernde Empfindung liegt gerade noch auf der angenehmen Seite von schmerzhaft und meine Bauchmuskeln spannen sich unter einer weiteren Woge der Lust an. Und dann falle ich und kippe erschöpft nach vorne, vollkommen knochenlos. Deke fängt mich natürlich auf und hebt mich in seine Arme.

Ich höre Schritte und laute Stimmen auf dem oberen Balkon, aber ich bin zu berauscht von meinem Orgasmus, um mich darum zu scheren. Ich lasse meinen Kopf gegen seine Schulter rollen, während mich Deke geschickt die Balkontreppen hochträgt und zu einem Seiteneingang zurück in das Resort.

Ich höre ein schockiertes Kichern von jemandem, der uns sieht, aber ich weiß nicht, wer es ist.

„Zu viel Sekt", wirft Deke als Erklärung über seine Schulter. Ich winke zum Abschied in die allgemeine Richtung der Person, wer auch immer es sein mag, und lache an Dekes T-Shirt, während er mich wie eine Braut über die Türschwelle trägt.

Deke

ES FÄLLT MIR SEHR SCHWER, nicht jede Person anzuknurren, an der wir auf dem Weg zu unserem Zimmer vorbeikommen. Mein Wolf ist verdammt zufrieden, dass ich sie zum Orgasmus gebracht habe, aber das Verlangen, sie zu beanspruchen, ist noch stärker, vor allem da all diese Leute anwesend sind.

Sie drückt ihren Kopf an meinen Hals, während ich sie trage, ihre Atmung geht regel- und gleichmäßig. Sie muss müde und entspannt von ihrem Orgasmus sein.

Liefere das Päckchen ab und mach, dass du davonkommst.

Der Gedanke formt sich in Rafes Alphastimme in meinem Kopf.

Disziplin ist das Einzige, das zwischen uns und dem Mondwahnsinn steht.

Ich öffne die Tür zu unserem Zimmer und stelle Sadie nach unten auf ihre Füße, bevor ich ihrem Hintern einen leichten Klaps verpasse. „Ich brauche etwas frische Luft", informiere ich sie.

Sie blinzelt mich an, Überraschung und ein Hauch von Verletztheit huschen über ihre Miene. „Wir waren gerade erst draußen."

„Ich weiß. Ich muss joggen gehen. Es liegt an dem, äh, dem PTBS. Ich werde rastlos und es hilft mir beim Einschlafen."

Fuck, ich fühle mich wie das größte Arschloch, weil ich sie anlüge.

Mitgefühl schwappt über ihre Gesichtszüge und sie

streckt ihre Hand aus, um mein Gesicht zu berühren. Ich fange ihre Hand ein und führe sie an meine Lippen, bevor ich mich davon abhalten kann. Ihre Miene wird sogar noch weicher. „Ist das okay für dich? Kommst du hier klar?"

„Ja, natürlich. Ich verstehe es."

Fuck sei Dank. Ich schlüpfe in ein kurzes Paar Sporthosen, in dem ich eigentlich schlafen wollte, aber ich habe keine Laufschuhe, was etwas verdächtig ist. Ich entscheide mich dafür, die Schuhe von meinen Füßen zu treten.

Sadie taucht aus dem Bad auf, wo sie sich das Gesicht gewaschen und die Zähne geputzt hat. Ihre Augen weiten sich, als sie meine Laufkleidung sieht. „Oh! Bist du einer dieser Barfuß-Läufer?"

Ich wusste nicht, dass es so was gibt, aber ich nicke. Es ist keine Lüge.

„Wow. Das ist unglaublich", haucht sie. „Ich habe davon gehört und ich verstehe die Theorie dahinter, aber es übersteigt mein Vorstellungsvermögen."

Da ich keine Ahnung von den Theorien habe, die dahinter stecken, trete ich zu ihr und drücke einen leichten Kuss auf ihre Stirn. „Warte nicht auf mich."

„Oh! Ähm, okay."

Ich laufe zur Tür.

„Du kannst bei mir im Bett schlafen, wenn du zurückkommst." Sie klingt fast schüchtern, als sie es anbietet.

„Babe." Ich will nicht Nein zu ihr sagen, aber neben ihr zu schlafen, ist definitiv keine Option. Nicht, wenn ich sie vor mir beschützen will.

Tatsächlich habe ich nicht vor, zu diesem Zimmer zurückzukehren, bis die Nacht größtenteils vorbei ist und ich mich vollkommen verausgabt habe.

Ich gehe, bevor sie mich dazu verführt, noch länger zu bleiben, und laufe schnurstracks nach draußen. Ich finde einen Wanderweg und folge ihm weg von dem Resort, bis es sicher ist, sich auszuziehen und zu verwandeln.

Und dann renne ich den Berg hoch, renne vor Sadie weg. Renne vor mir selbst weg.

Renne, bis ich mir sicher bin, dass es sicher ist, zurück-zukommen.

KAPITEL 12

Kapitel Elf

adie

ICH WACHE in einem warmen Bett auf. Es ist bereits morgen und Dekes Seite des Bettes ist leer. Auf seinem Kissen liegt eine Nachricht, auf der steht: „Bin noch einmal laufen gegangen. Wir treffen uns beim Yoga."

Ich hatte auf eine Fortführung unserer sexuellen Eskapaden der letzten Nacht gehofft, aber ich hörte Deke nicht zurück ins Zimmer kommen.

So ein Jammer.

Ich springe auf und mache mich fürs Yoga fertig. Als ich die Vorhänge zurückziehe, begrüßt mich die umwerfende Aussicht. Ich fühle mich großartig und sprühe nur so vor Energie, nachdem ich die Nacht durchgeschlafen habe. Letzte

Nacht schlief ich besser, als ich das seit Wochen getan habe. Wir konnten uns zwar nicht noch einmal im Bett vergnügen, aber es ist wundervoll, Deke hier zu haben.

Heute wird ein guter Tag werden. Zuerst muss ich jedoch das Yoga überstehen, aber dann haben wir freie Zeit vor dem Probedinner heute Abend. Vielleicht kann ich Deke dazu überreden, die Zeit mit mir im Bett zu verbringen.

Eine halbe Stunde später bin ich mit der Braut und dem Rest der Frauen draußen auf der vorderen Terrasse versammelt. Ich erröte, als ich die Ecke sehe, in der Deke und ich gestern Abend Zeit miteinander verbracht haben. Ich habe schöne Erinnerungen an diese Ecke.

„Hey, Sadie", begrüßt mich Brigit, als ich meine Matte neben ihrer ausrolle. Sie ist komplett geschminkt und von Kopf bis Fuß in Sportkleidung von Lululemon gehüllt. Die meisten der Frauen tragen das Gleiche. „Gut geschlafen?"

„Jepp. All diese Bergluft", sage ich.

„Gehst du später wandern? April und ich sind heute schon früh rausgegangen. Es war wirklich schön."

„Deke ist bereits joggen gegangen", erzähle ich. „Er war auf, bevor ich aufgestanden bin."

„Oh, ist er ein Morgenmensch?"

„Ähm, ja." Ich vermute es mal. Tatsächlich habe ich keinen blassen Schimmer. Es ist ja nicht so, als wären Deke und ich wirklich zusammen.

„Frag ihn, ob er irgendwelche Tiere gesehen hat. Wir sahen einige Falken und April glaubt, dass sie einen Wolf gesehen hat."

„Es war ein riesiger Wolf", beharrt April von ihrer Matte auf der anderen Seite von Brigit. „Ich hatte keine klare Sicht, aber ich sah etwas. Es hatte einen großen Schwanz."

„Vermutlich ein großer Coyote." Brigit klingt skeptisch und April streckt ihrer Cousine die Zunge raus.

„Ich wette, in dieser Gegend gibt es haufenweise Wölfe",
sage ich.

„Ja, aber unter keinen Umständen würde einer so nah zu
diesem Resort kommen." Brigit sagt das letzte Wort, bevor
die Kursleiterin den Kurs beginnt.

„Sollte Deke nicht eigentlich hier sein?", flüstert Brigit.
Jenn und ihre Mom, Lacy, drehen sich auf ihren Plätzen zu
mir um, um mir zu winken.

„Whoa", murmelt eine der Frauen bewundernd. Ich drehe
mich, um zu den Terrassentreppen zu schauen, wo Deke
aufgetaucht ist. Er ist aus irgendeinem Grund bereits barfuß
und als Yogakleidung hat er sich ein Paar lockerer Jogging-
hosen angezogen. Aber das spielt keine Rolle, denn er trägt
sonst nichts. Er ist oberkörperfrei, da sein weißes T-Shirt über
seine breiten Schultern gelegt ist, und jeder Muskel auf seiner
Brust ragt in einem wunderschönen Relief hervor. Ihm muss
beim Joggen heiß geworden sein.

„Sorry, dass ich zu spät bin", murmelt er der Yogalehrerin
zu, die aussieht, als würde sie gerne unseren Kurs linksliegen
lassen, um eine private Paaryoga-Stunde mit Deke abzuhalten. Ein Chor aus Flüstern steigt von den versammelten
Frauen auf, als Deke zwischen unseren Reihen hindurch-
schlendert. Zwei Frauen beeilen sich, ihm eine Matte zu
holen. Es ist nicht viel Platz übrig, weshalb sich Deke neben
der Lehrerin positioniert, nachdem er in meine Richtung
genickt hat. Sie findet irgendwann ihre Stimme und beginnt
den Kurs und wir tun alle so, als würden wir ihr folgen,
obwohl in Wahrheit alle Deke beobachten, der noch immer
nicht sein Shirt angezogen hat. Auf der Terrasse wurden
Heizgeräte aufgebaut, aber es ist trotzdem nicht so warm.
Deke muss heißes Blut haben und Mutter Teresa sei dafür
gedankt – oder wer auch immer die Heilige für Damen-
Ständer ist.

Hätte ich gewusst, was Deke unter seinen James Dean T-Shirts und Lederjacken verbarg, hätte ich die Welt sämtlicher Kleidungsstücke in Deke-Größe beraubt, nur damit er nackt herumlaufen muss. Jede Yogaposition sorgt dafür, dass sich seine Muskeln wölben. Aber sein Körper ist geschmeidig und glatt und nicht steif wie der von Bodybuildern, die ständig ins Fitnessstudio rennen. Er ist ein Kunstwerk und heute Morgen sind wir alle Schwester Wendy, die verstorbene Nonne/Kunstkritikerin. Vor allem als Deke die Pose Krieger II macht, die Füße fest auf dem Boden aufgestellt und die Arme ausgestreckt. Mit der Gebirgskette im Hintergrund sieht er wie ein Model für Athleisure-Kleidung aus.

Jenn schwenkt ihren Kopf zu mir und formt mit den Lippen ein stummes „Wow". Sogar ihre Mutter sieht beeindruckt aus.

Als der Kurs endet, kommt Deke sofort an meine Seite und drückt mir einen Kuss auf die Lippen, spielt perfekt den pflichtbewussten festen Freund.

„Großartige Arbeit", flüstere ich ihm zu und er zieht an mich gewandt neugierig eine Augenbraue hoch. „Ich werde es dir später erzählen." Ich tätschle seine Brust und dann streichle ich ihn weiter, weil er einfach so toll ist.

„Wollt ihr zwei euch uns im Whirlpool anschließen?", fragt Jenn. „Wir sind alle auf dem Weg dorthin." Sie senkt die Stimme, um hinzuzufügen: „Allerdings könnte es sein, dass Scott dort ist. Er hat mich gefragt, was du heute geplant hast."

Ich täusche eine Grimasse vor. „Dann werde ich aussetzen." Die Wahrheit ist, dass mir Scott nicht egaler sein könnte, aber ich weiß, dass es nicht Dekes Ding ist, sich mit der Gruppe abzugeben, und ich bin dankbar für eine Ausrede, mich zurückziehen zu können. Ich fühle mich wie eine treulose Brautjungfer, aber ich würde heute viel lieber Zeit mit Deke verbringen als mit der Hochzeitsgesellschaft.

„Habt ihr zwei Pläne für den Tag?" Lacy steckt neugierig den Kopf in unseren Kreis.

„Ähhh." Ich zerbreche mir den Kopf nach etwas, das Deke und ich tun können und bei dem eine geringe Chance besteht, Scott über den Weg zu laufen.

„Ich habe ein paar Ideen", sagt Deke, der einen Arm um mich legt.

„Dann werde ich es dir überlassen." Ich lehne mich an ihn und bin erleichtert. „Deke ist so ein Romantiker, er plant die besten Dates", verkünde ich der Gruppe. Jenn und Brigit grinsen. „Aber zuerst Brunch. Ich bin am Verhungern."

„Vielleicht können wir wandern gehen", flüstere ich Deke zu, während wir zu dem Restaurant gehen, da ich versuche, ihn vom Haken zu lassen. „Was auch immer, mir ist es egal. Für mich ist es in Ordnung, die Meute sich selbst zu überlassen – ich weiß, dass du das ohnehin nicht magst."

„Ich habe alles geplant", antwortet er und zieht sein Handy raus. Er läuft mit mir am Buffet durch und bringt mich an einem Ecktisch unter, dann entschuldigt er sich, um einen Anruf zu machen.

Leider bin ich dadurch Angriffen schutzlos ausgeliefert.

„Ist dieser Platz schon besetzt?" Lacy und Jenns Stiefvater George setzen sich, bevor ich Nein sagen kann. Sie winken noch ein anderes Paar herbei, Jim und John, Lacys Bruder und sein Ehemann. Als Deke schließlich zurückkehrt, ist der Tisch voll besetzt.

Sorry, forme ich mit den Lippen. Er drückt meine Schulter und nimmt Platz, wobei er eine beruhigende Hand auf mir liegen lässt.

„Oh, Sadie, die wirst du nicht essen", rügt mich Lacy, bevor ich eine Gabel Pfannkuchen in meinen Mund schiebe. Erinnerungen an unzählige Treffen in Jenns Haus, als wir noch Kinder waren und bei denen ihre Mom uns all ihre

Körperprobleme aufbürdete, stürzen wieder auf mich ein. „So viele Kohlenhydrate." Sie erschaudert. „Aber ich schätze, du kannst sie später abarbeiten. Diese Vorschüler werden dich auf Trab halten, da bin ich mir sicher."

Ich lege meine Gabel mit einem Seufzen ab.

„Gefällt dir das Unterrichten noch immer?"

„Ja, ich liebe es", sage ich nachdrücklich. Lacy ist wie die weibliche Version meines Dads. Man kann all ihren Verurteilungen einfach nicht entkommen.

„Ich weiß, dass dein Vater hoffte, du würdest wie er Jura studieren. Du kannst dir wenigstens einen Ehemann suchen, der dich finanziert." Sie tätschelt meine Hand.

Ich lächle meinen Teller gequält an und säge meine Frühstückswurst in winzige Stücke. Es ist genauso wie bei einem Abendessen mit meinem Dad, wo ich mein Essen kleinscheide, weil ich es einfach nicht runterkriege. Mein Körper ist angespannt, bereit zum Kampf oder zur Flucht, als wären Lacys wichtigtuerische Fragen eine Bedrohung.

George wendet sich an Deke. „Und auf welche Schule bist du gegangen?"

„Lakewood High", sagt Deke, ohne zu zögern.

„Nein, ich meinte das College."

„Ich bin nicht aufs College gegangen. Hab mich der Army angeschlossen, als ich achtzehn wurde. Es war kurz nach 9-11 und ich wollte meinem Land dienen. Hätte mich schon früher eingeschrieben, wenn ich gekonnt hätte."

Schwärm. Deke ist absolutes Heldenmaterial.

Er ist so anders als die Männer wie George, mein Dad und Scott, die nur auf sich fokussiert sind. Darauf, vorwärts zu kommen. Den äußeren Schein zu wahren.

Deke isst ein großes Stück von seinem Steak. Er hat kein Problem mit dem Essen.

„Hmmm", sagt George. „Irgendwelche Gedanken darüber, jetzt noch einen Studienabschluss zu machen?"

„Brauche keinen. Die Army hat mich gelehrt, was ich wissen muss. Den Rest kann ich selbst lernen." Deke bleckt seine Zähne und Georges Gabel fällt scheppernd auf den Tisch.

„Du warst bei der Spezialeinheit, stimmt's?", frage ich fasziniert. Ich weiß, ich sollte nicht enthüllen, wie wenig ich über Deke weiß. Lacy sammelt Informationsbröckchen wie ein Eichhörnchen Eicheln sammelt. Ich bin mir sicher, dass sie gleich beim ersten Mal, wenn sie meinem Dad zu Hause in Taos über den Weg läuft, sofort all den Dreck auf ihn schütten wird, den sie gesammelt hat, um ihn zu beschämen.

„Spezialeinheit bei der Army? Night Stalkers?", fragt George.

„So was in der Art", sagt Deke.

Es ist zu viel für mich. Deke ist nicht einmal ein echtes Date. Er verdient definitiv nicht dieses Kreuzverhör von diesen Leuten, die nicht einmal mit mir verwandt sind.

„Okay, jetzt habt ihr mein Date genug mit Fragen gelöchert", sage ich zu ihnen, wobei ich meine nette, aber bestimmte Lehrerinnenstimme benutze.

Lacy sieht schockiert aus. Ich erhebe nie Widerworte. Zumindest habe ich das noch nie zuvor getan.

Ich muss sagen, dass es sich großartig anfühlt. Befreiend. Mit Deke als Rückendeckung ist es leicht, stark zu sein.

„Fast fertig, Babe?" Deke stupst mich an.

„Ja." Ich lege mein Besteck ab, denn ich bin mehr als bereit, hier fertig zu sein.

„Geht ihr irgendwo hin?", fragt George. „Eine Wanderung vielleicht?"

„Keine Wanderung", sagt Deke. „Hab etwas Besonderes

179

für Sadie geplant." Er erhebt sich und ich folge seinem Beispiel.

„Es ist auch für mich eine Überraschung", erkläre ich dem Tisch, während Deke meine Jacke holt und mir in diese hilft. „Aber ich schätze, ich brauche meine Jacke."

„Musst dich warm einpacken", stimmt Deke zu. „Unser Gefährt ist fast hier."

Und dann höre ich es. Den rhythmischen Laut von Hubschrauberrotorblättern. Ein Helikopter nähert sich und fliegt zu dem Resort.

„Was ist das?" Essensgäste drehen sich auf ihren Plätzen um.

„Oh meine Güte", sagt Lacy, als der armeegrüne Helikopter über dem riesigen Rasen schwebt. „Findet hier eine militärische Übung statt?"

„Nein. Das ist unser Gefährt", verkündet Deke. „Hab einen Gefallen eingefordert."

„Ist das überhaupt legal?" George macht ein finsteres Gesicht und schaut über seine Brille. Der Helikopter ist gelandet, aber die großen Rotorblätter drehen sich noch, bereit, jeden Moment abzuheben.

„Komm." Deke reicht mir seine Hand. Ich ergreife sie und wir laufen durch die Türen hinaus und dann rennen wir nach vorne gebeugt über den Rasen zu dem Helikopter.

„Ich kann das nicht fassen", schreie ich. Die Laute werden sofort von dem Röhren der Rotorblätter hinfort geweht.

Der Pilot auf dem Vordersitz ist ein riesiger Typ mit einem buschigen braunen Bart. Er hat Muskeln, die größer sind als Dekes, was ich nicht für möglich gehalten hätte.

„Das ist Teddy", brüllt mir Deke direkt ins Ohr, damit ich ihn über die Geräusche des Hubschraubers hören kann.

„Freut mich, dich kennenzulernen!", schreie ich und

Teddy grinst mich an. Obwohl es kalt ist, trägt Teddy keine Jacke, nur alte Tarnhosen und ein armeegrünes T-Shirt, das seine beeindruckenden Tattoos und Bizepse zeigt. Noch ein knallharter Typ aus Dekes Welt.

Deke hebt mich in den Helikopter und schnallt mich an. Meine Haare wehen ganz verrückt in mein Gesicht und er nimmt sich einen Moment, sie nach hinten zu streichen, bevor er eine Schutzbrille und einen Helm auf meinem Kopf befestigt.

„Das ist unglaublich!", schreie ich. „Ich kann das nicht fassen! Wohin fliegen wir?" Ich bezweifle, dass er mich über das Dröhnen der Rotorblätter überhaupt hören kann.

Anstatt zu antworten, tippt er mir auf die Nase und klettert an mir vorbei zu seinem Sitz. Nachdem er sich angeschnallt hat, gibt er Teddy ein Signal und der Helikopter hebt vom Rasen ab. Ich packe die Seiten meines Sitzes. Mein Magen setzt zum Sturzflug an, als wir davonschießen über die Resortanlage und zu der Gebirgskette. Und dann fliegen wir die Bergseite hoch und über den Kamm, ehe wir uns in nördliche Richtung wenden, während sich das Sangre-de-Cristos-Gebirge atemberaubend unter uns ausdehnt. Und vor uns ist nichts als blauer Himmel, die Adler und wir.

Ich greife nach Deke und er nimmt meine Hand. Wir halten einander fest, als Teddy uns in eine Richtung neigt, dann die andere, womit er uns beiden eine wunderbare Aussicht aus der Vogelperspektive auf die Landschaft New Mexicos unter uns beschert. Die Gebäude und Straßen sehen wie Kinderspielzeuge aus, winzige Stücke, die in der großen Wildnis verloren gingen. Die Straßen machen für Meilen um Meilen einem Flickenteppich aus Farben Platz – die Zitterpappeln leuchten mit ihren schimmernden, gelben Blättern zwischen dem Grünblau der Fichten und Kiefern. Die Gipfel der höchsten Berge sind mit weißem Schnee bedeckt.

Es ist so wunderschön, dass es mir die Sprache verschlägt. Ich drücke Dekes Hand fester und er erwidert den Druck. Der Hubschrauber ist so laut, dass wir nicht miteinander reden können, aber wir brauchen keine Worte, um den Moment zu teilen.

Schließlich landet Teddy den Hubschrauber auf einem nackten Gipfel. Das Gras wird in einem weiten Kreis flachgedrückt und die Zweige der Bäume in der Umgebung schwanken wild in dem menschengemachten Wind.

„Das ist unser Halt", brüllt Deke. Er schnappt sich einen Picknickkorb, den ich nicht bemerkte, weil er hinten festgeschnallt war, und kommt zu mir, um mir wieder aus meinem Sitz zu helfen. Die kalten Windböen peitschen gegen mich, aber die frische Bergluft ist die Kälte wert. Teddy tippt sich mit zwei Fingern an die Stirn und winkt in einem stummen Abschied in meine Richtung, bevor er den Hubschrauber wieder in die Lüfte schwingt und davonfliegt.

„Er wird zurückkommen", sagt Deke. Er stellt den Picknickkorb ab und hilft mir aus meinem Helm und Schutzbrille, bevor er seine eigenen ablegt.

„Das ist verrückt!", platzt es aus mir heraus. Ich drehe mich mit ausgestreckten Armen im Kreis, als wäre ich Maria in *Meine Lieder – Meine Träume*. Grünes Gras auf dem Berggipfel, Vögel singen, Bäume überall um uns herum, die Szenerie ist so schön, dass sie aus einem Film sein könnte. „Ich kann nicht fassen, dass du das hier arrangiert hast!"

Deke legt eine rot und weiß karierte Picknickdecke auf den Boden. „Dachte, hierher kann uns die Hochzeitsgesellschaft nicht folgen."

„Also hast du einfach einen Helikopter gemietet?" Ich schüttle den Kopf, während ich mich auf die Decke setze. „Das hier ist unglaublich."

„Teddy ist ein alter Freund. Er war dafür zu haben. Er hat

das alles eingepackt." Deke stellt einen Picknickkorb neben mich, der einem Yogi Bären würdig ist. Er ist voller Sandwiches, Eistee in Flaschen und allen möglichen Leckereien wie Trauben und Cashews und einer Käseplatte.

„Oh, lecker." Ich mache mich daran, unsere Mahlzeit zusammen zu stellen, während sich Deke neben mir ausstreckt. „Teddy wollte nicht zum Picknick bleiben?"

„Teddy wollte eigentlich bleiben. Seine ursprüngliche Idee war, uns ein Ständchen zu halten."

„Aww, das ist so lieb! Hast du etwa Nein gesagt?"

„Teddy spielt Dudelsack. Ich hab *Fuck, Nein* gesagt."

Ich verdecke mein Gesicht mit den Händen und lache. „Das hier ist so unglaublich. Mein Gott, Deke, das ist das Beste, das jemals jemand für mich getan hat. Vielen, vielen Dank." Ich beiße mir auf die Lippe. Ich will mich nach unten beugen und ihn küssen, aber ich weiß, dass ich mehr wollen werde, sowie sich unsere Lippen berühren. Sex im Freien im Oktober hätte zuvor keinen Reiz auf mich ausgeübt, aber wenn es eine Garantie gäbe, dass Dekes Freund nicht zurückkäme und keine Sicht von oben auf meinen nackten Körper erhalten würde, würde ich es auf jeden Fall tun.

Deke schüttelt den Kopf, als würde er meine Gedanken kennen. „Wenn du mir danken willst, dann iss etwas von dem hier." Er reicht mir die Käseplatte. „Du hast dein Frühstück kaum angefasst."

Wärme breitet sich in mir aus. *Er hat es bemerkt.*

Wer ist dieser Mann? Er ist zu gut, um wahr zu sein.

„Das musst du mir nicht zweimal sagen." Mein Magen knurrt.

„Ich hab Teddy gesagt, er soll Frauenkram einpacken. Dachte, du würdest dieses Zeug mögen."

„Welchen Frauenkram? Oliventapenade?" Ich schmiere

Tapenade auf einen Kräcker und halte ihn vor seinen Mund. „Aufmachen", befehle ich.

Er schüttelt den Kopf, aber gehorcht.

„Also ist Teddy einer deiner Armeekumpel?", frage ich.

„So was in der Art", meint Deke, verschlossen wie immer, wenn er über seinen alten Job redet.

„Also könntest du es mir erzählen, aber dann müsstest du mich töten", necke ich ihn.

Seine Lippen zucken nach oben. „So was in der Art."

„Und er hat das alles zusammengestellt in was, einer Stunde?"

Deke zuckt mit den Achseln. „Ich habe ihn vielleicht darauf vorbereitet."

„Operation Rette Sadie", scherze ich und seine Wange biegt sich eine Sekunde lang zu einem verstohlenen Lächeln.

„Was hast du überhaupt beim Militär gemacht?", frage ich, nachdem ich den Großteil der Käseplatte verschlungen habe. Ich bin fasziniert, obgleich ich weiß, dass er mir nichts erzählen wird.

„Ich habe getan, was auch immer mir die Army zu tun aufgetragen hat."

Ich rolle mit den Augen.

„Ich werde es dir erzählen", sagt er und rückt auf der Picknickdecke näher zu mir. „Aber im Gegenzug musst du mir etwas geben."

„Meinen Slip gebe ich dir nicht", sage ich nüchtern und er legt den Kopf in den Nacken und lacht. Der Laut wärmt mich von innen heraus.

Ich stecke mir eine Traube in den Mund und genieße den seltenen Anblick, eines glücklichen Dekes.

„Nein", sagt Deke, als er fertig gelacht hat. „Ich dachte mehr daran, dass du mir erzählst, was zwischen dir und deinem Dad vorgefallen ist."

Ich beiße mir auf die Lippe und wende den Blick ab. „Ich habe ihn einfach nie glücklich gemacht."

„Ist das deine Aufgabe? Deinen Dad glücklich zu machen?" Das sieht Deke wieder ähnlich, mit so wenigen Worten wie möglich sofort auf den Kern der Dinge vorzudringen.

„Er denkt es zumindest." Ich spiele mit einigen Cashews auf dem Teller. „Seit mich meine Mom verließ. Meine Mom wollte mich nicht verlassen", stelle ich klar. „Sie hatte irgendwann die Nase von meinem Dad voll, aber hatte nicht das Geld, um sich von ihm scheiden zu lassen. Also zog sie weg. Er erlaubte ihr nicht, mich mitzunehmen. Sie versuchte es, aber sie konnte sich nicht die Anwälte leisten, um gegen ihn zu kämpfen. Und ich war nur ein Kind. Ich hatte kein Mitspracherecht. Ich wäre mit ihr gegangen."

„Das ist beschissen, Babe", fasst es Deke in seiner typischen Deke-Manier zusammen.

„Ja. Ja, das ist es." Ich werfe die Cashews für ein Eichhörnchen in den Wald.

Deke nimmt meine Hand und verschränkt seine Finger mit meinen. „Diese Hochzeit, diese Leute, das ist die Szene, in der sich dein Dad normalerweise bewegt?"

„Jepp. Alles davon. Jenn und ich wuchsen zusammen auf. Lacy und George sind Freunde von ihm."

„Du musst diese Leute nicht beeindrucken."

„Ich weiß, ich weiß, aber –"

„Nein. Sie sollten sich anstrengen, dich zu beeindrucken."

Ich erlaube diesen Worten, sich wie eine weitere warme Decke um mich zu legen.

„Mit dir an meiner Seite fühle ich mich mutiger", gestehe ich. „Ich bin eine nette Person, aber ich kann ein Fußabstreifer sein. Meinen eigenen Bodyguard zu haben, erleichtert es mir, Grenzen zu setzen."

Dekes Augen funkeln im Sonnenlicht grün. Er umfängt meinen Nacken und reißt meine Lippen an seine. Ich stöhne und ziehe ihn näher, neige meinen Kopf, um ihm meinen Mund vollständig anzubieten. Unsere Zungen tanzen miteinander, Hitze steigt zwischen uns auf. Ich will aus meinem Mantel schlüpfen und mich rittlings auf ihn setzen. Etwas anfangen und herausfinden, wo wir enden.

Aber Dekes Handy piept zwischen uns. Ich weiche zurück und mir ist ganz schwindlig. „Du solltest vermutlich drangehen."

Deke wirft einen Blick auf sein Handy, wendet den Blick ab und flucht leise.

„Was? Stimmt etwas nicht?"

„Nein. Nichts, über das du dir den Kopf zerbrechen musst, Babe. Komm. Lass uns alles einpacken, bevor Teddy zurückkommt."

～

Deke

„WAS ZUM HENKER hast du dir nur dabei gedacht?" Der Zorn in der Stimme meines Alphas geht mir durch und durch. Nach unserer Rückkehr zum Resort entschuldigte ich mich von Sadies Seite und ging nach draußen, um Rafe zurückzurufen. Sie hat keine Ahnung, in welch großen Schwierigkeiten ich stecke. Selbst wenn sie es wüsste, würde sie es nicht verstehen. Sie ist ein Mensch, ich nicht.

Noch ein Grund dafür, dass wir nicht zusammengehören.

„Wir sind immer noch damit beschäftigt, den Scheiß zu klären, der in der Schweiz abgelaufen ist, und du beschließt einfach, dich aus dem Staub zu machen. Ich dachte, du würdest als Wolf jagen gehen. Dir etwas von dieser Ange-spanntheit von der Seele laufen, die dich plagt, seit du diesen Menschen kennengelernt hast. Ich nahm an, du wärst allein und würdest tun, was du tun musst. Heute kriege ich einen Anruf von Teddy Medvedev, in dem er mir erzählt, dass er dich und die Frau in einem Vogel in Santa Fe abgeholt und einen Flug mit euch unternommen hat."

Fuck. Ich hätte wissen sollen, dass Ted the Med sich mit meinem Rudel in Verbindung setzen würde. Ich bat ihn nicht, über das Ganze Stillschweigen zu bewahren, damit er nicht misstrauisch wurde.

Ich biege um die Seite des Resortgebäudes und laufe zum Wald, wo ich frei sprechen kann.

„Stimmt es?", verlangt Rafe zu wissen. „Bist du gerade bei Sadie Diaz?"

„Ja. Es stimmt." Ehrlich gesagt, bin ich überrascht, dass mich Lance nicht längst verpetzt hat. Ich rechnete schon vor mindestens vierundzwanzig Stunden mit diesem Anruf.

Rafe flucht so laut, dass ich das Handy von meinen klin-gelnden Ohren wegziehen muss. „Was zum Henker, Deke? Nach allem, das ich dir erzählt habe, machst du das genaue Gegenteil. Und jetzt muss ich dir befehlen, dich –"

„Es ist eine Sicherheitsmission – kein Date", unterbreche ich ihn, bevor er den Befehl zu Ende sprechen kann. „Sie brauchte ein fake Date für eine Hochzeit, um sich Sears vom Leib zu halten. Das ist alles. Und ich werde sie jetzt nicht im Stich lassen. Ich habe ihr mein Wort gegeben."

Stille. Mein Alpha ist so sauer, dass ich hören kann, wie er mit den Zähnen knirscht. „Das ist eine schlechte Idee, Adalwulf."

„Ich weiß. Fuck, ich *weiß*."

„Das wird nicht gut enden."

„Ich kann es tun." Ich reibe mir mit einem Daumen über

die Stirn und bemühe mich, nicht in einen flehenden Tonfall zu verfallen. Ich würde auf die Knie fallen und beten, wenn mich das Schicksal hören könnte. „Ich kann die Kontrolle bewahren."

„Das musst du auch. Das Risiko ist zu groß."

Er hat recht. Wenn ich die Kontrolle verliere, riskiere ich, die Person zu verletzen, die auf der Erde am kostbarsten für mich ist. „Ich werde vorsichtig sein."

„Das reicht nicht." Rafe seufzt, aber er befiehlt mir nicht, nach Hause zu kommen.

„Ich werde die Kontrolle behalten", wiederhole ich und ich meine es ernst. Ich werde alles tun – sogar Sadie vertreiben.

„Wehe, wenn nicht", schimpft Rafe. „Du bist eine Gefahr für sie. Verschwinde, sobald du kannst, bevor es zu spät ist."

Sadie

„Wie läuft's?" Die SMS kommt um 16:45 Uhr von Adele an. „Spitze", tippe ich. „Besser als spitze."

„Benimmt er sich?"

„Deke oder Scott?", tippe ich, da ich frech sein möchte.

BEIDE, simst sie.

„Scott ist er selbst. Deke ist perfekt." Zu perfekt. Heute war surreal. Der Helikopterflug, das Picknick-Date… aber nachdem uns Teddy wieder beim Resort abgesetzt hatte, entschuldigte sich Deke und seitdem habe ich ihn nicht mehr gesehen. „Hab was zu tun." Ich bin enttäuscht – nach unserem Date hatte ich auf etwas mehr Zeit allein mit ihm gehofft. Damit ich ihn kennenlernen kann, in der Horizontalen. Im *Bett*.

So viel zu Operation Verführerische Sadie.

Er ist ein perfekter Gentleman, erkläre ich Adele.

Das sollte er auch besser sein.

Ich lächle und stecke mein Handy in meine Clutch. Heute Abend ist das Probedinner und ich habe die letzte Stunde damit verbracht, mich schick zu machen.

Deke taucht gerade auf, als ich das letzte Mal meinen Lippenstift überprüfe. Er belegt das Bad und taucht in sehr glaubwürdiger Probedinner-Kleidung wieder auf – ein dunkler Blazer über seinen üblichen schwarzen Jeans und einem schwarzen T-Shirt. Es sieht gut aus, sogar mit seinen abgenutzten Motorradstiefeln.

„Hey." Ich lächle ihn an. „Bereit für das Essen?"

Er nickt und bückt sich, um mich auf die Wange zu küssen. Aber er ist nüchtern, verschlossen. Distanziert hinter seiner Fliegersonnenbrille.

„Was ist los?", frage ich. „Was stimmt nicht?"

Er schüttelt den Kopf und mit einer Hand in meinem Rücken führt er mich aus unserem Zimmer und nach unten zur Lobby, wo wir uns mit den Angehörigen der Braut treffen. Ich setze mein Pokerface auf und gebe allen Brautjungfern Luftküsschen. Deke bleibt an meiner Seite, ein großer, schweigender Schatten. Irgendwann gehen wir los, um die Zeremonie einmal durchzuproben. Aufregung liegt in der Luft und als Jenn, die zukünftige Braut, ankommt, kreischen und klatschen wir alle.

„Das hier ist es", rufe ich mir in Erinnerung. „Das hier ist der Grund dafür, dass wir hier sind." Zum großen Tag meiner Freundin.

Alles verläuft problemlos, aber ich kann nicht anders, als alle paar Minuten den Kopf zu drehen, um nach Deke zu schauen. Er sitzt im Publikum auf der Seite der Braut und starrt in die Ferne. Er spielt die Rolle des gelangweilten Freundes, doch er ist nicht gelangweilt. Das ist der grüblerische Deke. Seine Laune erinnert mich daran, wie er sich nach unserem Kuss in der Gasse benahm, als der Clam-Jam-Biker vorbeikam.

Er regt sich leicht, als mich Scott den Gang zum Altar entlangführt, aber Scott benimmt sich. Ich wette, er spürt die unausgesprochene Drohung von Deke, was passieren wird, sollte er sich danebenbenehmen.

Als ich meinen Platz einnehme, suche ich sofort nach Deke. Ich kann seine Augen nicht sehen, weil er noch immer seine scharfe Fliegersonnenbrille trägt, obwohl die Sonne inzwischen fast hinter den Bergen ist. Ich mache mir eine gedankliche Notiz, ihn zu necken, weil er abends eine Sonnenbrille trägt, und schenke ihm ein Lächeln. Deke hebt zur Antwort sein Kinn.

Ich werde herausfinden, was ihn in diese grüblerische Stimmung versetzt hat. Die verführerische Sadie wird heute Nacht ihr Debüt geben.

Die Probe endet und wir gehen alle zum Abendessen. Einige Leute erwähnen den Helikopter und Deke findet sich kurz im Zentrum der Aufmerksamkeit wieder. Er ist geduldig und ruhig, beugt sich sogar nach unten, um mit Jenns Oma zu reden, die in einem Rollstuhl sitzt. Sie tätschelt seine Wange und lächelt zu ihm hoch.

„Er ist ein guter Mann", sagt Elana zu mir, deren Augen auf Dekes Hintern kleben, während er nach vorne gebeugt ist. Als er sich aufrichtet, ist er einen ganzen Kopf größer als alle anderen.

„Mmmh", murmle ich in meinen Sekt.

Elana hört auf, Deke zu bewundern, und wendet sich mir

vollständig zu. „Viel besser als dein Ex. Was hast du nur jemals an ihm gefunden?"

„Ich weiß es nicht einmal. Danke. Ich dachte, es würde komisch werden, weil du hier bist."

„Oh nein, Schätzchen, ich bin nur hier, damit er gut dasteht. Er hat dafür gesorgt, dass es sich für mich lohnt, wenn du verstehst, was ich meine." Ihre Augen funkeln über ihrem Vodka Tonic. „Aber ich würde niemals einer Schwester wehtun. Wir müssen zusammenhalten."

Ich stoße mit ihr an. Sie sieht sich rasch um und beugt sich dicht zu mir, um eine Warnung zu flüstern: „Scott wollte versuchen, dir am Whirlpool aufzulauern. Aber so wie er gerade trinkt, wird er heute Nach K.O. sein. Zumindest hoffe ich das." Elana rümpft die Nase. „Schnarcht er immer?"

„Ja. Sorry."

„Es ist okay, ich habe Ohrenstöpsel dabei."

Deke dreht sich um und blickt über die Menge zu mir.

„Geh und schnapp dir deinen Mann", scheucht mich Elana weg.

Ich schiebe mich durch die Menge und schlängle meinen Arm durch Dekes. „Komm, Honey", sage ich laut, damit mich alle hören, „Es gibt da etwas, das ich dir zeigen muss."

Deke

SADIE PACKT meine Hand und zieht mich aus der Menge. Ich folge ihr bereitwillig und verspüre Erleichterung, weil sie mich aus dem Raum führt.

„Alles okay?", frage ich, während sie mich in einen

Seitengang zieht. Sie sieht sich um und drückt mich in einen Alkoven, bevor sie zu mir aufsieht.

„Du sahst aus, als bräuchtest du eine Pause."

Die Anspannung in meinem Rückgrat verebbt. Sie hat recht. Für einen Moment war ich kurz davor, durchzudrehen. Zu viele Leute um mich. Mein Wolf war aufgeregt, aber allein in Sadies Nähe zu sein hilft.

Ich lasse meinen Kopf sinken und drücke meine Stirn an ihre, atme ihren Geruch ein. Sie ist meine Ruhe im Sturm.

Sie zu verlassen, wird so richtig beschissen werden. Mein Wolf gerät schon in Panik, wenn er sich das nur vorstellt.

„Ich will dir danken", wispert sie.

„Sadie." Ich habe nicht vor, sie zu berühren – nicht nach meinem Gespräch mit Rafe – aber ich ertappe mich dabei, wie ich mit meinem Daumen über ihre Unterlippe streichle. Mein Schwanz will wieder in diesen sinnlichen Mund.

Aber ich kann nicht. Das Ganze ist so verkorkst.

Ich lasse meine Hand sinken und reibe mir über den Nacken. Rafes letzte Worte gehen mir durch den Kopf. *Du bist eine Gefahr für sie. Verschwinde, sobald du kannst, bevor es zu spät ist.*

Er hat recht. Ich bin ein Monster. *Ich zerstöre alles, das ich anfasse.*

Mein Wolf heult in meiner Brust. Ich stöhne und presse eine Hand auf meine Brust. Ich habe das Gefühl, als würde ich einen verdammten Herzinfarkt haben. Aber das habe ich nicht. Es ist mein Wolf, der trauert, als hätte er seine Gefährtin verloren.

Könnte Sadie tatsächlich meine Gefährtin sein?

Ich bin ein Idiot, dass mir das nicht schon eher klargeworden ist. Ich verspürte jedes Mal, wenn es zwischen uns sexuell wurde, den Drang, sie zu markieren, aber schob das darauf, dass mein Wolf einfach irre ist.

Wölfe wählen normalerweise keine Menschen als Gefähr-ten, aber ich weiß, dass es vorkommt. Vor allem da die Zahlen unserer Spezies schwinden, höre ich dieser Tage immer öfter davon.

Sadies Berührung bringt mich zurück zu ihr. „Was ist passiert? Was ist los?"

Allein der Gedanke daran, dass sie meine Gefährtin sein könnte, sorgt dafür, dass mein Wolf brüllend an die Ober-fläche stürmt und es in meinen Zähnen kribbelt, diese auszu-fahren und sie zu markieren. „Ich sollte nicht hier sein", brumme ich.

„Nein", sagt sie. „Sag das nicht. Du bist hier, um mir zu helfen. Du machst das großartig. Es tut mir leid, dass ich dich in diesen Schlamassel zerren musste."

„Babe." Ich lasse meinen Kopf auf ihre Schulter sinken, in die Kurve ihres Halses, und atme ihren Geruch ein. Das hilft. Mein Wolf beruhigt sich. „Das ist es nicht. Ich bin froh, dass ich hier bin. Ich würde darum kämpfen, an deiner Seite sein zu dürfen."

Sie atmet schnell ein und hebt ihre kleine Hand, um meinen Hals zu umfangen, womit sie mich an sich drückt. „Du musst nicht kämpfen. Ich bin hier."

Fuck. Ich kann nicht länger dagegen ankämpfen. Ich hebe meinen Kopf, umfange ihre Wangen und küsse sie, hart.

Eine laute Gruppe Gäste läuft durch den Gang und ich ziehe sie tiefer in den Alkoven.

Sie sind gleich um die Ecke von unserer Stelle, jeder könnte durch den Gang laufen und uns sehen, aber Sadie scheint das nicht zu kümmern.

„Ich will dich", haucht sie. „Ich brauche dich."

Und wie soll ich ihr jemals irgendetwas abschlagen?

❧

SADIE

DEKES GROßE HÄNDE packen meinen Kopf und halten mich für seinen Kuss still. Er drängt mich rückwärts gegen die Wand und drückt sich an mich. Und ich spüre ihn – alles von ihm. Entweder ist da eine riesige Pistole in seiner Hose oder er freut sich, mich zu sehen.

Meine Pussy zuckt. „Ja", hauche ich.

Er küsst meinen Hals hinab, während seine rechte Hand nach wie vor meine Haare packt. Er zieht mich in Position und übernimmt die Kontrolle. Seine andere Hand findet den Saum meines niedlichen, kleinen Kleides und beginnt, es nach oben zu ziehen.

Und dann realisiere ich, dass ich einen Fehler gemacht habe.

„Warte", keuche ich, obwohl ich es hasse, ihn auszubremsen.

„Kein Warten", knurrt Deke. „Du willst das hier."

„Nein, nicht das, ich will dich, aber dieses Kleid… es ist ziemlich eng und…" Ich verstumme und wünsche mir, ich müsste das nicht erklären. „Ich trage… Formwäsche."

Seine Brauen ziehen sich zusammen und er schiebt seine Hände unter mein Kleid, wo er auf das trifft, von dem ich ihm zu erzählen versucht habe.

„Was ist das?", knurrt er, schiebt seine Hand über den engen Bodysuit und versucht, meine Haut zu finden. „Es ist wie eine Rüstung."

„Jepp. Frauenrüstung. Männer tragen sie auch. Ich glaube, Scott hat welche, auch wenn er das nie zugeben würde."

„Fuck." Seine Hand wandert zwischen meine Beine, wo mich der Bodysuit glatt und geschlechtslos wie eine Barbie-

Puppe gemacht hat. „Es ist ein verdammter Keuschheitsgürtel."

Ich lasse ein hysterisches Kichern entweichen. „Ja."

Sein Lachen klingt gequält.

„Mist." Ich presse meine Mitte an seine Hand und reibe mich an dieser. „Zerreiß ihn einfach." Ich spüre, wie seine Nägel über den Schlauch kratzen, der mich wie die Pelle einer Wurst umhüllt, in dem Versuch, irgendwo Halt zu finden, damit er mir das verflixte Ding vom Körper reißen kann. In der Zwischenzeit stehe ich kurz davor, von der Reibung seiner fordernden Berührungen zu kommen.

„Scheiß darauf", faucht er und packt meine Hüften. Er hebt mich kraftvoll hoch, sodass ich zwischen die Wand und ihn geklemmt bin und oberhalb von seinem Knie rittlings auf seinem Bein sitze.

„Reib dich auf mir, Baby", befiehlt er und das tue ich. Ich packe seine Schultern und reite seinen dicken Schenkel, indem ich meine gierige Pussy hoch und runter schiebe. Die deutliche Erhöhung seines Quadrizeps bietet die perfekte Stelle, an der ich mich reiben kann. Ich schaukle mit den Hüften und neige mich so, dass die harten Muskeln genau richtig über mich reiben.

Da ist ein Riss und Deke zerrt die obere Hälfte meines Kleides nach unten. Seine Finger finden den oberen Teil meines trägerlosen BHs und zerren ihn nach unten. Er senkt seinen Kopf und leckt über meinen Nippel.

„Oh Mist." Ich lege meine Hände auf seine breiten Schultern, bohre meine Nägel in die angespannten Muskeln, die sich unter meinen Händen wie Granit anfühlen, und schaukle mit meinen Hüften schneller vor und zurück. Deke stöhnt und presst mich an die Wand.

„Ich bin nah dran."

„Fuck sei Dank." Er schiebt mich höher und ein leises

Knurren entkommt meiner Kehle. Ich biege mich ihm entgegen in dem Versuch, die richtige Menge Reibung zu erwischen.

„Das ist es, Baby. Nimm es dir."

Mein Orgasmus schwillt an, sengend heiß, und verbrennt mein Gehirn. Ich drücke mein Gesicht an Dekes Schulter und als ich komme, beiße ich zu, um meinen Schrei zu dämpfen.

„Fuck", grunzt er.

„Oh Gott", keuche ich. „Oh Gott." Draußen im Gang sind Stimmen zu hören. Ich will sie anschreien, dass sie gehen sollen. „Wir müssen zurück zur Party gehen."

„Scheiß darauf." Er wickelt mich in seine Jacke, um mein zerrissenes Kleid zu verdecken, und hebt mich in seine Arme. „Unser Zimmer. Unser Bett. Jetzt."

∿

Sadie

Zu meiner Freude nutzt Deke seine Heimlichkeits-Superkräfte, um unbemerkt an der Party vorbei zu schlüpfen und mich zu unserem Zimmer zu tragen.

Sowie wir dort sind, stellt er mich ab und dreht sich, um die Tür zu verriegeln.

Ich weiche in das dunkle Zimmer zurück und lasse seine Jacke von meinen Schultern fallen. Mein zerrissenes Kleid klafft an der Vorderseite auf. Ich hebe meine Hände, um das in Ordnung zu bringen, und Deke knurrt.

„Deine Augen", murmle ich, während er nach vorne schlendert, und ich weiche langsam zurück. Seine Augen scheinen in der Dunkelheit wie die einer Katze zu leuchten – in einem strahlenden Grün. Schauder jagen bei seinem

Anblick mein Rückgrat hoch, ein Raubtier, das in der Dunkelheit lauert und mich jagt.

„Zieh deine Kleider aus", knurrt er.

Ich stoppe und recke das Kinn, bewege mich keinen Zentimeter und erfreue mich an diesem Spiel.

„Oder was?", fordere ich ihn spielerisch heraus.

„Oder ich werde sie für dich entfernen."

„Versprochen?" Meine Stimme ist heiser. *Atemlos*.

Er bewegt sich schneller, als es irgendein Kerl seiner Größe tun können sollte. Seine Hände liegen auf mir und zerreißen den Stoff. Nach einigen harschen Ratsch-Geräuschen gibt es mein Kleid und Formwäsche nicht mehr. Ich kann nicht sagen, dass ich es bereue.

Ich trete die Stoffreste fort. Ich bin bis auf einen BH und einen winzigen Spitzenfetzen als Höschen nackt.

„Du bist dran", sage ich und lege meine eifrigen Hände auf ihn.

Sein T-Shirt fühlt sich so weich an, wie es aussieht. Ich zerre den dunklen Stoff von ihm und erfreue mich an der durchtrainierten, gebräunten Ausdehnung von Dekes Brust.

„Ich brauche dich", keuche ich. „Jetzt." Meine Hände machen sich an dem Knopf seiner Jeans zu schaffen. Die Dinge passieren nicht schnell genug.

„Ich werde dir geben, was du brauchst", murmelt er.

Ich gebe ein gespieltes Knurren von mir und schubse ihn nach unten auf das Bett. Er erlaubt mir, ihn zu stoßen und fällt rückwärts. Sein Blick zieht mich aus, während ich über ihn klettere. Ich bin die ungezogene Sadie. Die ungehemmte Sadie.

„Gierig, Baby?", fragt er glucksend.

„Halt die Klappe." Ich grinse und setze mich rittlings auf ihn und öffne den Knopf seiner Hose. Meine Schenkel werden weit gedehnt, während sie sich über seinem riesigen Körper spreizen.

Seine großen Hände umfangen meinen Hintern. „Du bist ein böses Mädchen."

„Ja. Ja, das bin ich."

Seine Augen erhellen sich und eine grün-goldene Flamme lodert in ihnen. Er rollt sich herum, sodass ich unter ihm bin, dann dreht er mich um und schlägt mir auf den Po. „Böses, böses Mädchen."

„Ja." Ich knete das Betttuch mit meinen Händen, wappne mich und recke meinen Hintern in die Luft. „Ja, das bin ich."

Deke schlägt mir erneut auf den Hintern. „Böses Mädchen." Er drapiert seine untere Hälfte über mir und reibt mit seinem Schwanz durch den Spalt zwischen meinen Pobacken. Dann stemmt er sich von mir und versohlt meinen Hintern stärker.

Ich zische und knirsche mit den Zähnen wegen des Brennens, das mir seine Hand verursacht. Tief in mir unterzieht sich der Schmerz irgendeiner wundervollen Alchemie, sodass bei jedem Hieb Wonne von meiner Mitte ausstrahlt. Ich stöhne und drücke mich nach hinten gegen seine strafende Hand.

„Fuck, ja", brummt er. Und dann ist mein Slip fort und sein Mund auf meiner Kehrseite, wodurch seine Stoppeln über die gescholtene Haut kratzen.

Ich schreie auf, als er zwischen meine Pobacken leckt, was so eine köstliche Empfindung, jedoch oh-so-tabu ist. Ich neige meine Hüften und lade ihn ein, mich weiter unten zu lecken. Seine Zunge schnalzt gegen meinen Eingang.

„Mist!", keuche ich und rufe nach mehr.

Er rollt mich wieder herum. Ich liebe es, wie stark und selbstbewusst er ist. Wie mühelos er die Kontrolle übernimmt und mich in Position bringt. Ich muss mir keine Sorgen machen oder mich fragen, ob ich etwas richtig mache. Er macht alles so einfach.

Er zieht die Körbchen meines BHs nach unten und umfängt meine Brüste, drückt sie, dann streicht er mit seinen Daumen über meine aufgerichteten Nippel. Als er seinen Mund senkt, um einen zwischen seine Lippen zu nehmen, wölbe ich mich nach oben und stöhne. Er saugt an meiner Brustwarze und knabbert leicht daran, während er meinen anderen Busen knetet.

In einem Anflug von Mut – denn bei Deke fühle ich mich immer mutig – drücke ich seinen Kopf tiefer.

Als er seinen Kopf hebt, ist sein Grinsen animalisch. Er rückt tiefer.

Deke schiebt meine Knie weit auseinander und leckt in mich, seine Zunge teilt meine unteren Lippen und fährt die Innenseiten nach.

Lustvolle Schauder rasen in unablässiger Folge durch mich. „Ja", seufze ich und vergrabe meine Finger in seinen dunklen Haaren.

Er penetriert mich mit seiner Zunge, dann wirbelt er damit um meine Klit.

„Bitte", keuche ich.

Er umkreist sie abermals, dann schnalzt er mit seiner Zungenspitze immer und immer wieder dagegen. Ich hebe meine Hüften und jage der Empfindung nach. Mein ganzer Körper ist ein Draht, der unter Spannung steht, und strahlt unverbrauchte Energie aus.

Deke führt einen Finger in mich ein. Es fühlt sich köstlich an, vor allem als er meine innere Wand streichelt. Aber ich will mehr. „Deke", keuche ich. „Ich will dich."

Sein Kopf ruckt nach oben und er starrt mich mit diesen grün leuchtenden Augen an. Seine Miene ist fast schon alarmiert und einen Augenblick befürchte ich, dass ich zu forsch war. Dass er sich wieder zurückziehen wird. Aber dann steht er auf, streift seine Jeans samt Retroshorts ab und holt ein Kondom aus seiner Brieftasche.

Ich öffne meinen BH und schlüpfe aus diesem, wobei ich mich auf dem Bett winde, vollkommen nackt. Bereit.

So bereit.

Ich war noch nie in meinem Leben so erpicht auf Sex. Deke macht alles aufregend. Alles möglich.

Er stürzt sich mit einer Leichtigkeit auf mich, die bei seiner Größe merkwürdig wirkt, und reibt seine Nase an meinem Hals, küsst und beißt ihn.

Ich biege den Rücken durch, um mit meinen Brüsten über seine harte Brust zu reiben, und mein Kopf fällt nach hinten. Ich klammere mich an seine riesigen Arme und versuche, seinen Körper nach unten auf meinen zu ziehen. „Ich brauche dich", wiederhole ich, nach wie vor halb befürchtend, dass er einen Rückzieher machen wird.

„Ich werde es dir so richtig besorgen", verspricht er, reißt die Kondomverpackung mit seinen Zähnen auf und streift es über. Er zieht die verhüllte Spitze seines Gliedes durch meine Feuchtigkeit. Ich stelle meine Füße weit auseinander auf die Matratze und spreize meine Knie weit, um ihn aufzunehmen. Ich neige meine Hüften nach oben.

Sein Gesicht verzieht sich, als hätte er Schmerzen, während er sich langsam in mich schiebt. „Sadie", krächzt er. „Fuck."

„Ja!" Oh, zum Kuckuck ja. Ich stoße mich nach oben, um ihn tiefer aufzunehmen, denn er geht zu langsam vor, und er flucht erneut.

„Deke, ja." Ich packe seinen muskulösen Hintern und ziehe ihn vollständig in mich, schlinge meine Beine um seinen Rücken und verschränke meine Füße.

Ein lustvoller Schauder durchläuft ihn und er fängt an,

langsame Wellenbewegungen zu machen. Es ist wie ein wunderschöner Kunstfilm-Porno. Unsere Körper sind ineinander verschlungen und wir bewegen uns wie ein Wesen – er gibt, ich nehme ihn in Empfang. Ich weiß nicht, wie lange die perfekte, unbekümmerte Lust andauert, aber schon bald ist es nicht genug. Ich beiße in seine Schulter. Löse die Verschränkung meiner Füße und ziehe meine Knie nach oben zu meinen Schultern, womit ich mich weit spreize.

Noch mehr Schmerz huscht über Dekes Gesicht. „Fuck, Sadie." Er hält meine Knie fest und pumpt sich schneller in mich, wodurch seine Lenden in einem köstlichen Rhythmus gegen meine klatschen. Ich streichle mit meinen Händen jede Stelle, die sie erreichen können, denn ich liebe es, seine Haut und die Kraft seiner riesigen Muskeln zu fühlen.

„Ja", sporne ich ihn an. Es fühlt sich unglaublich an. „Deke."

„Sadie", krächzt er, stemmt sich auf seine Knie und hebt meine Hüften in die Luft. Seine Hände packen meinen Hintern, während er sich in mich rammt.

„Oh mein Gott", keuche ich wie von Sinnen. Ich hatte noch nie so Sex – so ungehemmt und roh. So wunderschön und natürlich und leicht.

Er schüttelt den Kopf, als würde er versuchen, ihn zu klären. Einen Moment lang sehe ich das Aufblitzen seiner Zähne und sie wirken beinahe schärfer. Länger. Aber es muss daran liegen, wie sie im Mondlicht leuchten, das durch das Fenster hereinfällt.

Er schüttelt abermals den Kopf und zieht sich aus mir, dreht mich um und positioniert mich auf meinen Knien. Als er von hinten in mich dringt, ist das absolut himmlisch. Er gelangt so tief in mich. Ich lasse mich instinktiv auf meine Ellbogen fallen, um meine Hüften noch höher zu heben und den Winkel noch besser zu machen.

Deke packt meine Hüften und rammt sich in mich, da er anscheinend die Kontrolle verliert. Sein Atem geht keuchend, abgehackt und harsch. Seine Lenden klatschen gegen meinen Hintern und füllen den Raum mit den köstlichen Lauten unseres Liebesspiels.

„Sadie." Sein Schrei ist eine Warnung.

„Ja, bitte", rufe ich. Ich bin so bereit, zu kommen, ich warte nur auf ihn.

„Sadie", würgt er erneut hervor. Ich liebe es total, meinen Namen in diesem angespannten, gutturalen Tonfall zu hören. Als könne er sich nicht zurückhalten. Als würde ich ihn ganz wild machen. Es ist so anders als die schnellen, langweiligen Intermezzos, die Scott und ich früher hatten.

„Besorg es mir, Deke", krächze ich.

Sein Schrei klingt fast wie ein Brüllen. Oder ein animalisches Knurren. Er vergräbt sich tief in mir und seine Finger drücken meine Hüften so fest, dass sie Blutergüsse hinterlassen werden.

„Ja!", schreie ich, meine Muskeln zucken um seine Härte, mein eigener Orgasmus erreicht den Gipfel und bricht über mir zusammen. „Ja, Deke, oh Gott."

Er stößt mit mehreren winzigen Stößen gegen meinen Po und entlockt mir so noch mehr Wonne. Sorgt dafür, dass sich meine inneren Muskeln noch mehr zusammenziehen. Noch mehr lustvolle Schauder durch mich jagen.

Ich liebe dich. Die Worte sind in meinem Kopf, aber zum Glück halte ich mich noch gerade rechtzeitig davon ab, sie auszusprechen. Ich weiß nicht, was das hier für Deke bedeutet. Ich meine, ich weiß, dass er es nicht vorgespielt hat.

An dem, was wir gerade getan haben, war rein gar nichts vorgetäuscht.

Aber es könnte nur Sex gewesen sein.

Was in Ordnung ist.

Absolut in Ordnung.

Oh Gott, es ist nicht in Ordnung. Ich weiß nicht, warum ich dachte, ich würde glücklich damit sein, Deke nur für das Wochenende zu haben.

Jetzt will ich ihn behalten und er hat bereits deutlich gemacht, dass er das nicht für mich sein kann.

~

Deke

OH FUCK, ich markierte sie beinahe. Meine Zähne fuhren während des Sex' aus, überzogen mit dem Serum, das meinen Geruch dauerhaft in ihrer Haut einbetten würde. Ich markierte und beanspruchte Sadie fast als meine Gefährtin, was sie dauerhaft an mich binden würde.

Doch ich war in der Lage, mich zurückzuhalten und Sadie trotzdem zu geben, was sie brauchte.

Ein Anflug von Befriedigung durchströmt mich bei diesem Gedanken. Ich verfüge über die Disziplin, meinen Wolf in Zaum zu halten. Für Sadie habe ich es getan.

Für Sadie könnte ich alles tun.

Ich ziehe mich aus ihr und entsorge das Kondom. Mein Wolf ist unruhig und sauer, dass ich sie nicht markiert habe, aber ich habe ihn unter Kontrolle. Sowie sie schläft, werde ich nach draußen gehen und mir alles von der Seele rennen.

Fürs Erste kann ich mich jedoch nicht dazu überwinden, ihre Seite zu verlassen. Nicht, wenn sie sich auf ihren Ellbogen stützt und so verdammt verletzlich aussieht. Ich gehe zurück zum Bett und schlage die Decke zurück, unter die ich ihr helfe, bevor ich neben sie schlüpfe.

Sie rollt ihren süßen, weichen Körper sofort gegen

meinen und legt ihren Kopf auf die Stelle, wo meine Schulter in meinen Arm übergeht. Mit den Fingernägeln streichelt sie durch die Locken meiner Brusthaare. „Dankeschön", murmelt sie.

Obwohl ich gerade erst gekommen bin, wird mein Schwanz bei diesem honigsüßen Laut wieder hart. Die Andeutung, dass ich sie befriedigt habe, bringt mich wieder auf Touren und weckt den Wunsch in mir, das noch einmal zu tun.

Ein Dutzend unterschiedlicher Antworten huschen durch meinen Kopf. Schlagfertige wie „Zu deinen Diensten" oder prahlerische wie „dort, wo das herkam, gibt es noch mehr". Aber keine dieser Antworten werden ihr gerecht. Keine passt zu der Schönheit des Sex', den wir gerade hatten – und ich schwöre beim Schicksal, ich habe Sex noch nie zuvor in meinem Leben schön genannt.

Aber mit Sadie war er das. Sogar der Teil, bei dem mein Wolf um Kontrolle kämpfte und sie markieren wollte. Es fühlte sich alles richtig an. Sie vor meinem Wolf zu beschützen, fühlte sich richtig an, und sie markieren zu wollen, fühlte sich auch richtig an.

Ich entscheide mich für ein zustimmendes Grollen und küsse ihren Kopf.

Innerhalb weniger Augenblicke werden ihre Atemzüge länger und sie schläft ein. Ich warte noch eine halbe Stunde, in der ich es genieße, sie in meinen Armen zu spüren, bevor ich aus dem Bett schlüpfe, um mich zu verwandeln und laufen zu gehen.

KAPITEL 13

Kapitel Zwölf

eke

SOWIE SICH SADIE am Morgen regt, kehre ich ins Bett zurück. Nach dem Lauf traute ich mir selbst nicht zu, neben ihr zu schlafen, weshalb ich in dem Stuhl neben der Tür döste. Es fühlte sich richtig an, sie zu bewachen und zu beschützen.

„Deke." Sie gähnt und kuschelt sich an mich. Ich knirsche mit den Zähnen, als sie meinen Schwanz streift und dieser so hart wie Stahl wird.

„Morgen, Baby." Ich neige meinen Kopf und küsse sie. Meine Zunge erweckt ihre geheimen Sehnsüchte und streichelt durch ihre seidene Mundhöhle. Sie stöhnt und wölbt sich mir entgegen. Ich rieche ihre feuchte Hitze.

Ich weiche von ihr zurück und räuspere mich. „Es ist fast neun."

„Ist es das? Mist." Sie setzt sich auf.

„Mist", wiederhole ich, weil es so verdammt niedlich ist. „Fluchst du jemals richtig?"

„Ja." Sie grinst. „Aber nicht oft. Ich würde es hassen, wenn ich das aus Versehen vor meinen Kids mache."

Sie drückt mir noch ein Küsschen auf die Lippen. „Ich muss los. Wir haben den ganzen Tag einen Spa-Tag und ich werde mich zusammen mit der Braut fertig machen." Sie beißt auf ihre Lippe und ich will sie so dringend markieren, dass meine Fangzähne schmerzen. „Du bist zum Mittagessen mit dem Bräutigam und seinen Trauzeugen eingeladen. Es wird ein Haufen Kumpel in Smokings sein und Scott wird dort sein. Du könntest ihn im Auge behalten. Ich weiß, es ist blöd –"

„Ich passe", sage ich sofort. „Mach dir keine Sorgen, ich werde mich selbst unterhalten." Ich umfange ihre Wange.

Sie packt mein Handgelenk und schiebt einen meiner Finger in ihren Mund. Ihre Lippen umschließen ihn und sie saugt fest.

„Nur ein Versprechen darauf, was noch kommen wird", sagt sie und flitzt schnell vom Bett, aber nicht schnell genug. Ich lasse eine Hand nach vorne schnellen und schlage ihr hart auf den Hintern. Sie macht einen Satz, aber lächelt, und ich jage ihr fast hinterher. Sie wird die Erinnerung an meinen Handabdruck den ganzen Morgen mit sich tragen.

~

SADIE

. . .

DER TAG der Hochzeit vergeht wie im Flug. Spa-Morgen, dann die Braut fertig machen. Die ganze Zeit will ich lieber bei Deke sein. Wieder auf dem Berg, wo wir ein Picknick haben. Oder auf einer Wanderung mit ihm. Oder… noch eine Runde zwischen den Laken mit ihm.

Aber ich tue meinen Teil und unterstütze die Braut. Ich schlüpfe in mein weinrotes Brautjungfernkleid. Jenn ist eine reizende Braut in einem kurzen und skulpturalen Hochzeitskleid. Es ist hübsch und modern mit einem Kragen, der sich oben in einer asymmetrischen Linie ausdehnt, wodurch sie wie eine weiße Calla aussieht.

Wie geplant, läuft Scott mit mir zum Altar.

„Du siehst hübsch aus", flüstert er eine Minute, bevor wir anfangen.

„Ich weiß", sage ich. „Deke hat es mir gesagt." Ich habe Deke tatsächlich noch gar nicht gesehen, aber ich halte nach seinem dunklen Kopf und breiten Schultern Ausschau, die alle anderen auf ihren Plätzen überragen. Und als ich ihn finde, sieht er mir direkt in die Augen. Ich lächle und winke und werde mit einem subtilen Nicken belohnt. Nicht gerade ein Überfluss an Emotionen, aber genügend Ermutigung in Deke-Sprache. *Du schaffst das, Baby.*

Während ich durch den Mittelgang laufe, halte ich Dekes Blick so lange, wie ich kann. Ich bemerke Scotts Frust kaum, obwohl er förmlich von ihm abstrahlt. Es fing damit an, dass ich Deke als Schild vor Scotts Druck brauchte, doch jetzt prallt er einfach von mir ab. Es könnte mich nicht weniger kümmern, was der Mann neben mir will. Ich bin viel mehr daran interessiert, was ich will, und das ist Deke.

Als Jenn und Geoff ihre Eheversprechen sagen, suche ich erneut nach Deke. Er sagte, dass er nie heiraten würde. Ich frage mich warum. Wir sind uns dieses Wochenende nähergekommen, aber nicht so nahe, dass seine Geheimnisse keine

Kluft mehr zwischen uns bilden würden. Eine Kluft, die ich zu überqueren beabsichtige.

„Großartig gemacht, Baby", sagt Deke nach der Zeremonie zu mir. Er zupft an dem hauchdünnen Träger, der mein Mieder oben hält. „Hast du unter dem Formwäsche an?"

Lachen sprudelt aus mir und ich halte mir den Mund zu, um es zu dämpfen. „Nein", flüstere ich zurück. „Ich habe meine Lektion gelernt." Er rückt näher, seine Lippen finden mein Ohr und ich ziehe den Kopf ein. „Noch nicht", warne ich. „Ich muss erst noch Fotos mit der Braut und den anderen Brautjungfern machen. Dann die Feier."

„Scheiß auf die Feier", brummt Deke und meine Pussy zieht sich zusammen.

„Ich würde total gerne mit dir vögeln, anstatt zu der Feier zu gehen", murmle ich und beobachte, wie seine Augen auflodern, „aber wir müssen bleiben, bis sie den Kuchen anschneiden. Und ein paar Tänze."

„Okay." Er entfernt seine Hand und streicht die Vorderseite seines Smokings glatt. Mit seiner Fliege und Kummerbund sieht er sexier und gefährlicher als James Bond aus. „Aber das wird dich etwas kosten."

„Ich kann es nicht erwarten, bis du deine Schulden eintreibst", erwidere ich leise und befolge Brigits Ruf, Fotos mit der Braut und dem Bräutigam zu machen. Ich kann nicht anders, als die ganze Zeit immer wieder zu ihm zu schielen, und er scheint mich auch ständig im Blick zu haben. Seine Augen blitzen in dem schwachen Licht merkwürdig auf.

Später, nach dem Essen und den Reden, tanzen Deke und ich Wange an Wange zu Frank Sinatra. Nun, nicht Wange an Wange – er ist zu groß. Aber ich lege meinen Kopf an seine Brust und es ist perfekt.

„Danke, dass du dieses Wochenende mit mir gekommen

bist." Ich hebe meinen Kopf, um seinem warmen Blick zu begegnen.

Seine Augen funkeln, aber er lächelt nicht ganz. Sein Lächeln ist selten, was es noch viel aufregender macht, wenn ich eines gewinne.

„Ich weiß, dass das hier überhaupt nicht deine Szene ist. Ich habe einen großen Gefallen von dir erbeten..." Ich schätze, ich fische. Ich habe das Gefühl, als hätte die letzte Nacht bewiesen, dass wir die fake Date-Sache bei weitem überschritten haben, aber ich bin mir, ehrlich gesagt, noch immer nicht sicher, wo wir stehen. Die Tatsache, dass er nicht heiraten und keine Kinder haben möchte, hätte mich dazu bringen sollen, meine Hoffnung auf mehr einzustellen, aber das hat es nicht. Ich habe mich bereits in diesen Kerl verliebt.

Ich will alles.

Wir tanzen an dem Geschenketisch vorbei, auf dem sich alles hoch auftürmt, was sich ein Paar nur wünschen kann, um das Eheleben zu beginnen, einschließlich eines kompletten Sets Le Creuset Kochgeschirr.

„Sadie." Deke sieht aus, als würde er sich unwohl fühlen.

Oh Gott, er wird mir jetzt sanft eine Abfuhr erteilen.

„Ich kann keine Beziehung führen. Ich bin... gefährlich."

Ich blinzle zu ihm hoch. Endlich sprechen wir offen darüber. „Geht es dabei um die, ähm, Anklage wegen Körperverletzung?"

„Ja."

„Was ist passiert?" Mein Herz hämmert wie wild, aber ich will alles wissen, was auch immer es ist.

„Mein Beschützerinstinkt... meldete sich zu Wort. Ging mit mir durch. Ich war in einer Kneipe und es machte den Eindruck, als würde eine Frau belästigt werden. Ich mischte mich ein. Aber ich verlor mehr oder weniger die Kontrolle. Mein Wo –" Er stoppt und schüttelt schnell den Kopf. „Ich setzte zu viel Kraft ein. Es war nicht meine Absicht, aber ich verletzte die Typen mehr, als nötig war."

„Du kannst deine eigene Kraft nicht einschätzen", murmle ich.

„Nein", fährt er mir scharf über den Mund. „Das kann ich. Weswegen das niemals hätte passieren sollen. Ich hätte die Kontrolle behalten sollen. Vor allem bei Zivilisten."

Ich schlucke. „Das ist Teil des PTBS, Deke. Du musstest im Dienst töten, stimmt's?"

Er holt scharf Luft, dann stößt er sie langsam aus. „Ja. Ich… manchmal tue ich das noch immer." Sein Blick heftet sich auf mein Gesicht, als würde er nach Anzeichen suchen, dass ich entsetzt bin.

Das bin ich ein wenig, aber ich bin sorgsam darauf bedacht, eine neutrale Miene zu bewahren. Ich hätte das erraten sollen, als er die Multimillionen Dollar Verträge mit der Regierung erwähnte. Kein Wunder, dass es ihnen nicht erlaubt ist, jemanden zu daten. Sie sind wie… Auftragsmörder der Regierung. Oder so etwas.

Ich gehe diese Vorstellung gedanklich durch, um herauszufinden, ob sie den Wunsch in mir weckt, schreiend vor Deke davonzurennen.

Das tut sie nicht.

Ich hebe mein Kinn. „Es ist mir egal", informiere ich ihn.

Er neigt seinen Kopf zur Seite. „Dir… dir ist es egal? Ich meine, das sollte es nicht. Sadie, ich bin nicht sicher."

Ich höre zu tanzen auf und greife nach oben, sodass ich sein Gesicht zwischen meinen beiden Händen halte. „Für mich bist du sicher", sage ich zu ihm.

Er zögert. „Ich weiß nicht, Sadie. Diese Typen in der Kneipe…"

„Du bist in den Angriffsmodus gewechselt, weil du dachtest, du müsstest es tun. Es war ein Fehler. Deke, niemand ist perfekt."

„Ich will es für dich sein."

Mein Herz macht einen Satz. Er sagte *für dich*.

Er will für mich perfekt sein.

Deke will mein sein!

„Perfekt ist überbewertet. Perfekt ist, was Scott und mein Dad wollen. Ihnen ist das Innere egal, solange das Äußere gut aussieht."

Deke sieht unsicher aus.

„Du bist ein guter Mann, Deke. Du beschützt diejenigen, die sich nicht selbst beschützen können. Du besitzt Ehre. Engagement. Ich will nicht, dass du perfekt bist. Ich will einfach nur dich."

Deke atmet noch einmal scharf ein und seine Augen blitzen grün auf. Sein Mund senkt sich auf meinen. Presst sich auf meine Lippen. Erobert sie. Seine große Hand umfängt meinen Hinterkopf und seine Zunge gleitet zwischen meine Lippen.

Ich höre Kichern und Gemurmel um uns herum. Wir stehen mitten auf der Tanzfläche und machen wie wilde, ungezogene Teenager miteinander rum.

Es fühlt sich wundervoll an.

Der Kuss dauert eine Ewigkeit. So lange, dass ich mir sicher bin, dass Deke vergessen hat, wo wir sind, weshalb ich mich lachend von ihm löse. „Lass uns nach oben gehen", sage ich.

Er zögert nicht. Er fegt mich in seine Arme, als sei ich die Braut, und trägt mich aus dem Ballsaal.

Als wir in dem dunklen Hotelzimmer sind, fühlt es sich an, als würde sich alles in Zeitlupe bewegen. Er stellt mich ab und öffnet schweigend meinen Reißverschluss. In dem großen Erkerfenster scheint der Vollmond silbern und taucht die dunkle Erde in eine magische Aura. Frische Erregung erblüht in mir, mein Puls ist ein steter Trommelschlag.

Ich lasse das Kleid um meine Füße fallen und drehe mich in nichts als einem Tanga zu Deke. Er ist zurückgetreten und steht in den Schatten. In seinem Smoking sieht er so gut aus, dass ich weinen könnte.

Er sieht wieder so aus, als würde er sich zurückhalten.

Ich mache einen Schritt auf ihn zu. „Ich will dich. *Dich*, Deke." Sein Geruch schwappt über mich, macht mich ganz hibbelig und sorgt dafür, dass mir ganz schwummrig zumute ist. Ich weiß nicht, ob es an den Pheromonen oder dem Vollmond liegt. Ich werde wild.

„Sadie, da ist noch mehr –", sagt er, aber ich packe ihn und drücke meinen Mund auf seinen.

„Ist mir egal", murmle ich. „Was auch immer es ist, ich will dich trotzdem."

Er knurrt an meinen Lippen und bäumt sich auf, reißt sich das Hemd vom Körper und enthüllt seinen atemberaubenden Oberkörper. Oh ja. Meine Eierstöcke zucken. *Nehmen wir diesen Sexzug nach O-Stadt!*

Deke

„SADIE-GIRL. Ich werde dich so hart ficken."

Whoa. Ich weiß nicht, woher das kam. Es lag definitiv auf der falschen Seite der Respektgrenze, aber Sadie scheint das nicht zu kümmern. Ihre geschickten Finger machen sich an dem Knopf meiner Smokinghose zu schaffen.

Diese Frau ist ein Geschenk. Ein verdammtes Geschenk.

Ich streichle mit meinen Händen die nackte Haut ihres

Rückens hoch und runter und drücke unsere Münder wieder aufeinander. Ich wollte ihr von meinem Wolf erzählen – ihr all meine Geheimnisse anvertrauen – aber als sie mir eine Ausrede gab, es nicht zu tun, ergriff ich sie.

Es ihr zu erzählen, ist verboten. Ich weiß, was Rafe sagen würde. Was er zu all dem hier sagen würde.

Aber ich kann mich nicht zurückhalten, wenn es um Sadie geht. Alles an ihr fühlt sich richtig an. Ihr Geruch. Dass ihre Gegenwart meinen Wolf sowohl beruhigt als auch anspornt, ihre süße, süße Akzeptanz meiner dunklen Seite.

Ich liebe sie.

Ich bin mir nicht sicher, ob ich bis zu diesem Moment überhaupt wusste, was Liebe ist.

Wölfe denken nicht in diesen Begrifflichkeiten. Wir paaren uns aufgrund von Geruch, Schicksal, nicht aufgrund von Emotionen. Aber was ich für Sadie empfinde, ist echt. Es geht über den Geruch und das Verlangen, sie zu markieren, hinaus. Es geht darum, wer sie ist. Welche Gefühle sie in mir hervorruft. Den Mann, der ich für sie sein will.

Ich will Sadie Diaz behalten. Mich mit ihr paaren. Sie heiraten. Alles.

In dem Moment, in dem sie meine Hose über meine Hüften zerrt, trete ich aus ihnen und dränge sie rückwärts zum Bett. Ihre Knie treffen auf die Matratze und sie fällt nach hinten, wobei meine Hand hinter ihrem Kopf liegt, um die Landung zu dämpfen.

Ich krabble über sie, dann erinnere ich mich an ein Kondom. Ich trete rasch meine Retropants von meinen Beinen, hole einen Gummi und gehe zurück zum Bett.

Sadie träg einen winzigen Tanga. Ihre Haut leuchtet bronzefarben im Mondlicht. Ich beiße den Bändel ihres Höschens durch und ziehe es mit meinen Zähnen ihre Beine hinab. Ihr Lachen ist musikalisch und süß. Ich küsse mich ihr Bein hoch, angefangen bei ihrer Wade wandere ich den Innen-schenkel hoch und zu ihrer Mitte. Ich drücke einen sanften Kuss auf ihren Venushügel und schiebe anschließend ihre Beine auseinander.

„Spreiz dich für mich, Baby", sage ich zu ihr.

Sie stöhnt leise, bevor meine Zunge sie auch nur berührt. Ich lecke in sie, teile ihre Lippen und ziehe meine Zunge durch ihre Feuchtigkeit. Ich wirble um ihren Eingang, dann um ihre Klit.

„Du bist so gut darin." Sie klingt atemlos. Bereits verzweifelt. Ich will sie die ganze Nacht lang in diesem Zustand halten.

„Ich werde dich so heftig kommen lassen", prahle ich und schiebe einen Finger in sie.

Sie windet sich, um ihn tiefer aufzunehmen und ich ziehe ihn raus und führe zwei Finger in sie ein, die ich nutze, um ihre innere Wand zu liebkosen. Ich finde ihren G-Punkt, spüre, wie sich das Gewebe unter meinen Fingerspitzen anspannt.

Ihre Beine zappeln um mich und sie schreit auf. Ich lecke über ihre Klit und sauge an der winzigen Perle, während ich fortfahre, ihren G-Punkt zu massieren.

„Deke! Oh Gott, es ist so gut."

Ich summe an ihrer Haut. Oder vielleicht ist es ein Knur-ren. Es spielt keine Rolle. Ich habe die Kontrolle. Sie hat mir mit ihrem Vertrauen die nötige Stärke gegeben. Ich werde sie nicht markieren. Ich werde sie zum Kommen bringen, wie sie noch nie gekommen ist.

Ich pumpe meine Finger in sie und stupse mit jedem Stoß gegen ihren G-Punkt. Sie schreit und reißt an meinen Haaren, drückt mein Gesicht an sich, obwohl ich nie aufhörte, an dieser süßen, kleinen Klit zu saugen.

Ihre Hüften zucken und rucken. Ihr Kanal drückt und

pumpt meine Finger, als sie kommt. Ich höre auf, meine Finger in sie zu stoßen, während sie kommt. Anschließend verlangsame ich meine Streichelbewegungen und bringe sie zu einem zweiten Höhepunkt. Ich höre auf, an ihrer Klit zu saugen und schnalze mit meiner Zunge dagegen. Ein drittes Nachbeben erschüttert sie.

„Oh mein Gott", keucht sie. „Deke. Es ist so gut." Sie zieht an meinen Ohren, um meinen Kopf von ihrem geschwollenen Fleisch zu heben. „Komm her", fleht sie. „Ich brauche dich in mir."

Ich grinse, ihre Säfte überziehen meine Lippen. „Ich bin in dir." Ich streichle erneut ihren G-Punkt, um sie daran zu erinnern, und eine vierte Welle bricht über sie herein.

„Was ist mit… ähm… mich so hart ficken?"

Ein Glucksen rumpelt aus mir. „Sadie Diaz, hast du gerade *ficken* anstatt *vögeln* gesagt?"

Sie lacht. „Es schien mir angebracht zu sein."

„Mmmh." Ich krabble über sie. Sie hat recht. Es scheint angebracht zu sein. Ich nehme die Kondompackung an mich, die ich auf das Bett fallen ließ, und reiße sie auf. „Ich *habe* dir einen guten Fick versprochen, nicht wahr?"

„Mh hmm." Ihre Knie fallen auf und ihre Augenlider senken sich in Erwartung auf das Kommende. Sie mag süß sein, aber sie ist nicht prüde. Sie ist *niedlich*.

Ich rolle das Kondom über und hebe mich auf meine Knie, ehe ich meine Schwanzspitze an ihren Eingang führe. „Dich zum Kommen zu bringen, ist ein verdammtes Privileg, Sadie Diaz."

Scheiße, heute Nacht besitze ich keinen Filter. Die Erleichterung, ihr meine Dunkelheit entblößt zu haben, und ihre Akzeptanz derselbigen hat mich vollkommen verändert.

Ein Schauder durchfährt sie und ihre vom Küssen geschwollenen Lippen teilen sich. Sie greift nach meinem

Schwanz und packt ihn fest mit einer Faust, um mich in sich zu führen. „Ich brauche dich", wiederholt sie.

Fuck. Ich brauche sie auch.

So sehr.

Ein Stoß in sie und ich bin verloren. Der Mond hat mein Blut bereits heiß gemacht. Meine Fangzähne werden länger, aber ich schließe meinen Mund fest um sie. Ich werde die Kontrolle bewahren. Für Sadie kann ich das tun.

Ich ramme mich mit mehr Wucht, als beabsichtigt, in sie, aber sie biegt nur den Rücken durch und stöhnt befriedigt, als wäre das genau das, was sie braucht. „Ich werde dich ficken, bis du morgen nicht mehr richtig laufen kannst."

Ich weiche zurück und ramme mich erneut in sie, fest und bestimmt. Ihr Kopf rutscht auf dem Bett nach oben und ich muss ihre Schulter einfangen, damit sie nicht gegen das Kopfbrett knallt.

„F-fick mich, Deke."

Ich weiß nicht, warum es mich so fertig macht, sie das Wort *Fick* sagen zu hören. Weil es ihr so gar nicht ähnlich sieht. Weil es bedeutet, dass sie das hier wirklich will.

Ich bewege meine Hüften schneller, stoße mich rein und raus, und suche in ihrem Gesicht nach Anzeichen, dass ich zu grob bin.

Doch ich sehe keine. Sie scheint jedes bisschen zu wollen, das ich geben möchte. Sie ist umwerfend – ihre dichten, dunklen Haare sind wie ein Heiligenschein um ihren Kopf auf dem Kissen ausgebreitet. Ihre hübschen Brüste zeigen zur Decke, die Nippel sind fest und erpicht auf meinen Mund. Ich beuge mich nach unten und nehme einen zwischen meine Lippen, sauge daran.

Sie stöhnt vor Lust.

Der Laut bringt mich dazu, meine Hüften wieder härter zu

bewegen, während sich Druck am Ansatz meiner Wirbelsäule aufbaut.

„Ja", ermutigt sie mich.

Ich sauge an dem anderen Nippel, damit er sich nicht benachteiligt fühlt.

Sie zwickt eine meiner Brustwarzen, was mich zum Lächeln bringt.

„Willst du es hart?", frage ich verspätet, weil ich sie bereits hart ficke. Vielleicht muss ich mich nur vergewissern.

„Ja!", stimmt sie zu. „Ich will es so hart."

„Oh fuck." Ich stemme meine Hand gegen das Kopfbrett und treibe meinen Schwanz – schnell, mit kurzen Stößen – zwischen ihre Beine, *rein, rein, rein, rein*. Jedes Mal, wenn ich das tue, stößt sie ein hohes *„uhn, uhn, uhn, uhn"* aus, das mich in den Wahnsinn treibt.

Ich bin mir sicher, dass das gesamte Stockwerk des Resorts hören kann, wie wir uns vergnügen, und das macht meinen Wolf verdammt stolz.

Ich stütze mich mit beiden Händen ab und ramme mich in sie, noch schneller. Noch härter.

Ihr wilder Blick liegt auf meinem Gesicht. Ihre Lippen bleiben für ihre Lustschreie geöffnet. Das Bett schaukelt gegen die Wand, kracht immer und immer wieder dagegen.

Mein Wolf knurrt, weil er will, dass ich ihn freilasse, und weil er darauf brennt, sie zu markieren. Aber ich leiste Widerstand.

Für Sadie widerstehe ich.

„Oh Deke. Bitte… *bitte!*", fleht sie. Dass ich aufhöre? Dass sie kommen darf?

Allein der Gedanke, zu kommen, lässt es geschehen. Ich wollte sie die ganze Nacht lang ficken, aber das Vergnügen ist zu intensiv. Sperma spritzt aus meinem Schwanz. Sadie schlingt ihre Beine um mich und zieht mich tiefer, hält mich in sich, während wir beide in perfekter Übereinstimmung zum Orgasmus kommen.

Ich stoße einen erstickten Schrei aus. Mein Wolf drückt meinen Kopf nach unten in ihre Halsbeuge, die Zähne bereit, sie in ihrem Fleisch zu versenken. Doch im letzten Moment lege ich den Kopf in den Nacken wie ein Mann, der den Mond anheult. Ein Mann-Wolf, der der ganzen verdammten Welt mitteilt, dass er seine Frau gefunden hat.

Seine Gefährtin.

Markiere sie, winselt mein Wolf.

Noch nicht.

Er scheint das Versprechen in meiner Warnung zu spüren. Dass ich *vorhabe*, sie zu markieren, nur nicht heute Nacht. Meine Fangzähne fahren wieder ein.

Sadie ist in Sicherheit.

Sadie ist mein.

Was die Kleinigkeit angeht, dass ich ihr noch erzählen muss, dass ich ein Wolf bin, dass ich sie markieren will – dahin werden wir schon noch kommen. Wenn ich mir sicher bin, dass ich sie immer beschützen kann.

Vor meinem Wolf und meiner Dunkelheit.

KAPITEL 14

Kapitel Dreizehn

Ich wache in einem warmen Bett auf. Allein, aber auf dem Kissen liegt eine Nachricht von Deke.

Bin Laufen gegangen.

Ich lächle und strecke mich, fühle mich gut von meinem mit Haarspray verklebtem Kopf bis zu meinen Zehenspitzen. Mission *Verführe Deke* verlief gut.

Wir reisen heute ab. Unsere fake Freund Operation wird vorbei sein. Es gab keine Versprechen darüber, wie unsere Beziehung weitergehen wird, aber nach dem Gespräch, das wir gestern Nacht führten, bin ich sehr optimistisch, dass wir es schaffen können.

Ich ziehe meine Wanderschuhe an und gehe nach draußen. Das Resort ist ruhig heute Morgen, da so gut wie niemand wach ist. Der Rest der Hochzeitsgesellschaft wird ausschlafen.

Draußen ist die Luft frisch und sauber. Es ist der perfekte Morgen für eine Wanderung. Hoffentlich laufe ich Deke über den Weg und dann können wir dort weitermachen, wo wir aufgehört haben.

Ich hüpfe den Wanderweg entlang, lasse das grüne Gelände des Resorts rasch hinter mir und tausche es gegen einen ausgetretenen, felsigen Pfad ein. Ein Zweig knackt hinter mir.

„Deke?", rufe ich, drehe mich um und gehe den Weg zurück, den ich gekommen bin.

„Sadie." Scott tritt hinter einer buschigen Borstenkiefer hervor.

Iieeh! So was von gruselig! Ich halte schlitternd. „Scott."

„Wir müssen reden." Seine Stimme ist heiser. Er trägt noch immer seinen Smoking von gestern Abend. Seine Augen sind rot und sein Atem stinkt nach Vodka.

Igitt.

„Hast du letzte Nacht überhaupt geschlafen?"

„Kann nicht schlafen." Er packt meine Arme und ich erhasche aus nächster Nähe eine Wolke seines widerlichen Atems vermischt mit altem Rasierwasser. Ich würge und versuche, ihn von mir zu stoßen.

„Geh weg." Es gelingt mir, mich zu befreien. Er stolpert über einen Felsen und versucht, mir zu folgen.

„Sadie, ich will mit dir zusammen sein."

„Nein. Du denkst nur, dass jemand mit deinem Spielzeug spielt. Ich habe dir nie irgendetwas bedeutet. Dir ging es nur um die Kontakte meines Dads. Ohne seine Unterstützung kriegst du deine Bauprojekte nicht durch den Stadtrat."

„Fuck, Sadie, nein." Er taumelt nach vorne und fällt auf

mich, wodurch mich sein schweres Gewicht nach unten zieht. Ich schreie und versuche, meine Jacke seinem Griff zu entwinden.

„Scott, du tust mir weh –"

Ein wildes Knurren erklingt von dem Abhang über uns. Jedes Härchen an meinem Körper richtet sich warnend auf.

Raubtier!

Meine Muskeln werden zu Stein und ich höre auf, mich gegen Scott zu wehren, der mich befummelt und begrapscht, bevor er sich aufrichtet und verspätet zu der Bedrohung dreht. Es erklingt noch ein Knurren und eine riesige schwarze Gestalt hüpft den Abhang hinab zu uns.

„Wa – ?" Scotts Frage wird von dem gigantischen Schatten, der gegen ihn kracht, abgeschnitten. Er fällt mit rudernden Armen zu Boden und ich schreie.

Scott landet auf dem Boden und über ihm steht der größte, böseste, schwarze Wolf, den ich jemals gesehen habe.

Ich stolpere rückwärts. Mein Stiefel stößt gegen einen Stein und ich falle, wobei ich mich im letzten Moment noch abfangen kann. Der Kopf des Wolfs dreht sich zu mir und ich zucke zusammen.

Dann schwenkt er wieder zu Scott, öffnet sein riesiges Maul und lässt ein Knurren fahren, das eher ein Brüllen ist.

Renn!, schreit das Adrenalin in meinen Adern.

Scott stößt ein hohes Kreischen aus. Mist, er wird gleich gefressen. Ich muss etwas tun! Meine Beine zittern.

„Nein!", blaffe ich in meiner strengsten Lehrerinnenstimme. Ohne nachzudenken, packe ich einen Zweig, um den Wolf von ihm zu schlagen.

Bevor ich ihn schwingen kann, weicht der Wolf zurück. Irgendwie rappelt sich Scott auf die Beine.

„Hey!", versuche ich den Wolf abzulenken, damit Scott fliehen kann – und das tut er, er flitzt zum Resort hoch, wobei sein zerfetzter Smoking hinter ihm her flattert. Er lässt mich bei dem Wolf zurück.

Allein.

Was für ein Dreckskerl.

Ich mache einen Schritt zurück und umfasse den Zweig fester. *Mist.*

„So habe ich mir meinen Tod nicht vorgestellt", informiere ich den Wolf.

Zu meiner absoluten Verblüffung setzt sich der Wolf hin und winselt.

Wie ein verflixtes Haustier!

„Ähm… okay. Braver Wolf." Ich mache langsam einen Schritt rückwärts.

Er beobachtet mich. Seine Zähne sind momentan nicht zu sehen, aber ich werde ihren Anblick nie vergessen. Das Biest ist ein Killer. Und ich kann ihm nicht davonlaufen – ich sah, wie schnell er diese Bergflanke runterkam.

Was soll ich nur tun?

Er läuft auf mich zu – nicht mit großen Sprüngen. Eher ein Trotten, aber ich zucke dennoch zurück. In dem Moment, in dem ich das tue, stoppt er und setzt sich wieder hin. Dann fällt mir ein silbernes Funkeln in dem dichten Fell um seinen Hals auf. Der Wolf dreht seinen Kopf und das flache silberne Rechteck fängt das Licht deutlicher ein.

Ich keuche. „D-das sind Dekes! Du trägst Dekes Erkennungsmarken." Was hat das zu bedeuten? Gänsehaut kriecht meine Arme hoch.

Ich schlage mir die Hand vor den Mund. Es gibt hier zwei Optionen. Entweder hat der Wolf Deke gefressen und trägt seine Erkennungsmarken als Trophäe oder…

„Sherlock Holmes sagte, *Wenn man das Unmögliche ausgeschlossen hat, muss das, was übrig bleibt, die Wahrheit sein*", sage ich mit zitternder Stimme.

Der Wolf legt den Kopf auf die Seite, als höre er mir zu.

„Du hast entweder Deke gefressen oder… du *bist* Deke."

Der Wolf prustet und ruckt mit dem Kopf, als würde er nicken.

Doch nein. Das ist unmöglich. „Wehe du hast Deke gefressen", lach-weine ich halb hysterisch. „Er ist mein Freund und ich mag ihn wirklich gern." Ich hebe den Zweig, vollkommen bereit, meinen Lover zu rächen.

Der Wolf lässt sich auf den Bauch fallen und kriecht flehend nach vorne.

„D-deke?" Es ist so wahnsinnig, so unmöglich und dennoch… diese grünen Augen. Ich habe sie definitiv zuvor schon gesehen. Jetzt verstehe ich, warum sie im Dunkeln leuchten.

Der Wolf steht auf und trottet hinter einige Büsche. Ein leiser Knurrlaut sorgt dafür, dass ein Kribbeln über meine Haut jagt, und dann tritt Deke, mein riesiger, muskulöser Freund aus dem Versteck des Wolfs.

Ich stolpere nach hinten, weil meine Beine verwirrt sind. *Kampf oder Flucht? Rennen oder Deke umarmen?*

Ich entscheide mich dafür, mir über die Lippen zu lecken. „Du bist ein Wolf", stelle ich das Offensichtliche fest. Das Unmögliche.

Deke zögert, als wäre er sich nicht sicher, ob er sich mir nähern sollte. „Hab keine Angst", murmelt er und spreizt die Hände. Deke schlendert aus dem Busch. Ohne die Büsche zwischen uns realisiere ich noch etwas.

Meine Lippen zucken. „Ähm, du bist nackt." Abgesehen von den Erkennungsmarken. Diese schimmern an seiner beeindruckenden Brust und ziehen meinen Blick auf die scharf definierten Reihen seiner Bauchmuskeln, dann nach unten, während sie der feinen Spur Haare folgen zu seinem…

Okay. Also die Beweislage deutet daraufhin, dass er und

der Wolf nicht die Plätze getauscht haben. Dass sie in der Tat ein und derselbe sind.

„Du bist ein…" Ich kann es nicht sagen. Es ist zu verrückt.

Er nickt. „Das ist mein dunkelstes Geheimnis."

Ich zwinge meine Augen wieder hoch zu seinem Gesicht. Es ist schwer. Da ist so viel von ihm, an dem sich meine Augen weiden wollen. „Okay."

Seine Brauen schnellen in die Höhe. „Okay? Ist das alles, das du sagen wirst?"

„Was soll ich sagen? Hast du erwartet, dass ich schreiend davonrenne?"

Er zuckt mit den Achseln. „Mehr oder weniger."

„Nun, das tue ich nicht. Ich bin mir ehrlich gesagt nicht sicher, ob ich rennen kann. Entschuldige mich." Ich lasse mich auf einen großen Felsen sinken, weil mir meine Beine den Dienst versagen.

Deke senkt sich langsam und faltet seinen gesamten Körper in eine Hocke, sodass unsere Augen auf Augenhöhe bleiben. Seine Bewegungen sind gruselig geschmeidig. Wie die des Wolfs.

„Du bist ein Wolf", wiederhole ich.

Er nickt.

Ich strecke die Hand aus und berühre sein Wolf-Tattoo. „Oh mein Gott." Ich fahre mit einer zitternden Hand über mein Gesicht. Ich verspüre diesen irrsinnigen Drang, zu lachen. „Oh mein Gott. Das ist dein Geheimnis."

Er ist regungslos und wartet. Wartet darauf, dass ich mein Urteil fälle oder ihm sage, dass er gehen soll oder so etwas. Wartet einfach nur.

„Du bist ein Wolf", sage ich verwundert und berühre sein Gesicht. Er schließt die Augen und dreht den Kopf, sodass

ich seine Haare nach hinten streiche. Ihn streichle. „Deke",
flüstere ich.

„Sadie", stöhnt er in meine Handfläche. Er knabbert an
meiner Haut.

Und dann schlinge ich meine Arme um ihn und küsse ihn.
Er erwidert den Kuss. Ich baue mich über ihm auf und drücke
ihn auf seine Schienbeine, damit ich mich rittlings auf seine
Taille setzen kann. „Ist das hier okay? Tue ich dir weh?"

„Nein", sagt er zwischen groben Küssen. „Es tut nicht
mehr weh."

Bevor ich fragen kann, was er damit meint, hat er auch
schon seine Hand hinten in meine Leggings geschoben. Ich
stöhne, als er mich von hinten umfängt und seine Finger
meine Hitze suchen.

Ich brauche lediglich eine Sekunde, um meine Stiefel von
den Füßen zu treten und mich zu winden und die Leggings
von meinen Beinen zu strampeln. Er ist bereits nackt, seine
ganze über eins achtzig große Gestalt.

„Ich habe kein Kondom, Sadie-girl." Er sieht gequält aus.

„Oh." Nein, dieses Mal akzeptiere ich keinen Clam-Jam.
„Könntest du rausziehen?"

„Deal." Seine Bizepse wölben sich, als er mich an der Taille
hochhebt und auf seinen Penis senkt. Er ist unfassbar stark. Jetzt
weiß ich, warum es für ihn so leicht war, mich einfach hochzu-
heben und davonzutragen, wann immer ihm danach war.

Deke hebt und senkt mich auf seiner Härte, zunächst
langsam, dann wird er immer schneller, bis es ein Hüpfen ist.
Meine Brüste heben und senken sich mit dem Schwung und
ich fühle mich so sexy wie ein Pornostar. Es ist köstlich. Ich
vögle einen Werwolf. Unter freiem Himmel.

Es ist perfekt.

Seine Stoppeln kratzen über mein Gesicht, als wir uns

küssen. Ich schreie auf, als all die Gefahr und Adrenalin und Bedrohung zu einem ursprünglichen Gefühl werden, einem epischen Orgasmus, um zu feiern, dass ich mich einem Wolf gestellt und überlebt habe. Ich bin am Leben.

Deke stöhnt und seine Augen wechseln ihre Farbe zu grün. „Ich kann nicht", brummt er. Ich erhasche das Aufblitzen von Wolfzähnen in seinem Mund. „Ich kann nicht."

Kannst was nicht?, will ich fragen, aber er bewegt mich nach wie vor auf sich auf und ab und treibt mich zu einem weiteren Höhepunkt. Als ich dieses Mal zum Höhepunkt komme, flucht er, hebt mich von sich und pumpt seine Länge, um sich auf die weiche Erde zu ergießen. Sein Atem weht harsch gegen meine Jacke und als er kommt, schlitzt er seine Lippe mit einem scharfen Zahn auf, wodurch Blut über sein Kinn tropft.

Deke

„FUCK, ES TUT MIR LEID", entschuldige ich mich, obwohl wir uns darauf geeinigt hatten, dass ich rausziehe. Dennoch fühlte es sich respektlos an. Enttäuschend.

Unnatürlich.

Das Schicksal will, dass wir uns paaren.

Das ist der Gedanke, der mir durch den Kopf schießt, und dieses Mal geht die Vorstellung darüber hinaus, Sadie als mein zu markieren. Sie handelt von unserer Zukunft. Davon, mit ihr zusammen zu wohnen. Welpen zu zeugen. Eine Familie großzuziehen. Ich sehne mich danach, Sadie all das zu geben, von dem sie sagte, dass sie es will. Ich will es auch. Das ganze Paket.

„Du blutest", ruft Sadie und hebt ihren Daumen an mein Kinn.

Ich beeile mich, den Beweis wegzuwischen. „Es tut mir leid, ich –"

Sie mustert mich, Sorge und Neugierde funkeln in ihren warmen braunen Augen. „Was tut dir leid?"

Ich schlucke. Ich sollte ihr alles erklären. Aber ist sie bereit? Sind wir schon so weit? Ich habe noch nicht einmal mit Rafe geredet. Ich weiß nicht, was ich tun werde, wenn sich mir mein Alpha in den Weg stellt und mir nicht erlaubt, Sadie für mich zu beanspruchen.

„Wölfe, äh… wir markieren unsere Gefährten."

„Was?" Sie klingt nicht schockiert. Nur verwirrt.

„Mit unseren Zähnen. Deswegen bin ich so oft joggen gegangen und habe nicht im gleichen Bett wie du geschlafen. Ich, äh, verspüre den Drang, dich zu beanspruchen."

„Mich zu beanspruchen?" Ihre Augen sind weit aufgerissen. Allerdings nicht verängstigt. Das ist gut.

Ich reibe mit einer Hand über mein Gesicht, dann hebe ich ihre Leggings vom Boden auf und reiche sie ihr, damit sie wieder hineinschlüpfen kann. „Es wird vielleicht nicht funktionieren", gestehe ich die bittere Wahrheit.

Sie atmet keuchend ein. „Du meinst so was, wie mich *verwandeln*?"

Ein überraschtes Glucksen hüpft aus meiner Kehle. „Nein. Wir sind keine Vampire." Ich kann nicht zu lächeln aufhören. Sie ist so verdammt niedlich. „Wir sind eine andere Spezies. Normalerweise paaren wir uns mit unserer eigenen Art."

Ihre Enttäuschung ist greifbar. Mein Wolf will heulen,

will es in Ordnung bringen. Er will, dass ich sie für den Rest unseres Lebens glücklich mache. Genauso wie ich.

Ich ziehe sie wieder auf meinen Schoß. „Ich will dich als meine Gefährtin haben." Das muss ich ihr klarmachen.

Sie berührt mein Gesicht. „Ich will das auch. Ich meine, ich denke, ich will es. Ich will dich, Deke."

„Dann werden wir rauskriegen, wie wir es tun können. Wir werden es gemeinsam hinkriegen. In Ordnung?"

Ihr Lächeln ist heller als die Morgensonne. Sie drückt ihre Lippen auf meine. „Ich liebe dich."

„Fuck, Sadie. Ich liebe dich auch."

Ich nehme das Geräusch von Stimmen wahr, die den Pfad hochkommen. Scott ist nach seiner beeindruckenden Darstellung von Feigheit vielleicht zurückgekommen, um Sadie zu „retten".

„Jemand kommt, Sadie-girl."

Sie küsst mich noch mal. „Mir egal."

„Ich bin nackt."

„Oh!" Sie lacht und krabbelt von mir.

„Wir treffen uns in zwanzig Minuten beim Resort. Okay? Kommst du allein klar?"

Sie stößt ein sanftes Schnauben aus. „Selbstverständlich."

Selbstverständlich. Sie war diejenige, die bereit war, einen riesigen Wolf mit nichts als einem Zweig zu verscheuchen. Meine Sadie kann auf sich aufpassen.

Ich verwandle mich, mein Wolf streckt stolz die Brust raus, als Sadie keucht und ihre Finger in meinem Fell vergräbt. Ich riskiere noch einen Moment, in dem ich ihr erlaube, meine Ohren und meinen Kopf zu streicheln. Daraufhin hüpfe ich den Berg hoch in Richtung meiner Kleider.

Als ich den Gipfel erreiche, drehe ich mich um und

schaue hinab zu Sadie, da ich nicht in der Lage bin, ihr meinen Rücken lange zuzukehren.

Sie steht noch immer dort und beobachtet mich mit einem verwunderten Gesichtsausdruck. Sie winkt und ich hebe meine Schnauze. Doch Scott und zwei Angestellte des Resorts laufen gerade um die Biegung, weshalb ich davon und, so schnell ich kann, außer Sichtweite renne.

KAPITEL 15

Kapitel Vierzehn

adie

„NUN, DAS WAR EIN SPAß", sage ich, als das Resort im Rückspiegel des Mercedes immer kleiner wird. „Sex im Wald. Ich schätze mal, das kann ich jetzt von meiner Liste streichen. Sex mit einem Werwolf ebenfalls."

Dekes Augen kräuseln sich, aber – typischerweise – sagt er nichts.

Nachdem er sich im Resort wieder mit mir getroffen hatte, blieben wir im Zimmer, genossen noch eine Runde epischen Sex' und ließen das Abschiedsmittagessen für die Hochzeitsgäste sausen.

Ich teilte der Rezeption mit, dass wir später auschecken würden und wir duschten gemeinsam. Daraufhin nahmen wir ein sehr spätes Mittagessen ein, bevor wir unsere Taschen packten und auscheckten. Obgleich das Resort und die Menschenmengen nicht sein Ding sind, hatte ich den Eindruck, als wollte Deke nicht gehen.

Vielleicht will er noch nicht in die echte Welt zurückkehren. Vielleicht macht er sich Sorgen um uns.

Plötzlich fällt mir etwas ein. „Diese Sache, *dass ihr euch nicht auf Zivilisten einlassen dürft*, heißt das in Wahrheit, *dass ihr euch nicht auf... Menschen einlassen dürft?*"

Er zögert. „Ja und nein. Die Sache, dass ich gefährlich bin, Sadie." Er schaut zu mir und mein Magen verkrampft sich. „Das ist echt."

„Das haben wir bereits durchgesprochen", sage ich stur.

„Ja, aber was du nicht verstanden hast, als wir es durchsprachen, ist, dass ich ein wildes Tier in mir habe. Und manchmal verliere ich die Kontrolle über ihn."

Ich will plötzlich weinen. Nicht wegen mir, sondern seinetwegen. Sein Schmerz ist greifbar.

„Heute Morgen hast du nicht die Kontrolle verloren. Ich meine, du hast Scott angegriffen, aber du hast ihn nicht verletzt. Mich hättest du definitiv nicht verletzt."

Er scheint darüber nachzudenken. Seine Schultern entspannen sich ein wenig. „Ja. Du hast recht. Ich glaube, meine Angst davor, dir wehzutun, sorgte dafür, dass ich die Kontrolle behielt."

„Also bist du sicher. Ich *weiß*, dass du sicher bist."

Das tue ich. Ich weiß es bis tief in meine Knochen. Es gibt keinen anderen Mann – Werwolf – auf dem Planeten, der sicherer für mich ist.

Als wir den Berg hinabfahren und wieder Handyempfang haben, erwacht meines. Es piept und kündigt einen verpassten Anruf und eine Sprachnachricht an.

„Ist das Scott?", knurrt Deke leise. Seine Hände umklammern das Lenkrad sofort so fest, dass seine Knöchel weiß hervortreten. Ich habe eine Weile gebraucht, bis ich Scott abschütteln konnte, nachdem er so galant – (nicht) – mit der Resort-Security zu meiner Rettung geeilt war. Deke tauchte jedoch auf und ließ einen Hauch Bedrohlichkeit durchschimmern, als er Scott sagte, er solle sich von mir fernhalten, ansonsten würde er Ärger kriegen.

„Nein. Mein Dad." Ich schalte mein Handy aus und ignoriere die verpassten Nachrichten. Er ruft vermutlich nur an, um in Erfahrung zu bringen, ob Scott und ich wieder zusammen sind.

Es ist Abend, als wir vor mein Stadthaus fahren. Es fühlt sich später an, als es ist. Der Himmel ist dunkel und dicke Wolken türmen sich dort. Deke parkt und ich steige aus seinem Gefährt. Bevor ich fragen kann, schnappt sich Deke meine Koffer und läuft mit mir zur Tür. Er stellt meine Koffer nach drinnen, aber bleibt draußen stehen. Seine große Hand packt den Türrahmen und er beugt sich näher, als wolle er reinkommen, aber bräuchte meine Erlaubnis.

„Ich sollte zurück zum Hauptquartier gehen."

Ich will ihn nicht bedrängen, aber ich verspüre plötzlich diese irrationale Angst, dass sie ihm ausreden werden, mit mir zusammen zu sein, wenn er erst einmal zu seiner eigenen Art zurückgekehrt ist.

„Kannst du heute nicht einfach die Nacht hier verbringen? Und morgen zurückgehen?"

Er reibt sich mit einer Hand über das Gesicht. „Das möchte ich, Baby."

„Bitte?" Ich habe vielleicht einen Dackelblick aufgesetzt.

„Fuck, zu dir kann man wirklich nur schwer *Nein* sagen."

Ich lächle.

Er folgt mir nach drinnen.

Okay, du hast ihn im Haus. Was jetzt? „Wein?", biete ich in dem Versuch, gastfreundlich zu sein, an.

Deke schüttelt den Kopf.

Da ich bereits in der Küche bin, gehe ich zu der Steckdose, die ich als Ladestation benutze. Ich stecke mein Handy ein und es schaltet sich an, woraufhin es wie eine wütende Hornisse summt.

„Argh", knurre ich, als ich sehe, wer mich angerufen hat. „Es ist nicht Scott", sage ich zu Deke, der sich in meinem Wohnzimmer herumdrückt, ein riesiger, düsterer Schatten. „Warte kurz." Ich halte einen Finger hoch und rufe meinen Vater zurück. Der Anruf landet direkt auf der Mailbox.

Ich halte Dekes Blick, während ich eine Nachricht hinterlasse. „Hallo, Dad? Ich bin nicht in der Stimmung, mit dir zu reden. Nicht heute und vermutlich eine ganze Weile nicht. Scott und ich sind getrennt. Er ist ein Widerling und zwischen uns ist es aus. Und wenn du nicht aufhörst, mich zu kontrollieren zu versuchen, ist es auch zwischen uns aus." Und ich lege auf.

„Scheiß auf ihn", fluche ich und werfe mein Handy wieder auf die Küchentheke.

Deke bläst einen Schwall Luft aus, was sich wie ein Lachen anhört.

„Hat dir das gefallen?" Ich nähere mich ihm langsam, als sei er ein wildes Tier, das zur Flucht bereit ist.

„Ja." Aus der Nähe kann ich sehen, dass seine Augen funkeln.

„Ich hätte schon vor Jahren Grenzen setzen sollen", sage ich. Schritt für Schritt komme ich näher. „Ich brauchte nur Hilfe." Schließlich bin ich so nah, dass ich Deke berühren könnte. Er hat sich nicht bewegt. Seine Hände hängen an seinen Seiten.

„Du hilfst mir, Deke. Du machst mich mutig."

„Du brauchst mich nicht. Du bist auch ganz allein mutig. Du wolltest Scott heute Morgen vor einem wilden Wolf retten."

Ich lache, weil ich mich daran erinnere. Ich kann noch immer nicht fassen, dass er ein Wolf ist. Ich meine, das kann ich – es scheint genau richtig zu sein – aber es ist alles so phantastisch.

„Nun, dieser wilde Wolf mag mich", sage ich und klimpere mit den Wimpern.

Seine Augen kräuseln sich erneut an den Winkeln.

„Was ist mit deinen Freunden? Machst du dir Sorgen, dass sie mich nicht akzeptieren werden?"

Er zögert und die Spannung kehrt in seine Schultern zurück.

Ich nehme seine Hand und ziehe ihn zum Schlafzimmer. „Wir können das hinkriegen", flüstere ich. Er folgt und hebt mich in die Luft, als ich die Türschwelle überquere, und trägt mich zum Bett.

„Ja. Wir kriegen das hin."

Deke

IRGENDWIE GELINGT ES MIR, mit Sadie langsam zu machen. Ich vermute, dass die Tatsache, dass ich sie in den letzten vierundzwanzig Stunden bereits dreimal hatte, meinen Wolf so weit beruhigt hat, dass er unter meiner Kontrolle bleibt. Ich steige über meine hübsche Frau und entkleide sie, küsse mich ihren Hals hinab, zwischen ihre Brüste bis zu ihrem Bauchnabel. Ich meide die erotischsten Zonen und hebe sie mir für nach dem Vorspiel auf. Mit meiner Zunge zeichne ich einen Kreis um ihren Bauchnabel. Dann springe ich zu ihrem Innenschenkel und lasse meine Zunge in einem Pfad Richtung Zuhause tanzen, aber ich berühre sich nicht dort, wo sie es, wie ich weiß, am meisten braucht.

Sie zittert und bebt unter mir, krächzt meinen Namen mit diesen heiseren, wunderschönen Lauten.

Ich habe Gnade mit ihr und streiche mit meinen Daumen über ihre Nippel, lausche ihrem süßen Keuchen und liebe es, wie sich ihre Schenkel zusammenpressen. Ich nehme eine aufgerichtete Knospe in meinen Mund und sauge fest daran. Sie bäumt sich vom Bett auf.

„Du bist so wunderschön, Sadie", murmle ich. Sie sollte es hören. Oft.

„Wo würdest du mich beißen?", fragt sie. Als würde sie darüber nachdenken.

Ich erstarre. „Ah, nun… normalerweise wird ein Paarungsbiss hier platziert." Ich führe meine Lippen an die Stelle, wo ihr Hals auf ihre Schulter trifft. Ich küsse sie dort und ziehe meinen geöffneten Mund über ihre weiche Haut.

„Aber bei einem Menschen könnte das gefährlich sein. Gestaltwandler heilen sofort, weshalb eine Wölfin kein Problem damit hat, markiert zu werden."

„Ohhh", sagt Sadie mit großen Augen. „Kannst du es… an einer anderen Stelle machen? Irgendwo, wo es sicherer ist?"

Mein Herz pocht schnell und stetig gegen meine Rippen.

Sadie will, dass ich sie markiere.

Sie will beansprucht werden.

Tu es jetzt! Mein Wolf erwacht zum Leben und ist nicht mehr zufrieden damit, zu warten.

Ich weiche von ihr zurück, denn mein Sichtfeld wird schärfer, als der Wolf nach vorne schießt.

Ihre Fingerspitzen fahren leicht über meine Unterarme.

„Es ist okay", murmelt sie sanft. Ich wette, sie kann ihre Schüler innerhalb von Sekunden mit dieser Stimme beruhigen. „Du hast die Kontrolle", informiert sie mich.

Sie drückt gegen meine Brust und versucht, sich aufzusetzen. Sofort klettere ich von ihr, weil ich denke, dass sie Raum will, aber sie drückt mich nur auf den Rücken. „Lass dich von mir umsorgen, Deke", gurrt sie, setzt sich rittlings auf meine Beine und knöpft meine Jeans auf.

Ich balle meine Fäuste in der Bettwäsche neben meinen Beinen, während sie meine Erektion befreit und mit dieser feuchten, samtenen Zunge um meine Schwanzspitze gleitet.

Ich knurre leise in meiner Kehle, ein Knurren der Lust. So viel Lust.

Sadie leckt mich von den Eiern zur Schwanzspitze, dann schnalzt sie mit ihrer Zunge einige Male über die Spitze.

Ich erschaudere und zittere unter ihr, werde von der schieren Befriedigung, den Mund meiner Frau auf meinem Schwanz zu haben, verändert. „Sadie", krächze ich. Meine Stimme klingt nicht wie meine. Sie ist tief und rau. Verzweifelt.

Sie hält meinen Blick und nimmt langsam meine gesamte Länge in ihrem Mund auf, so weit sie kann, bevor sie gegen ihren Rachen stößt. Sie nutzt ihre Faust an der Wurzel, um den Unterschied wettzumachen, und beginnt, mit Faust und Mund meinen Schwanz hoch und runter zu gleiten.

Ich zucke und meine Schenkel zittern bereits. Es fühlt sich so unglaublich an.

„Sadie, Sadie, Sadie", skandiere ich, da ich jegliches Denkvermögen verliere. „Sadie."

Sie summt zustimmend und schickt Vibrationen meinen Schaft hinab zu meinen Hoden. Sie ziehen sich in Reaktion darauf zusammen.

„Sadie, mein süßer, kleiner Mensch. Perfekte, hübsche, wundervolle Sadie."

Sie lächelt und unterbricht vorübergehend das Saugen, ehe sie es in einem schnelleren Tempo wieder aufnimmt. Ich will, dass es für immer so weitergeht, aber ich werde keine weitere Minute durchhalten.

Ich winkle meine Knie an und ziehe meine Füße nach hinten. Meine Finger krallen sich fest in die Bettwäsche.

„Ich werde kommen", warne ich sie.

Sie hört nicht auf, sie saugt einfach weiterhin so fest an mir, dass sie mich noch vor Wonne umbringen wird.

„Fuck!" Ich komme in ihrem Mund und sie erstarrt, dann schluckt und lächelt sie.

„Oh fuck, Sadie. Du bist die unglaublichste Frau auf dem Planeten."

Sie lächelt breiter.

Ich drehe sie auf den Rücken. „Ich bin dran."

Ich habe große Pläne, Sadie zum Schreien zu bringen, bis sie heiser ist, ehe wir beide einschlafen.

Deke

D̶UNKELHEIT UND F̶EUCHTIGKEIT BEDECKEN MICH, *ein warmes, feuchtes Tuch auf meinem Gesicht. Ersticken, langsamer Tod, der Geruch von Fäulnis. Ich bin in einer Hütte, mit Silberketten gefesselt, die auf meiner Gestaltwandlerhaut brennen. Draußen ist der Dschungel.*

Es ist ein Traum. Nur ein Traum. Ich kämpfe mich an die Oberfläche, kratze mir einen Weg aus dem Schlaf. Finsteres

Lachen dringt in meinen Traum und übertönt die Dschungel-geräusche.

Ich schrecke aus dem Schlaf. Ich bin in Sadies Bett und ihr Geruch umgibt mich. Ihre kleine Gestalt liegt neben mir. Aber hier ist noch jemand. Etwas bewegt sich in ihrem Schrank und sein Keckern hallt durch das Zimmer.

„Willst du spielen?", gackert eine höhnische Stimme.

Ich verwandle mich und mache einen großen Satz, bereit für den Todesbiss.

Kapitel Fünfzehn

 adie

ICH BEFINDE mich noch im Halbschlaf, als gruseliges Gelächter meine Träume erfüllt. Deke schreckt neben mir aus dem Schlaf und stürzt sich aus dem Bett.

Ich setze mich halb auf. „Was?"

Das blecherne Gelächter erklingt von neuem.

Ein furchterregendes Knurren bringt meine Wände zum Erzittern und ich realisiere, was los ist.

„Nein! Deke!", brülle ich. Zu spät. Der schwarze Wolf fliegt zu meinem Schrank und seine Nägel kratzen über das Holz. Er geht auf seine Hinterbeine, um die Tür aufzureißen. Knurren erfüllt die Luft.

„Deke!"

Oh verflixt! Er denkt, dass jemand in dem Schrank lauert, und versucht, mich zu beschützen.

Ich steige aus dem Bett in der Absicht, ihn zu stoppen, doch das Knurren ist zu Furcht einflößend. Ich erinnere mich an Dekes Warnungen, seine Angst davor, mir wehzutun. Ich wäre dumm, mich jetzt zwischen ihn und die angebliche Gefahr zu stellen.

Ein krachender Laut hallt von meinen Wänden, als der Wolf mit meinen Schranktüren kämpft und gewinnt. Dann ein schreckliches Reißgeräusch – das Geräusch eines Wolfes, der ein Kuscheltier zerfetzt.

„Deke."

Adrenalin rast durch mich. Ich strecke die Hand aus und schalte das Licht gerade rechtzeitig an, um zu sehen, wie der Wolf den zerrissenen Wolpertinger in die Luft schleudert. Er gibt ihm mit einem Fauchen den Rest. Als er seinen großen Kopf in meine Richtung dreht, sieht er wie ein tollwütiges Tier aus – kein einziger Funken Menschlichkeit brennt in diesem glühenden, grünen Blick.

„*Oh. Mein. Gott*", flüstere ich. Mein ganzer Körper zittert. Rausgerissene Wattebäusche und Kunstfell schweben in der Luft, bedecken den Boden, mein Bett und die Wände.

Eine meiner Schranktüren hängt schief in den Angeln. Die andere liegt in Stücken auf dem Boden. Meine nach Farben organisierten Cardigans hängen nur noch halb auf ihren Bügeln.

Dekes Wolf hat nur dreißig Sekunden gebraucht, diesen Akt der Zerstörung zu vollbringen.

Ich presse eine Hand auf meinen linken Busen und zwinge mein Herz, wieder in meine Brust zu sinken.

Die Sache, dass ich gefährlich bin, Sadie – das ist echt.

Ich glaubte ihm nicht, als er es mir zuvor erzählte, aber jetzt glaube ich es. In meinem Schlafzimmer ist ein Raubtier und wenn es sich aus irgendeinem Grund gegen mich wenden sollte, hätte ich keine Chance. Ich würde nicht überleben.

„Deke", wispere ich. „Komm zurück zu mir."

Ein Knurren erhebt sich von der schwarzen Form in der Ecke. Der Wolf weicht zurück und wirft seinen Kopf herum, als würde er versuchen, etwas locker zu schütteln. Dann ein langgezogenes, leises Winseln. Der gequälte Laut sorgt dafür, dass sich mein Herz zusammenzieht. Dem Mann im Inneren wurde bewusst, was er getan hat.

Da ist ein Ächzen und Deke erhebt sich wieder in Menschengestalt.

„Fuck", sagt er und lässt einen entsetzten Blick durch den Raum schweifen. „Sadie."

Ich bin so stark gegen das Kopfbrett gepresst, dass meine Wirbelsäule damit verschmolzen ist. Ich zittere so heftig, dass meine Muskeln wehtun. Sein wildes Knurren hallt noch immer in meinen Ohren wider.

„Habe ich dir wehgetan?"

Er macht einen Schritt auf mich zu und ich zucke zusammen. Er sieht es und zuckt ebenfalls zusammen.

„Es ist okay", sage ich rasch.

„Nein. Nein, das ist es nicht. Ich hätte dich töten können", sagt er. „Fuck. Fuck!" Das Letzte kommt als Brüllen raus. Ich kann mein Wimmern nicht zurückhalten.

Er blickt auf die Trümmer hinab, die auf dem Boden verstreut sind, dann wieder zu mir. „Es tut mir leid, Sadie." Seine Stimme bricht. „Jetzt siehst du es. Ich kann das nicht", brummt er. „Ich bin nicht sicher."

Ich kann mich nicht dazu überwinden, das Bett zu verlassen, aber ich kann mit ruhiger Stimme sprechen. „Deke, schau mich an."

Das tut er und ein kleines, unmenschliches Winseln

entwischt ihm, wodurch er wie ein Hund klingt, der getreten wurde. Oder wie ein Wolf.

Ich senke meine Hände von meinem Herz und meinem Mund. Ich bin in Sicherheit. Ich hatte nur Angst. Mein Herzschlag verlangsamt sich bereits.

„Deke. Nein. Deke… es ist okay –"

Er dreht sich um und geht. Ich krabble vom Bett und schnappe mir eine Decke, um sie mir über die Schultern zu werfen. „Warte!"

Meine Eingangstür knallt auf. Ich renne aus meinem Schlafzimmer, aber ich bin zu spät.

„Deke", heule ich. Der Nachbarshund nebenan dreht durch, aber von Deke ist weit und breit keine Spur zu sehen.

Sein Auto steht noch vor meinem Haus und ist am Gehweg geparkt. Kein Deke. Ich renne über den Weg durch meinen Vorgarten. „Deke!"

Ein riesiger schwarzer Wolf rennt meine Straße hinab, springt über den Zierzaun meines Nachbarn und rutscht wie irre über den Rasen. Das Letzte, das ich von seiner dunklen Gestalt sehe, ist der flatternde Schwanz und die spitzen Ohren, die in Richtung Berge verschwinden.

Deke

Ich hätte sie umbringen können. Meine Pfoten trommeln in einem steten Rhythmus über den Boden. Ich renne, bis sie blutig sind und hinterlasse feuchte Spuren auf der roten Erde, bis meine Gestaltwandler-Heilkräfte einsetzen. Das Brennen stoppt eine Weile, doch nach einer weiteren Meile schneiden die Felsen auf dem Pfad durch meine Pfoten und ich blute erneut.

Das ist das Ende. Das ist es, was ich verdiene – bis ans Ende der Welt zu rennen. Wäre die Erde doch nur flach, dann könnte ich über den Rand springen. Ich werde rennen, bis ich sterbe, oder bis mir eine bessere Bestrafung einfällt.

Die Dämmerung bricht an und ich halte in meinem Tun inne. Ich befinde mich auf einem Berggipfel und bin von roten Felsen umgeben. Die Luft ist so dünn, dass mir schwindlig wird. Ich lege den Kopf in den Nacken und genieße die Benommenheit in meinem Kopf. Eine Art Trunkenheit, die mich von dem Schmerz trennt. Als die Klarheit kommt, fällt es mir wieder ein. Ich kann nie wieder zurück zu Sadie gehen.

Mein Wolf heult und heult und heult, bis kein anderer Laut mehr in der Welt existiert.

SADIE

DIE DÄMMERUNG KOMMT und wirft ein schwaches, trauriges Licht auf mein zerstörtes Schlafzimmer. Ich räume, so gut ich kann, auf, nur damit ich etwas zu tun habe. Ich bin eine Vorschullehrerin, ich bin es gewöhnt, Durcheinander zu beseitigen. Wenigstens ist bei diesem keine Erdnussbutter oder Scheren in den Händen von Sechsjährigen involviert.

Aber den wilden Zorn und das Knurren in der Dunkelheit werde ich nie vergessen.

Er ist ein Werwolf. Das hier hätte ohnehin nie funktioniert.

Die Schranktüren sind nicht zu retten, weshalb sie nach

draußen in den Müll wandern. Meine zerfetzten Cardigans ebenfalls. Das Einzige, das von dem verdammten Wolpertinger übrig ist, sind schwarze Stofffetzen und Wattebäusche. Ich staubsauge und dann ziehe ich mich an, um zur Schule zu gehen. Nicht ideal, aber ich habe keine Ahnung, was ich sonst tun soll. Ich weiß nicht, wo ich nach Deke suchen soll. In der Wüste? Im Tierheim? Die andere Option besteht darin, in meinem Haus zu sitzen und zu weinen.

Keine Option. Aber mir läuft trotzdem die ein oder andere Träne über die Wange, als ich nach draußen gehe. Dekes Mercedes parkt noch immer an meinem Gehweg. In meinem Haus sind seine Schlüssel und sein Handy, all seine Sachen. Wenn er zurückkommt, um sich diese zu holen, wird er nicht an sie rankommen, außer ich bin hier.

Er wird zurückkommen, um seine Sachen zu holen, oder? Ich hoffe es, aber ein Teil von mir hat schreckliche Angst, dass er es nicht tun wird. Ein Teil von mir befürchtet, dass er für immer fort ist.

Deke

ICH RENNE, bis die Nacht hereinbricht und dann renne ich noch etwas mehr.

Ich springe gerade die Bergflanke hinab, als ein riesiger Wolf mit bernsteinfarbenen Markierungen in meinen Pfad tritt. Mein Alpha.

Ich halte schlitternd mit meinen schmerzenden Pfoten. Rafe senkt den Kopf und schnuppert an mir. Ich verharre reglos auf steifen Gliedern. Ich habe heute nichts gegessen.

Mein Wolf zwang mich, zu trinken, aber ich bin schwach. Mein Körper zittert.

Ein zweiter und dritter Wolf treten aus dem Unterholz und flankieren mich. Ich bin umzingelt. Wenn ich mit meinem Unterfangen weitermachen möchte, werde ich mich rauskämpfen müssen und in meinem geschwächten Zustand werde ich verlieren.

Ich will nicht kämpfen. Ich senke den Kopf. Lances Kopf drückt nach vorne und er leckt über meine Seite, entfernt das Blut von einer Wunde, die ich mir zuzog, als ich mich an einem Felsen aufriss. Auf meiner rechten Seite presst Channing seine Schulter gegen meine und stützt mich.

Mein Wolf entspannt sich in der Gegenwart des Rudels. Das hier sind meine Brüder, in guten und in schlechten Zeiten. Sie hörten meinen Ruf und sie kamen.

Wir richten unsere Schnauzen zum Himmel und heulen. Sie singen, weil sie einen Bruder gefunden haben, aber ich weine um das, was ich verloren habe.

SADIE

Zwei Tage vergehen ohne ein Zeichen oder Wort von Deke. Ich knicke endlich ein und rufe eine Freundin an. Nicht alle drei, nur Adele. Mit einer vollständigen Inquisition käme ich nicht klar.

Sowie ich ihr die Tür öffne, weiß Adele, dass etwas nicht stimmt.

„Was ist passiert?", fragt sie.

Ich presse die Lippen zusammen, um die Tränen zurückzuhalten, und sie zieht mich in eine Umarmung. „Sadie, es tut mir so leid."

„Ich bin okay", schniefe ich.

„Nein, das bist du nicht." Adele weicht zurück und mustert mich. „Dieses Arschloch. Ich werde ihn umbringen."

„Nein, tu das nicht."

„Erzähl mir alles."

Also tue ich genau das. Ich lasse den Teil aus, dass Deke ein Werwolf ist, aber ich erzähle ihr alles andere. Die Reise, das Flirten, die Hochzeit. Der Sex – natürlich überspringe ich die Einzelheiten. „Wir waren ganz verrückt nacheinander", fasse ich mit heißen Wangen zusammen.

„Hmm", murmelt Adele und schwenkt ihren Wein. Vollkommen wertfrei. „Und er war ein formvollendeter Gentleman?"

„Ja. Ich meine, er ist intensiv." Ich werde so rot wie Adeles Wein. „Vor allem im Bett. Aber das mochte ich. Alles lief gut. Er erzählte mir von seiner Vergangenheit, seiner Verhaftung und wir redeten darüber. Er hat PTBS von seinem Dienst für unser Land. Manchmal löst das Gewalt aus. Ich war gewillt, mit ihm daran zu arbeiten." Mist, jetzt muss ich ihr das Schlimmste erzählen.

„Aber dann…"

„Was dann?"

„Es war das Spielzeug. Der dumme Wolpertinger. Er funktionierte schon länger nicht mehr richtig und ging mitten in der Nacht los und Deke… drehte durch."

Adele wird ganz reglos. Ich schlucke. „Er hat mir nicht wehgetan. Aber er… er dachte, dass es eine Bedrohung wäre. Er demolierte meinen Schrank. Und zerstörte das Spielzeug, bevor ich ihn stoppen konnte."

„Nun." Adele lehnt sich auf ihrem Platz zurück.

„Das war früh am Montagmorgen", beende ich meine

Erzählung. „Als ihm bewusst wurde, was er getan hatte, war er am Boden zerstört. Er sagte mir, er sei zu gefährlich, und rannte davon. Seitdem habe ich ihn nicht gesehen. Ich hinterließ seinem Büro eine Sprachnachricht." Ich erhielt keine Antwort. Ich verbrachte die letzte Nacht am Fenster, wartete und fragte mich, wen ich sonst anrufen könnte. „Es ist zwei Tage her. Ich mache mir Sorgen."

Adele reibt sich über die Stirn, eine ungewöhnliche Geste für ihr normalerweise gefasstes Selbst. Heute Abend sieht sie müde aus, die Schatten unter ihren Augen sind so dunkel wie Blutergüsse. „Das ist eine Menge."

„Ich weiß." Ich beiße mir auf die Lippe, weil ich Deke unbedingt verteidigen will. Aber ich brauche einen kühlen Kopf, der mir seine Meinung mitteilt. Meine Instinkte in Bezug auf Männer sind vollkommen verkorkst.

„Du magst ihn." Die Aussage ist eher eine Frage.

„Das tue ich. Er ist… er gibt mir das Gefühl, stark zu sein. Er sagt mir nie, was ich tun soll. Versucht nie, mich zu kontrollieren." Nicht wie Scott und mein Dad. „Er gibt mir Raum, zu sein, wer ich bin. Er mag, wer ich bin." Ich suche nach den richtigen Worten, um auszudrücken, wer Deke für mich ist. Es ist unmöglich. In nur wenigen Tag hat Deke mein gesamtes Leben verändert. „Bei ihm fühle ich mich stärker. Aber diese Gewalt in ihm… ich weiß, dass er mir nicht wehtun würde, aber meine Instinkte sind diesbezüglich vielleicht im Eimer."

„Er hat PTBS – das kommt bei Veteranen häufig vor."

„Ja."

„Kann er mit jemandem darüber reden?"

Ich zucke mit den Achseln.

Adeles Stimme wird hart. „Er muss darüber reden. Er muss etwas unternehmen, um es in Ordnung zu bringen. Er ist gefährlich. Sein erster Instinkt sollte sein, dich zu beschützen."

„Ich glaube, das ist er. Deswegen zerstörte er das Spielzeug."

„Aber du hättest verletzt werden können. Er ist gewillt, deinetwegen mit anderen zu kämpfen. Aber er wird nicht gegen seine eigenen Dämonen kämpfen?"

Draußen rumpelt ein Truck mit einem großen Motor an meinem Haus vorbei. Wäre Dekes Auto nicht vor meinem Haus geparkt, würde ich zum Fenster rennen, um nachzuschauen, ob er es war.

Doch dann klopft es an der Tür.

„Miss Diaz?", ruft eine tiefe Stimme. Ich laufe zur Tür und spähe dabei aus dem Fenster. Es ist Rafe. Ein khakifarbener Humvee steht im Leerlauf auf dem Wendekreis, Lance sitzt hinter dem Steuer.

Adele reißt die Tür auf, bevor ich sie öffnen kann. „Was willst du?", sagt sie in eisigem Tonfall, der einen geringeren Mann den Kopf einziehen lassen würde.

Rafe zieht nicht den Kopf ein. Er stellt sich aufrechter hin, als befände er sich in der Präsenz eines befehlshabenden Offiziers. „Ich bin hier, um Dekes Fahrzeug abzuholen."

„Geht es ihm gut?", frage ich bebend.

„Er wird schon wieder, Sadie. Wir haben ihn gefunden und nach Hause gebracht."

Ich gehe und hole Dekes Schlüssel, aber anstatt sie Rafe zu geben, umklammere ich sie fest. „Ich will ihn sehen."

„Ich weiß, dass du das willst", sagt Rafe geduldig. „Aber das ist keine gute Idee."

„Ich will nur wissen, dass es ihm gut geht." Meine Stimme bricht. Adele legt eine beruhigende Hand auf meinen Rücken.

Rafe neigt den Kopf in einer sehr wolfähnlichen Bewegung zur Seite. Seine Augen funkeln merkwürdig in dem schwachen Licht. „Deke kann nicht mit dir zusammen sein."

Adele holt Luft und ich weiß, dass sie sich bereit macht, zu protestieren und mich zu verteidigen. Rafe hält eine Hand hoch und stoppt sie.

„Es liegt nicht an dir, Sadie. Er kann mit niemandem zusammen sein. Er ist für eine Beziehung nicht geeignet." Er streckt seine Hand nach Dekes Schlüsseln aus. Ich überlasse sie ihm, wobei meine Schultern herabfallen. In meinen Augen brennen Tränen. Das Klirren von Metall ist so endgültig. *Es ist wirklich vorbei.*

„Es tut mir leid, Sadie", sagt Rafe leise, sanfter, als ich geglaubt hatte, dass er klingen könnte. „Es ist besser so."

„Tschüss", giftet Adele und knallt ihm die Tür vor der Nase zu. Ich warte und weine so leise wie ich kann, bis sich das Motorgrollen beider Fahrzeuge entfernt hat, ehe ich in ihre Arme falle.

KAPITEL 17

Kapitel Sechzehn

*afe*

„Du weißt, dass das verdammt verkorkst ist, oder?", verlangt mein Bruder zu wissen.

„Wie bitte?" Ich bewahre eine ausdruckslose Miene, aber werfe den Schraubenschlüssel, mit dem ich arbeite, in den Werkzeugkasten. Es ist eine Woche her, seit ich Dekes Mercedes geholt habe, aber er hat ihn nicht angefasst, was ihm nicht ähnlich sieht. Normalerweise ist sein SUV sein Baby. Lance und ich wechselten das Öl, um herauszufinden, ob wir Deke dazu verleiten könnten, wieder zu seinem normalen Ich zurückzukehren, doch kein Glück.

Wir hatten keine Missionen, um uns abzulenken. Nachdem wir bei der letzten aufgeflogen waren, legte Oberst

Johnson die Observierung von Gabriel Dieter auf Eis. Wir haben noch immer nicht herausgefunden, woher er wusste, dass wir dort waren.

Lance wischt seine Hände an dem ölverschmierten Lumpen ab. „Irgendetwas stimmt mit Deke nicht. Er ist vollkommen abgefuckt. Noch mehr als sonst."

Untertreibung. Seit wir Deke zurückholten, hat er nicht gegessen, hat kaum geschlafen. Den Großteil der Zeit verbringt er in Wolfgestalt.

Ich zucke mit den Achseln. Da kann ich nicht widersprechen. „Ich tue alles, das ich kann."

„Bullshit." Lances Wangen sind puterrot. Er sieht mir mutig in die Augen, aber sein Schlucken verrät die angeborene Schwierigkeit, sich seinem Alpha so zu widersetzen. „Ich dachte wie du. Ich handelte auf Befehl und ging, um Deke und Sadie auseinander zu reißen. Aber das ist nicht irgendein One-Night-Stand. Diese Frau ist wirklich gut für ihn."

„Deke ist instabil. Sein Wolf kann auf lange Sicht nicht in der Gegenwart von Menschen sein. Es ist nicht sicher."

„Ich habe ihn noch nie so lächeln sehen, wie er es bei ihr tut. Und er ist hinter ihr her, seit er zum ersten Mal eine Wolke ihres Geruchs aufgeschnappt hat. Sie ist ganz offensichtlich seine Gefährtin."

Das lässt mich stutzen. „Seine Gefährtin", wiederhole ich und teste die Worte. *Gefährtin.* Ich hätte nie gedacht, dass wir Gefährtinnen kriegen würden. Es kam mir einfach nicht in den Sinn. „Deke hat eine Gefährtin."

„Jepp." Lance klingt lässig, aber seine Schultern entspannen sich. Er hat seine Botschaft übermittelt.

Deke hat eine Gefährtin. Unfassbar. Aber mein Wolf bestätigt, dass es stimmt.

„Fuck", fluche ich. Ihn von seiner Gefährtin fernzuhalten,

wird ihn direkt in den Mondwahnsinn treiben. Er könnte vor dem nächsten Vollmond tot sein. Aber was können wir tun? Er kann keinen Menschen haben. Keiner von uns kann das, aber vor allem nicht Deke. Er ist der Wildeste von uns allen.

„Das verändert alles", sagt Lance.

„Nein, das tut es nicht. Bruder. Denk nach. Sadie ist ein Mensch. Selbst wenn Deke an sie gebunden ist, können wir sie nicht bitten, sich an ihn zu binden. Er ist ein Monster."

Lance schüttelt den Kopf. „Er wird ihr nicht wehtun."

„Das weißt du nicht –"

Ein Brüllen unterbricht mich. Ich trete den Werkzeug-kasten um in meiner Eile, nach draußen zu rennen. Lance folgt mir. Auf dem Rasen vor unserer Lodge ist ein Wirbel aus weiß und braun, gefolgt von einem dunklen Streifen. Channing in Wolfgestalt, der von Dekes mitternachts-schwarzem Wolf plattgemacht wird.

„Ach zum Teufel", sagt Lance und fängt an, sein Hemd auszuziehen. Er legt seine Rolex vorsichtig beiseite, bevor er seine Khakis abstreift und splitterfasernackt in das Gerangel marschiert. Er verwandelt sich und sein grauer Wolf schließt sich dem Kampf an.

Ich seufze. Rudelkämpfe sind in Ordnung, aber Deke bricht in letzter Zeit nonstop Streits vom Zaun. Gerade jetzt knurrt und schnappt sein Wolf, reißt an Channing, bevor er sich auf Lance stürzt. Channing rennt davon, denn ihm wurde das halbe Ohr abgebissen. Er sieht aus, als würde er nichts lieber tun, als sich aus dem Staub zu machen, aber er wartet geduldig an der Seitenlinie, bis Lance müde wird, damit er Deke erneut angreifen kann. Die einzige Möglichkeit, Deke zu stoppen, besteht darin, ihn auszupowern. Außer wir wollen, dass die Lage eskaliert.

Ich habe mich aus den Kämpfen rausgehalten. Wenn sich Deke gegen mich wendet, wird mein Wolf das als Herausforderung auffassen. Und eine Herausforderung ist ein Kampf bis zum Tod.

Auf der anderen Seite des Rasens spielt Lance Ringelpietz mit Deke. Das Maul des grauen Wolfs hängt offen, weil er halb lacht, während er zwischen unseren Fahrzeugen herumrennt. Lance taucht hinter meinem Humvee auf und verlangsamt sein Tempo zu einem Trab. Deke ist nirgendwo zu sehen. Doch dann –

„Pass auf", schreie ich.

Lance dreht sich gerade rechtzeitig um, als der schwarze Wolf über meinen Humvee segelt und gegen ihn kracht. Die zwei Wölfe werden zu einem verschwommenen Knäul aus Geschwindigkeit und Knurren und Fell. Dann ein schmerzerfülltes Jaulen und ich zucke zusammen. Deke hat Lance an der Schnauze gepackt und seine Fangzähne in dieser versenkt. Ein gefährlicher Move und ein effektiver. Wenn ihn Deke zu lange festhält, wird Lance nicht atmen können.

Channings Wolf taucht neben mir auf. Er trifft Dekes Flanke und beißt den schwarzen Wolf ins Hinterteil. Dekes Kopf fliegt herum, sein Körper klappt sich beinahe in der Mitte zusammen in dem Versuch, Channing zu erreichen. Channing stemmt die Pfoten in den Boden und hält fest.

Lance weicht mit blutender Schnauze zurück und sieht benommen aus. Deke schleift jetzt Channing über den Boden und versucht, in einem Kreis zu rennen, um den braunen und weißen Wolfschwanz zu erwischen.

Das hier ist lächerlich. Zeit, die Lage zu deeskalieren.

Ich marschiere auf den Rasen, gerade als Channing Deke loslässt und aus dem Weg springt. Deke hört nicht auf. Der schwarze Wolf stürzt sich immer wieder auf Channing.

„Genug", befehle ich. Ich lege die Kraft des Alphabefehls in meinen Tonfall. Das sollte das Kämpfen sofort stoppen.

Doch anstatt, dass es den schwarzen Wolf stoppt, dreht er

sich um und rennt zu mir, das Maul weit zu einem Fauchen aufgerissen, während er sich in einem Angriff auf mich stürzt.

∿

Deke

ICH KOMME SO NAHE an ihn ran, dass ich das Weiße in den Augen meines Alphas sehen kann, bevor Rafe aus dem Weg springt. Ich krache gegen die Seite der Lodge und zertrümmere einen Rollladen. Der Aufprall sorgt dafür, dass ein Teil der Regenrinne nach unten fällt, aber die Steinmauer hält. Ich bin so schnell wieder auf den Pfoten, wie ich gelandet bin, und schüttle den Kopf, um ihn zu klären.

Ich bin gebrochen und blute, aber ich kann auf keinen Fall aufhören. Ich muss kämpfen. In meinem Ohr ist ein Dröhnen, in meinem Bauch ist ein fest zusammengezogener Knoten. Ein Motor, der von Schmerz genährt wird und der mich ununterbrochen antreibt.

Ich habe Sadie verloren. Es gibt nichts mehr für mich. Aber ich kann noch kämpfen.

Ich bin orientierungslos und als ich schließlich wieder bei Sinnen bin, rammt ein schwarzer und orangener Wolf meine Seite. Ich fauche und stürze mich auf ihn in dem Versuch, ihn zu erwischen, doch Rafe tänzelt mir aus dem Weg. Er weicht auf den Rasen zurück und wendet sich mir herausfordernd zu. Ein klügerer Wolf würde aufhören und sich vor seinem Alpha auf den Rücken legen.

Mein Wolf ist nicht klug. Er will sterben. Ich zeige meine Zähne in einem tödlichen Lächeln und werfe mich auf Rafe. Dieses Mal ist er auf mich vorbereitet und macht sich nicht die Mühe, aus dem Weg zu springen. Er tritt zur Seite und rammt seine Schulter gegen meine, womit er mich aus dem Gleichgewicht bringt. Ich komme wieder auf die Pfoten und greife an. Rafe wirft mich wieder um. Ein drittes Mal und er schnappt nach meinen Fersen, ein winziger Biss, der mich zum Bluten bringt. Und mein Wolf dreht durch, greift immer und immer wieder Rafe an und stürzt sich auf ihn, während er mich langsam zerfetzt. Er ist eine Sekunde schneller, eine Spur stärker und eine Million Mal tödlicher. Mein Wolf zeigt sich der Situation gewachsen, aber Rafe lässt mich dennoch Stückchen für Stückchen bluten. Und dann wirft er mich endlich auf den Rücken. Ich versuche, mich zu bewegen, und er fixiert mich mit seinem Gewicht.

Zähne liegen an meiner Kehle. Ich erstarre.

Das Licht geht im Osten auf. Meine letzte Dämmerung. Ich fürchte den Tod nicht. Ich heiße ihn auch nicht willkommen, aber wenn ich nicht mit Sadie leben kann, gibt es für mich keinen Grund mehr, auf dieser Erde zu wandeln.

Rafe knurrt an meiner Kehle. Er hat mich fixiert. Ich kratze mit den Pfoten in der Hoffnung, dass er es schnell macht.

„Stopp", brüllt Lance. „Das ist ein Trick."

Rafe knurrt erneut, aber rührt sich nicht.

„Es ist ein Trick", beharrt Lance. „Schau ihn dir doch an." Er deutet auf mich. „Denk daran, wie er sich benimmt. Er will den Biss."

Rafes Körper wird reglos. Und all meine Hoffnungen werden zerschlagen, als er sich zurückzieht. Ich springe auf alle viere und blecke meine Zähne in Lances Richtung, doch er ignoriert mich. Er ist dahintergekommen.

Rafe verwandelt sich und steht als Mann da. „Wovon zum Geier sprichst du?"

Lance gestikuliert zu mir. „Er will den Biss. Er versucht, dich dazu zu bringen, ihn zu töten. Wann immer er dich im

Griff hatte, hat er dich nicht getötet. Er hat weitergemacht, bis du ihn fixiert hast. Er ist nicht außer Kontrolle. Er hat das hier geplant."

„Stimmt das? Selbstmord durch deinen Alpha?" Rafe geht in die Hocke, um mir in die Augen zu sehen. Ich ziehe den Kopf ein. „Wenn das stimmt, dann hast du Kontrolle, und zwar mehr als du denkst." Er packt das Fell in meinem Nacken und zerrt meinen Kopf wieder nach oben. Ich zeige ihm meine Fangzähne, aber meine es nicht ernst. Der Kampf ist vorbei.

„Verwandle dich", befiehlt Rafe und meine Wirbelsäule biegt sich nach hinten, als der Wolf meinen Körper freigibt.

Rafe weicht zurück und gibt mir Raum. In Menschengestalt blute ich, aber meine Wunden heilen bereits.

„Mistkerl", fluche ich, aber ich ergreife die Hand meines Alphas, als er sie mir reicht, um mir aufzuhelfen. Er packt meine Schulter und ich zucke zusammen. Meine Haut ist noch empfindlich von der Verwandlung.

„Das ändert alles", sagt Rafe.

„Nein", knurre ich, aber in meinem Herzen hebt mein Wolf seinen Kopf, da er ihm so unbedingt glauben möchte.

SADIE

Es ist der Anruf meines Vaters, der alles verändert. Es ist Mittwoch, ein Schulabend, und ich tigere in meinem Wohnzimmer auf und ab. Ich sagte unseren Mädelsabend ab. Ich kann nicht essen, kann nicht schlafen, kann nicht denken. Ich hatte einige Tage mit Deke, einige himmlische Tage, und jetzt habe ich gar nichts mehr. Meine Eierstöcke sind im Bett, essen Süßigkeiten und blasen Trübsal. Mein Herz ist ein gebrochenes und blutendes Häufchen Elend.

Mein Handy summt. Ich greife danach und gehe automatisch ran.

„Sadie", dröhnt die nasale Stimme meines Vaters durch den Lautsprecher. „Endlich. Ich habe mich schon gefragt, ob du noch lebst."

Der Sarkasmus kommt bei mir kaum an. „Ja."

„Diese letzte Sprachnachricht war ungewöhnlich." Er macht eine Pause und ich sage nichts. Wenn er darauf wartet, dass ich mich entschuldige, wird er den Rest seines Lebens warten müssen.

Mein Vater räuspert sich. „Jetzt, da ich dich am Telefon habe, möchte ich mit dir über Scott reden. Ich denke –"

Oh mein Gott! Wird mir dieser Mann jemals zuhören?

„Ich habe ihn nur wegen dir gedatet", unterbreche ich mit plötzlicher, gleisender Klarheit.

„Wie bitte?" Mein Vater klingt beleidigt, aber es ist mir egal. Wenn überhaupt ist das ein Bonus.

„Ich habe ihn nur wegen dir gedatet", wiederhole ich. „Du warst netter zu mir, wenn ich mit Scott zusammen war." Das stimmt. All die Seitenhiebe, die kleinen Spitzen, die Beleidigungen – sie stoppten, wenn ich mit Scott zusammen war. Ich benutzte Scott als Schild zwischen mir und meinem Dad, nur damit ich mal meine Ruhe hatte. Doch Scott war noch schlimmer.

„Ihr habt mich beide schlecht behandelt." Ich kann nicht fassen, dass ich das zuvor nicht gesehen habe.

„Hör zu –"

„Nein, du hörst zu. Du kannst mich nicht wie ein Kind oder jemand Geringeren behandeln. Diese Tage sind vorbei. Ich brauche Scott nicht. Und ich brauche dich nicht." Ich lege auf.

Ich fühle mich bereits leichter. Meine Instinkte sind nicht falsch. Ich habe nur noch nie auf sie gehört. Es ist an der Zeit, damit aufzuhören, auf andere Leute zu hören. Sie wissen nicht, was das Beste für mich ist. Sie mögen es denken und sie mögen einige gute Ratschläge haben, aber mein Leben gehört mir. Es ist meine Entscheidung.

Und mein Glück ist zugänglich, direkt vor mir. Ich muss nur die Hand ausstrecken und es mir nehmen. Niemand wird es mir reichen und es spielt auch keine Rolle. Ich kann das Glück für mich selbst wählen.

So finde ich mich in meinem Auto wieder und scheuche meinen kleinen Hyundai die Bergstraße hoch. Der kleine Motor befördert mich nur langsam vorwärts, aber allmählich gewinnen wir an Höhe. Und dann biege ich auf die Straße zur Lodge und rase über den Weg, der zu beiden Seiten von dichtem Wald umgeben ist. Ich fahre auf den Parkplatz vor der Garage, die so groß wie ein Flugzeughangar ist. Dekes schwarzer Mercedes G63 ist da, genauso wie sein Motorrad. Mein Herz zieht sich zusammen und hämmert wie wild los.

Dann mal los.

～

Deke

„DAS ÄNDERT NICHTS", krächze ich an meinen Alpha gewandt. Aber er grinst mich weiterhin an.

„Du hast die Kontrolle, Deke", sagt er. „Die hattest du schon immer."

Ich trete zurück, weg von Rafe, und blicke zu Lance, zu Channing. Beide meine Rudelbrüder nicken.

„Aber was heißt das?" Ich weiß, worauf ich hoffe, aber es ist zu gut, um wahr zu sein.

Rafe muss wissen, dass ich verunsichert bin, denn seine Stimme ist sanft. „Es heißt, dass du eine Gefährtin hast."

Eine Gefährtin. Ich fahre mit einer Hand über meinen Kopf und versuche, Luft in meine Lungen zu kriegen.

Das Geräusch eines Motors veranlasst mich dazu, die Augen alarmiert aufzureißen. Ein kleiner, weißer Hyundai rollt unsere Einfahrt hinab und zu unserer Garage hoch. Ich kenne nur eine Person, die so ein Auto fährt. Meine Beine werden schwach und ich würde auf die Knie fallen, wäre ich nicht so stark verwundet und würde mein Wolf nicht darauf bestehen, dass ich jetzt keine Schwäche zeige.

Sadie ist hier.

∼

S𝐴𝐷𝐼𝐸

I𝐶𝐻 S𝑇𝐸𝐼𝐺𝐸 aus meinem Auto und erschrecke, als ich realisiere, dass Deke dort auf dem Rasen steht, nur wenige Schritte von meinem Auto entfernt.

„Sadie?", ruft Deke. Er ist nackt und Blut verunstaltet seine Haut.

Er sieht ganz zerschlagen aus. Hat er gekämpft? Hinter ihm ziehen Rafe und Lance gerade ihre Jeanshosen an. Ich sehe auch auf ihnen Blut und sie sehen alle beschämt aus. Ich habe so einigen Balgereien auf dem Spielplatz ein Ende gesetzt und ich kenne diese schuldbewussten Blicke.

Hinter ihnen ist ein riesiger brauner und weißer Wolf, der sich am Rand des Waldes herumdrückt. Channing? Meine Güte, diese Werwölfe sind groß.

„Wer hat ihm das angetan?", verlange ich in meiner besten Lehrerinnenstimme zu wissen. Ich funkle seine Freunde finster an, die alle noch betretener aussehen. Meine Beine zittern, aber ich lasse mich nicht unterkriegen.

Deke macht tief in seiner Kehle einen Laut und tritt vor seinen Alpha und in mein Sichtfeld. Ich richte meinen Fokus auf ihn.

„Deke. Hast du gekämpft?"

„Was machst du hier?" Seine Stimme ist rau, als täte ihm das Sprechen weh. Ich mache einen Schritt auf ihn zu. Ich will all seine Wunden heilen. „Ich bin wegen dir hier. Wegen uns."

Er neigt seinen Kopf in dieser wölfischen Art, die er an sich hat. Ich kann seine Miene nicht lesen.

„So leicht wirst du mich nicht los." Ich balle meine Hände an meinen Seiten zu Fäusten. „Wir hatten etwas Gutes miteinander. Du denkst, dass du gefährlich für mich bist, aber ich weiß, dass du das nicht bist. Du würdest mir niemals wehtun. Das wirst du nicht tun." Ich schüttle den Kopf, um meinen Worten Nachdruck zu verleihen.

Dekes Rudelbrüder lassen sich zurückfallen und geben uns etwas Raum.

„Deke, ich will das hier. Ich will dich. Und ich werde herausfinden, was nötig ist, um dich zu haben. Wir müssen nicht so schnell vorgehen. Wir können es langsam angehen lassen und – uff!"

Mit nur zwei Schritten ist Deke bei mir und hebt mich in seine Arme. Ich schlinge meine um seine Schultern und klammere mich an ihn. Hinter uns grinsen Rafe und der Rest seines Rudels. Rafe nickt und Lance zwinkert und zeigt mir einen nach oben gereckten Daumen. Dann sind Deke und ich in einer Garage.

„Wohin bringst du mich?", frage ich. Mein Herz schlägt

schnell, Adrenalin kämpft mit Aufregung. Normalerweise würde ich es unhöflich finden, wenn mich ein Kerl einfach so von den Füßen fegen und dorthin tragen würde, wo er gerade hinwill, aber bei Deke bin ich zufrieden damit, mich einfach entführen zu lassen. „Ich habe nichts dagegen. Ich bin nur neugierig."

„Mein Zimmer. Mein Bett. Jetzt."

Er trägt mich eine Treppenflucht hinauf und in einen höhlenartigen Raum mit groben Holzbalken, die sich an einer kirchenähnlichen Decke kreuzen. Direkt vor den riesigen Fenstern steht ein kalifornisches Kingsize-Bett. Es ist mit einer großen weißen Decke überzogen und der Raum ist über-raschend ordentlich. Oder nicht so überraschend, wenn man bedenkt, dass das hier Dekes Zimmer ist, denn er geht sorgsam mit seinen Dingen um.

Deke stellt mich neben dem Bett auf den Boden.

Dann kniet er sich hin und packt meine Mitte. Mein Shirt ist nach oben gerutscht und sein Gesicht drückt sich an meinen Bauch.

„Es tut mir leid", sagt er, wobei seine Worte an meiner Haut gedämpft werden. „Es tut mir leid." *Mein süßer wilder Werwolf.*

„Deke." Ich streichle seine seidigen, dunklen Haare. „Es gibt nichts, das dir leidtun müsste. Du hattest einen Anfall. Das passiert – Menschen auch. Wir können daran arbeiten."

Er seufzt tief und drückt mich fester.

„Es ist okay." Ich lasse meine Hand über seinen Kiefer gleiten und hebe sein Gesicht zu meinem. „Ich bin jetzt hier. Ich gehe nirgendwohin."

Die angespannten Muskeln in seinen Schultern heben und senken sich, als er seufzt. Deke erhebt sich und hebt mich zugleich hoch. Er legt mich auf das große Bett und ich sinke in die flauschige, weiße Decke.

„Ich will, dass du weißt, wie viel du mir bedeutest." Er schiebt sich über mich und fixiert meine Handgelenke in einer dominanten, dennoch irgendwie zärtlichen Bewegung. „Du musst es einfach wissen." Er küsst meinen Hals hinab und leckt immer wieder über dieselbe Stelle. Dann dreht er seinen Kopf zur Seite und stöhnt.

„Ist alles okay?", frage ich.

„Ich muss dich markieren, Sadie. Wenn du dir wirklich sicher bist, dass du mich willst."

„Ich will dich", verspreche ich.

„Du musst dir sicher sein. Wenn ich dich erst einmal markiert habe, werde ich dich nie wieder gehen lassen."

„Markiere mich." Ich war mir noch nie in meinem Leben bei irgendetwas so sicher.

Sein großer Körper erschaudert über mir. „Fuck", krächzt er. „Wie konnte ich nur solches Glück haben?" Und dann küsst er mich erneut und zieht mein Shirt hoch, sodass er mit seinen Zähnen über meine Brüste kratzen kann. Angesichts dessen, was er mir gerade erzählt hat, bin ich nervös, aber das hindert meinen Körper nicht daran, sich der Lust zu unterwerfen.

Er arbeitet sich nach unten, küsst meinen Bauch, schält die Jeans von meinen Beinen und reibt sein ganzes Gesicht an meiner Pussy. Er zieht meinen Slip beiseite, leckt mich und fixiert meine Schenkel mit seinen großen Händen, damit ich sie nicht zusammenpressen kann. Nicht, dass ich das tun möchte. Meine Hüften heben sich, kreisen und bieten seiner Zunge meine Mitte an. Seine rauen Stoppeln kratzen köstlich über meine glatte Haut und schicken knisternd Lustschmerz-Signale an mein Gehirn. Meine Neuronen erleiden einen Kurzschluss, fangen Feuer und sprühen Funken. Mein Werwolf leckt mich auf die beste Weise.

Ei, was hast du für eine große Zunge...

Ich komme mit einem Schrei und klappe mit dem Ober-körper nach vorne, wodurch ich mich über Dekes Kopf falte. Er knurrt und schickt eine frische Woge Adrenalin in meine Fingerspitzen. Er packt ein Kondom aus und streift es sich über. Dann ragt sein großer Körper über mir auf und sein Glied stupst seine stumpfe Spitze zwischen meine zarten Falten. Ich bin super feucht für ihn, aber ich zische, als er mich dehnt, und biege abermals den Rücken durch, während er so tief in mich dringt, dass ich ihn schmecken kann.

„Ja, ja, ja", skandiere ich, während seine Hüften nach vorne schaukeln. Das langsame Rein- und Rausgleiten seiner Härte entzündet das Lustzentrum meines Gehirns. Aber die echte Magie geschieht, als sein riesiger Knüppel gegen meine Gebärmutter stößt und irgendeinen verrückten Erregungs-punkt trifft. Deke ist tiefer in mir, als das jemals jemand zuvor war, und läutet meine Glocke. *Ding, ding, ding, du gewinnst einen Orgasmus!* Jahrmarktslichter blitzen hinter meinen Augen auf. Ich kann nur unter ihm liegen und mein Körper erbebt bei jeder beständigen Woge meines Höhepunk-tes, während er sich in mich rein und raus bewegt. Jeder Stoß rammt das Kopfbrett gegen die Wand. Ich dachte, dieses Bett sähe stabil aus, aber ich hätte die Intensität von Werwolfsex nicht unterschätzen sollen. Deke arbeitet über mir, jeder Muskel in seiner Brust wölbt sich reliefartig nach vorne, während er seine Zähne bleckt und mich tief vögelt. Feuer tanzt in seinen dunklen, smaragdgrünen Augen.

„Mein", knurrt er. Seine Hand gleitet meine Brust hoch, bis seine Finger meine Kehle umschließen. „Nur mein."

Ja!, will ich schreien, aber mein Mund ist schlaff. Der konstante Strom Orgasmen zerstört mich.

In meiner Benommenheit sehe ich, wie sich Dekes Mund zu einem Brüllen öffnet. Seine Zähne sind weißer und länger denn je, die Fangzähne scharf und verlängert. Die Zeit verlangsamt sich und alles in mir zieht sich in Erwartung seines Bisses zusammen.

Deke rammt sich tief in mich und stöhnt. Seine Fangzähne streifen die Oberseite meiner Schulter. Ich spüre, wie er zittert, und realisiere, dass das von der Anstrengung herrührt, sich zurückzuhalten.

„Tu es", flüstere ich. Das gefährliche Kratzen seiner Zähne erweckt etwas Ursprüngliches in mir. Ich greife nach oben und packe seinen Nacken. „Ja."

Doch die Muskeln in seinem Hals sind unter meiner Hand straff gespannt. Er bewegt den Kopf vor und zurück und kämpft mit sich.

„Tu es. Tu es jetzt", wispere ich. Er stößt sich unablässig in mich, die Wucht seiner Bewegungen sorgt dafür, dass das Kopfbrett in einem dröhnenden Rhythmus gegen die Wand donnert. Ich bohre meine Nägel in seine Schultern und markiere ihn. „Tu es!"

Deke weicht zurück, seine Fangzähne blitzen auf und dann schießt sein Kopf nach vorne und versenkt seine Fangzähne tief in meiner Schulter. Schmerz und Lust durchschneiden mich. Die Empfindungen schwellen an und erfüllen mich mit Licht und Hitze und Feuerblitzen.

„Ja", keuche ich gegen den tiefen Schmerz in meiner Schulter an. „Ja."

Deke zieht sich zurück und der Schmerz in meinem protestierenden Muskel löst sich auf und schickt sengend heiße Lichtblitze zischend zu meiner Mitte.

Das ist es. Das hier ist für immer.

KAPITEL 18

Kapitel Siebzehn

*adie*

DER WIND WEHT durch meine Haare, während ich draußen stehe und die Pause auf dem Spielplatz überwache. Ich habe Verbandsmull auf der Bisswunde, aber sie verheilt schnell. Deke umsorgt mich wie eine Glucke und versucht, mir Ibuprofen zu geben und meine Wunde mit den heilenden Eigenschaften seiner Zunge zu reinigen, wann immer er eine Gelegenheit dazu erhält.

Dennoch kann ich auch sehen, dass er die Markierung liebt. Sein Blick wird jedes Mal weich, wenn er sie betrachtet. Er hinterlässt eine Spur aus Küssen auf meinem Hals und meinem Schlüsselbein und erzählt mir, wie sehr er mich liebt.

Dass er sich um mich kümmern und mich für den Rest unseres Lebens beschützen wird.

Er sagt auch, dass es seinen Wolf bedeutend beruhigt hat, mich zu markieren. Er muss nicht mehr raus und die ganze Nacht rennen gehen. Er ist zufrieden damit, in meinem Haus zu übernachten und mich vor sämtlichen wilden Spielzeugen in meinem Schrank zu beschützen.

„Miss Sadie, schau mal", schreit Owen und deutet. Ein großer Umzugswagen fährt rückwärts auf einen Parkplatz direkt neben dem Spielplatz.

Ich winke meiner Lehrassistentin, damit sie weiß, dass sie auf meine Hälfte der Klasse ein Auge haben soll, und gehe zum Zaun, um in Erfahrung zu bringen, was los ist. Mehrere meiner Schüler haben sich dort bereits versammelt.

„Army Männer", verkündet Jackson. Mir stockt der Atem, als Deke vom Beifahrersitz des Führerhauses springt, gefolgt von Rafe auf der Fahrerseite. Der Alpha zwinkert mir zu und läuft zur Rückseite des Wagens. Deke läuft schnurstracks zu mir.

„Was ist das?", frage ich, als er näher kommt.

„Lieferung für dich", sagt er, dann schaut er zu den Kindern, die ihre Gesichter an den Zaun pressen. „Für euch alle."

Hinter ihm öffnet Rafe die Trucktür. Lance und Channing springen heraus. Im Inneren des Trucks befinden sich Stapel um Stapel schwarzer Schachteln.

„Wolpertinger", schreien Jackson und Owen wie aus einem Mund. Das Werwolfrudel formt eine Kette und wirft einen steten Strom schwarzer Schachteln die Reihe entlang.

„Ist das okay?" Deke wartet auf mein Nicken, bevor er anfängt, die Schachteln an die Kinder zu verteilen.

„Du hast für jeden in der Klasse einen gekauft?", frage ich, als ich meine Stimme wiedergefunden habe.

„Für jeden in der Schule", ruft Rafe.

„Einschließlich der Batterien", fügt Channing hinzu.

„Großartig", murrt meine Lehrassistentin. Sie ist von einem Meer aus Kindern umringt, die ihre gruseligen, rotäugigen Spielzeuge hochhalten, und versucht, das Chaos zu regeln. Es ist super gruselig, aber ich kann mich nicht rühren, kann nicht sprechen.

„Bist du okay?", fragt Deke leise. Der Rest des Rudels ist weitergegangen, vermutlich, um den Rektor zu suchen und eine Möglichkeit zu finden, das begehrteste Spielzeug auf der Welt an jedes Kind in meiner Schule zu liefern.

Ich bin vor Rührung ganz sprachlos. In den vergangenen Tagen habe ich so viel über Deke gelernt, über seinen Dienst, seine Alpträume. Sein Leben als Gestaltwandler. Ich durfte sogar mit einem Löwengestaltwandler-Paar reden, Nash und Denali. Nash diente beim Militär und Deke ist täglich mit ihm in Kontakt und spricht mit ihm über sein PTBS.

Aber mein Lieblingsgespräch war mit Amber Green, einer Menschenfrau, die mit einem Werwolfalpha in Tucson verpaart ist. Sie hatte eine Menge Ratschläge für das Daten eines Werwolfs und nahm mir das Versprechen ab, dass ich sie anrufe, wann immer ich mal Dampf ablassen muss. „Es ist schwer, aber das ist es wert."

Und wenn ich mir Deke so anschaue, weiß ich, was sie meint. Er ist hier und beobachtet mich mit seinen dunklen Augen, etwas verhalten, etwas besorgt, und er strengt sich so sehr an, alles richtig zu machen.

Ich liebe ihn mehr denn je. Ein kleiner Ruck durchläuft mich. *Ich liebe Deke Adalwulf.*

Ach ne, du Blitzmerker, meine Eierstöcke rollen mit den Augen.

„Sadie?"

All meine Kinder sind von ihren Spielzeugen abgelenkt,

weshalb ich aus dem Spielplatz schlüpfe und mich meinem Werwolf nähere.

„Ich kann nicht fassen, dass du das getan hast." Ich lasse ein wässriges Lachen verlauten. „Wie hast du das gemacht?"

Er zuckt mit den Achseln. „Dachte, das ist das Mindeste, das ich tun kann, da ich das Klassenspielzeug zerstört habe."

Ein kalter Wind weht und ich trete näher zu ihm. Gestaltwandler laufen auf einer anderen Betriebstemperatur, habe ich herausgefunden. Vor allem, wenn sie sich in der Nähe ihrer Gefährtinnen aufhalten.

Und tatsächlich, sowie ich näher trete, umgeben mich Dekes Hitze und Geruch. Er streckt die Hand aus und zieht meinen Jackenkragen hoch, womit er mich vor dem Wind schützt.

„Ich werde wieder gesund werden", verspricht er.

„Ich weiß."

„Ich werde es für dich tun." Er drückt seine Stirn an meine.

„Ich weiß", wispere ich. Ich recke mich, um ihn zu küssen. Selbst auf Zehenspitzen erreiche ich nur sein Kinn. Er senkt seinen Kopf und zerrt mich mit einem harten Arm um meine Taille nach oben. Ich schmiege mich an ihn und küsse ihn richtig, bevor ich meinen Kopf zurückziehe, um zu flüstern: „Darling, denk an die Kinder."

Er knurrt, aber lässt mich runter. Meine Klasse bemerkt unsere öffentliche Zurschaustellung von Zärtlichkeiten nicht, da jedes Kind viel zu sehr in seinen eigenen Wolpertinger vertieft ist.

Ich will ihn gerade fragen, wie genau er all diese Spielzeuge gefunden hat, als Dekes Kopf in die Höhe schnellt. Seine Nasenflügel weiten sich und er schneidet eine Grimasse, als hätte er etwas Verrottetes gerochen.

„Sadie", ruft eine harsche Stimme. Ich schaue auf und

sehe meinen Vater, der aus der Schule marschiert. Automatisch trete ich näher zu Deke.

„Was ist hier los?" Mein Vater lässt den Blick über meine Klasse schweifen, die Mundwinkel vor Abscheu verzogen. Innerhalb der Spielplatzumzäunung jagt Jackson ein kleines Mädchen mit seinem Spielzeug. Beide Kinder kreischen vor Freude. Ich werde all meinen Lehrkollegen und ihren Assistenten Kopfschmerztabletten kaufen müssen.

Aber das ist es wert.

„Sadie", brüllt mein Dad erneut. Ich weiß, ich sollte zu ihm gehen und ihm Deke als meinen festen Freund vorstellen. Aber ich habe es so satt, zu versuchen, sein Wohlwollen zu erhalten, und ich weiß bereits, dass ich es nicht kriegen werde, wenn es um Deke geht. Plötzlich sehe ich meinen Dad als das, was er ist: ein glatzköpfiger, weißer Mann mit einem Bierbauch und einem aufgeblasenen Autoritätsgefühl.

Ich wende mich wieder an Deke. „Weißt du was, vergiss das", sage ich und springe wieder in seine Arme. Nach dem missbilligenden Schnauben zu urteilen, kommt die Botschaft bei meinem Vater an und es bleibt mir überlassen, mich in dem Kuss meines Gefährten zu verlieren.

∾

Sadie

„Und so hat Deke die Liebe jeden Kindes in der Schule gewonnen", endet Charlie und hebt ihre Flasche Fat Tire Bier in die Luft.

„Meine Güte, das ist ein langer Toast", murrt Tabitha.

Charlie zeigt ihr den Mittelfinger, neigt ihre Bierflasche und verschüttet beinahe die Flüssigkeit.

„Ein Toast auf Sadie und Deke", sagt Adele gelassen, hebt ihr eigenes Weinglas und stoppt den Streit, bevor er anfängt.

Ich nippe an meinem Merlot und lächle. Es ist Merlotdramatischer Mittwoch und wir sind in einem neuen Restaurant außerhalb der Stadt, nicht weit von Deke und dem Hauptquartier des Rudels entfernt. Es liegt in den Bergen und ist ein rustikales Speisehaus mit einem riesigen Kamin und großen, bequemen Ledersesseln. Nach einer Kostprobe der Parmesan-Trüffel-Pommes stimmten wir einstimmig dafür, mindestens einmal im Monat hierherzukommen.

„Also was hat dein Dad gesagt, als er Deke kennengelernt hat?", will Charlie wissen, ehe sie sich ein Pommes in den Mund stopft.

„Er hat gar nichts gesagt", antworte ich. „Ich habe sie einander nicht vorgestellt. Er ist momentan kein Teil meines Lebens."

„Das ist gut. Lass ihn zu Kreuze kriechen." Tabitha nickt zustimmend.

„Er muss nicht zu Kreuze kriechen. Er muss nur mich und meine Entscheidungen respektieren. Und wenn er das nicht tut, nun, ich werde keine Zeit mehr auf ihn verschwenden."

„Hört, hört", jubeln Tabitha und Charlie und heben ihre Biere.

„Darauf trinke ich", sagt eine tiefe Stimme hinter mir. Ich drehe mich um, obgleich meine Haut kribbelt und mich bereits darauf hinweist, dass ein Raubtier in der Nähe ist. *Mein* Raubtier.

Deke steht neben unserem Tisch und blickt auf mich hinab. Er muss im Werwolf-Heimlichkeits-Modus gewesen sein. Ich habe nicht einmal gehört, dass er sich genähert hat.

„Deke", sage ich und schieße aus dem Sessel in seine Arme. Er hebt mich für einen Kuss hoch, der mich atemlos zurücklässt. Das Zimmer dreht sich leicht, als er mich abstellt. Er zieht mich an sich und ich klammere mich an ihn, als hätte ich zu viel Whisky gehabt.

„Was macht ihr hier?", giftet Adele und ich bemerke, dass sich drei riesige Schatten aus dem hinteren Bereich des Restaurants gelöst haben – das ganze Rudel ist hier.

„Wir sind hier, um den Merlotdramatischen Mittwoch zu feiern", sagt Lance, der einen Stuhl heranzieht und sich direkt neben Adele fallen lässt. Sie sieht von oben auf ihn herab, was witzig ist, weil sie einen Kopf kleiner ist.

„Uns gehört dieser Laden", erklärt Rafe, der seinen Bruder nachahmt und sich rechts von Adele hinsetzt.

„Tatsächlich brauchen wir einen Koch." Rafe lehnt sich auf seinem Holzstuhl zurück und sieht Adele in die Augen. „Jemand, der weiß, wie man einen Laden führt."

Ich werde ganz reglos. Adele hat uns von ihren Problemen erzählt, die sie mit der Führung des Schokoladengeschäfts hat. Ihr Geschäftspartner benimmt sich komisch, verschwindet wochenlang und leiht sich ohne Vorwarnung von ihren persönlichen Geschäftskonten Geld und verspricht lediglich vage „das Geschäft zurückzuzahlen". Letzte Woche musste Adele die Ladenmiete von ihren eigenen Ersparnissen bezahlen.

Sie nimmt sogar private Cateringjobs an, um über die Runden zu kommen. Dieser Job könnte ein wahrer Glücksfall für sie sein. Meine Augen huschen zwischen den beiden hin und her: Adele schick und hübsch in ihrem Vintage-Kleid – Rafe lässig und gefährlich in seiner Tarnhose und einem verblassten grünen Army-T-Shirt, das Liebe mit seinen Bauchmuskeln macht. Der Rudelalpha balanciert auf den hinteren zwei Stuhlbeinen und schafft es irgendwie, entspannt auszusehen, obwohl seine Muskeln angespannt sind.

„Ich werde dir Bescheid geben, wenn mir jemand einfällt", sagt Adele kühl.

Rafe hält ihren Blick einen Moment, dann hebt er sein Kinn. Er murmelt in seiner tiefen Stimme: „Tu das."

Adele zieht die Nase hoch und kehrt dem Alpha den Rücken zu.

„Wir haben gerade auf Sadie angestoßen", erklärt Tabitha Lance und Channing. Lance wirft Charlie immer wieder Blicke zu, aber sie scheint ihn zu ignorieren. Was interessant ist.

„Warum?", fragt Channing. „Ist sie schon schwanger?" Er zieht seine Augenbrauen hoch und gibt vor, meinen Bauch zu inspizieren.

Adele verschluckt sich an ihrem Wein.

„Nein", antworte ich. „Du Scherzkeks." Ich weiß, dass Channing nur Witze macht, aber der Gedanke an ein Baby mit Deke macht mich so glücklich. Meine Eierstöcke sind bereit. Ich kuschle mich dichter an Deke, der meine Schultern drückt. „Wir feiern, dass ich endlich ein Rückgrat entwickelt und meinem Vater die Stirn geboten habe."

„Du hattest schon immer ein Rückgrat. Dein Dad und Scott haben es nur nie respektiert", sagt Adele.

Ein Knurren rumpelt in Dekes Brust bei der Erwähnung von Scotts Namen. Ich lege eine Hand auf seinen Brustmuskel.

„Ja, was ist mit Scott passiert?", fragt Charlie.

Tabitha zuckt mit den Achseln. „Er ist fort. Meinen letzten Informationen zufolge, ist er nach Florida gezogen. Vermutlich, um Wohnungen am Strand hochzuziehen."

„Den wären wir los", murmelt Adele.

„Lass uns von hier verschwinden", raunt mir Deke zu. Seine Zunge berührt meine Ohrmuschel, gefolgt von einem winzigen Knabbern seiner Zähne. Ich mache einen Satz.

„Deke und ich werden nur… äh…. etwas frische Luft schnappen", sage ich und führe ihn zu der Tür, die zu der großen Terrasse führt.

„Habt Spaß, Kinder", ruft Tabitha.

Hinter mir höre ich Adele leise knurren: „Wenn er nicht nett zu ihr ist, schwöre ich, dass sie seine Leiche nie finden werden."

„Ich verbürge mich für ihn", rumpelt Rafes Stimme zur Antwort. Ich drehe mich um und sehe, wie Adele Rafe aus schmalen Augen betrachtet, ehe ich mit Deke nach draußen husche.

„Was läuft zwischen den beiden?", frage ich Deke, während wir zu der Brüstung der Terrasse gehen. Über uns ist der mitternachtsblaue Himmel und die Milchstraße ergießt Sternenlicht in einem funkelnden Schleier über die dunklen Formen der Berge.

„Welche zwei?", fragt Deke.

Ich runzle die Stirn und reibe meine Hände in der Kälte aneinander. „Adele und Rafe. An wen hast du gedacht?" Der Anblick von Charlie, die Lance sorgfältig ignorierte, blitzt in meinen Gedanken auf.

„Niemanden", antwortet Deke so vage, dass ich weiß, dass er auch etwas zwischen Charlie und Lance bemerkt hat. „Aber Adele kam zur Lodge und konfrontierte Rafe. Sie sagte zu ihm, wenn er mich und den Rest der Jungs nicht zur Therapie schickt, würde sie uns persönlich die Kehlen aufschlitzen."

„Oh." Das klingt tatsächlich nach Adele. Mamabär. „Ich habe ihr nicht davon erzählt… du weißt schon." Der Werwolfsache. „Dein Geheimnis ist bei mir sicher."

„Ich weiß, Baby. Ich glaube nicht, dass du es noch viel länger geheim halten musst."

„Wirklich?"

„Wirklich." Er zieht meinen Kragen hoch und enger um mein Gesicht, bevor er mich in seine Arme und seine Hitze hüllt. „Rafe hat sich nach Adele erkundigt. Und das nicht nur, weil etwas mit ihrem Geschäft los ist."

Meine Stirn legt sich in Falten. Ich will fragen, was mit ihrem Geschäft los ist, aber das geht mich wirklich nichts an. Ich mache mir eine geistige Notiz, Adele selbst zu fragen. „Denkst du, sie ist seine Gefährtin?"

„Weiß nicht. Rafe denkt nicht, dass er eine Gefährtin verdient. Keiner von uns dachte das. Du warst unerwartet. Ein Geschenk."

„Deke", flüstere ich. Mein Herz ist gerade so voll, es ist so groß wie der Mond und ergießt sein Licht auf die Welt.

Deke hebt mich auf die Brüstung und hält mich nah an sich, während er seinen Kopf zu meinem senkt. „Ich werde ihn vor der schlimmsten Sache beim Daten mit Menschen warnen müssen."

„Und was ist das?" Mir ist ganz schwindlig von seinem Geruch.

„Formwäsche", sagt er an meinem Mund und ich kichere, während wir uns küssen und einander unter dem frostigen Himmel warmhalten.

EPILOG

 *adie*

NIEMAND BEFRIEDIGT ORAL SO GUT wie ein Werwolf. Meine
Kehle ist heiser vom Schreien, als ich mich herumrolle, um
an mein summendes Handy zu gehen. Mein Gefährte befriedigt mich mehr, als ich mir jemals hätte vorstellen können. Er
steckte mir auch einen Ring an den Finger. Obwohl der
Paarungsbiss das Einzige ist, das für Wölfe zählt, versteht er,
dass Menschen ihre eigenen Traditionen haben. Ich sagte
ihm, dass es für mich keine Rolle spiele, aber Deke bestand
darauf, dass ich alles kriege, von dem ich geträumt habe.

Er greift an mir vorbei, um mir das Handy aus der Hand
zu reißen, sofort hellwach.

„Es ist Charlie." Er reicht mir das Handy.

„Hallo?", krächze ich und schlucke ein paar Mal.

„Sadie?"

Ich steige aus dem Bett. „Charlie – was hast du in letzter

Zeit gemacht, Mädel? Ich habe dich eine Weile nicht gesehen."

„Ich war… beschäftigt. Aber –"

„Weinst du?"

„Was? Nein. Natürlich nicht."

„Du klingst nicht gut."

„Ja, ich muss reden", würgt Charlie hervor.

„Okay."

„Ich habe ein klitzekleines Problem. Kennst du Dekes Freund – den heißen Blonden?"

„Du meinst Lance?" Ich kräusle die Nase. Ich schätze, Lance ist heiß, aber ich sehe ihn nicht so.

„Derjenige, der aussieht, als könnte er der Leadsänger einer Boygroup sein", sagt Charlie trocken.

„Er ist etwas muskulöser als das."

„Okay, dann eben eine *Baywatch* Neuauflage."

„Da gebe ich dir recht. Lance hat diesen Surfer-Vibe an sich. Was ist mit ihm?"

„Wir hatten eventuell einen One-Night-Stand."

„Oh. Oh meine Güte. Du und er?"

„Ja. Ich weiß. Es war aus einer Laune heraus."

„Gut für dich. Ich meine, es war gut, oder?"

„Besser als gut."

„Das freut mich. Was ist dann das Problem?"

Charlie seufzt schwer, was sich durch das Telefon wie eine kräftige Windböe anhört. „Es sollte eigentlich eine einmalige Sache sein."

„Okay."

„Obwohl wir richtig gut zusammen waren."

„Okay…"

„Und jetzt habe ich ein Problem." Sie macht eine Pause und ich beiße mir auf die Zunge, bevor ich von ihr verlange, es einfach auszuspucken.

„Ich bin schwanger."

DANKESCHÖN, dass du Alphas Mond gelesen hast! Wenn du den Bonus Epilog über Sadies und Dekes Hochzeit lesen möchtest, klicke hier. Falls dir das Buch gefallen hat, würden wir uns sehr über deine Rezension freuen, da sie für Indie-Autoren einen großen Unterschied machen.

MEHR WOLLEN?

Alphas Schwur

Der süße Mensch ist schwanger mit meinem Welpen.

Wir verbrachten eine Nacht miteinander und dann kappte sie jegliche Verbindung zu mir. Anscheinend bin ich nicht Teil ihres „Lebensplans".

Was auch immer, Baby. Pläne ändern sich.

Sie denkt, ich bin ein Player. Dass ich nicht bleiben werde. Sie denkt, dass ich nicht dafür gemacht bin, Vater zu sein.

Dass ich nicht einfach alles stehen und liegen lassen und mein Leben unserem Baby widmen werde. Unserer Familie. Ihr.

Sie irrt sich. Sie denkt, dass ich gehen werde?

Sie hat keine Ahnung, was ihr bevorsteht. Ein Wolf lässt seine Gefährtin nie allein und beschützt seine Welpen immer.

Ich mag sie noch nicht markiert haben, aber ich werde es tun.

Und wenn sie versucht, mir davonzulaufen, werde ich ihr folgen.

Ich werde meinen hübschen Menschen bis ans Ende der Welt jagen.

Bitte genieße diesen kurzen Auszug aus dem nächsten alleinstehenden Buch in der *Bad-Boy-Alpha*-Serie

Bad Boy Alphas
Alphas Versuchung
Alphas Gefahr
Alphas Preis
Alphas Herausforderung
Alphas Besessenheit
Alphas Verlangen
Alphas Krieg
Alphas Aufgabe
Alphas Fluch
Alphas Geheimnis
Alphas Beute
Alphas Blut
Alphas Sonne
Alphas Mond

HOLEN SIE SICH IHR KOSTENLOSES BUCH!

Tragen Sie sich in meine E-Mail Liste ein, um als erstes von Neuerscheinungen, kostenlosen Büchern, Sonderpreisen und anderen Zugaben zu erfahren.

https://geni.us/jungfrauunddervampir

RENEE ROSE: HOLEN SIE SICH IHR KOSTENLOSES BUCH!

Tragen Sie sich in meine E-Mail Liste ein, um als erstes von Neuerscheinungen, kostenlosen Büchern, Sonderpreisen und anderen Zugaben zu erfahren.

https://www.subscribepage.com/mafiadaddy_de

Seine irdische Gefangene

Seine irdische Gefährtin

Seine irdische Rebellin

Seine irdische Frau

ÜBER DIE AUTORIN

USA TODAY Bestseller-Autorin RENEE ROSE liebt dominante, verbalerotische Alpha-Helden! Sie hat bereits über eine Million Exemplare ihrer erotischen Liebesromane mit unterschiedlichen Abstufungen verruchter sexueller Vorlieben und Erotik verkauft. Ihre Bücher wurden außerdem in *USA Todays Happily Ever After* und *Popsugar* vorgestellt. 2013 wurde sie von *Eroticon USA* zum nächsten *Top Erotic Author* ernannt und freut sich ebenfalls über die Auszeichnungen Spunky and Sassy's *Favorite Sci-Fi and Anthology Autor*, The Romance Reviews *Best Historical Romance* und Spanking Romance Reviews *Best Sci-fi, Paranormal, Historical, Erotic, Ageplay and Couple Author*. Bereits fünfmal gelang ihr eine Platzierung in der USA-Today-Bestsellerliste mit verschiedenen literarischen Werken.

Besuchen Sie ihren Blog unter www.reneeroseromance.com

ÜBER DIE AUTORIN

Lee Savino ist *USA Today*-Bestsellerautorin. Außerdem ist sie Mutter und schokosüchtig. Sie hat eine ganze Reihe von Büchern geschrieben, die alle unter die Rubrik »smexy« Liebesgeschichten fallen. *Smexy* steht dabei für »smart und sexy«.

Sie hofft, dass euch dieses Buch gefallen hat.

Besucht sie unter:
www.leesavino.com

www.ingramcontent.com/pod-product-compliance
Lightning Source LLC
Chambersburg PA
CBHW021505110726
47899CB00001BA/301